Select-Collection

J.-H. ROSNY AINÉ
DE L'ACADÉMIE GONCOURT

Marthe Baraquin

ROMAN

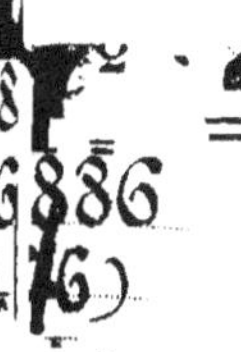

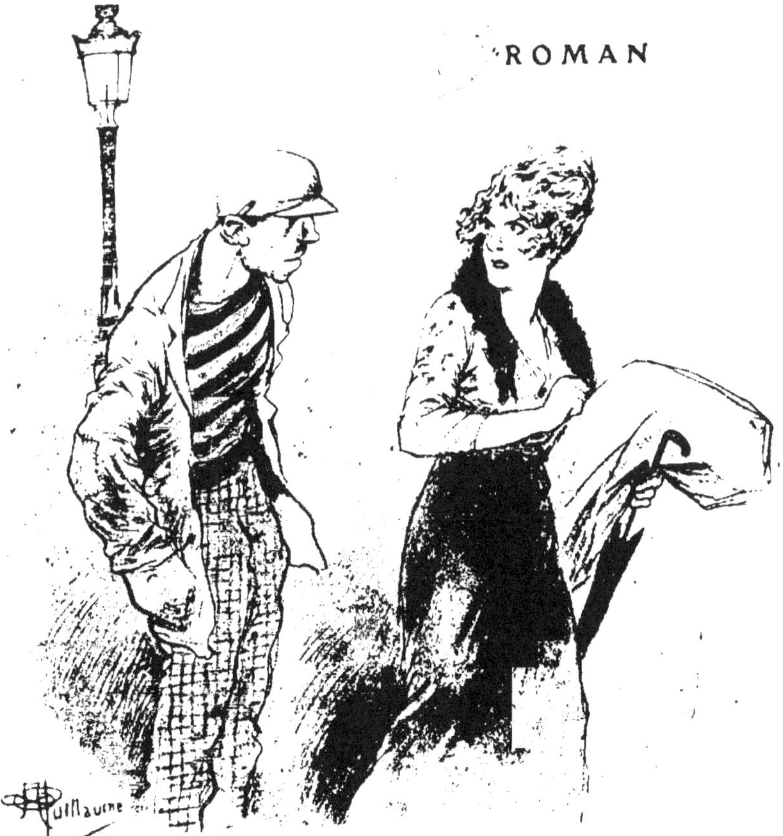

E. FLAMMARION, Éditeur, 26, rue Racine.

Marthe Baraquin

ŒUVRES DE J.-H. ROSNY AÎNÉ

DE L'ACADÉMIE GONCOURT

PUBLIÉES PAR LA LIBRAIRIE E. FLAMMARION

COLLECTION IN-18 A 3 FR. 50

Majoration temporaire de 1 fr. 25.

ROMANS

... ET L'AMOUR ENSUITE.

L'ÉNIGME DE GIVREUSE.

PERDUS?

J.-H. ROSNY AINÉ

DE L'ACADÉMIE GONCOURT

Marthe Baraquin

ROMAN

PARIS

ERNEST FLAMMARION, ÉDITEUR

26, RUE RACINE, 26

AVERTISSEMENT

Le lecteur trouvera dans *Marthe Baraquin* des scènes brutales et féroces : presque constamment le mâle amoureux s'y décèle plein de cruauté, d'hypocrisie et de lâcheté. C'est ici un sujet extrême que je devais fatalement traiter après avoir si souvent, seul ou en collaboration, dépeint la condition misérable et douloureuse des femmes isolées. Le sujet admis, il eût fallu être un artiste sans courage et sans conscience pour ne pas aller jusqu'au bout. Mais, si je n'ai pas redouté les scènes abominables, j'ai mis le plus grand soin à bannir tout appel direct ou indirect à la sensualité.

Ce roman se rattache intimement aux romans de mœurs tels que *l'Indomptée, Nell Horn, Une Rupture, l'Autre femme, Contre le sort,* etc., et même aux romans sociaux tels que *le Bilatéral, l'Impérieuse bonté, Sous le fardeau,* etc.

J.-H. ROSNY aîné

Marthe Baraquin

I

Au sortir de l'atelier, Marthe Baraquin, dite « Lilas », se glissa par la cour et, descendant la rue Grange-aux-Belles, elle atteignit le canal. La peur lui piquait les chevilles. Mais lorsqu'elle eut traversé le pont, elle se sentit presque rassurée.

— Il m'a ratée ! murmura-t-elle.

Toutefois, elle jeta encore un long regard sur l'autre rive, puis elle se dirigea vers la rue des Ecluses-Saint-Martin.

C'était un soir d'automne. Une vapeur cuivreuse stagnait sur le canal. L'air était saturé d'odeurs fortes. Le goudron, la fumée de houille, l'eau pourrissante, les peaux mal raclées, le bois de sapin, le pétrole, le poisson mêlaient leurs exhalaisons à des effluves de graisse bouillante, de vinasse, d'oignon et de viandes cuites. Il s'élevait aussi un charme. La lueur des fenêtres figurait des scènes qu'on pouvait croire délicieuses ; les barques dormantes, avec leurs fanaux d'escarboucle et d'émeraude, murmuraient l'invitation au voyage.

Marthe Baraquin ne pouvait échapper à l'attention d'un peuple où presque chaque homme est un chasseur d'amour. Elle agitait comme une torche ses lourds cheveux maïs et son visage vêtu d'une pulpe éclatante. Cette belle fille, pleine de sève, n'avait pas les traits rythmiques. Avec ses joues au contour un peu brusque, sa bouche grande et sensuelle, c'était un fruit de tentation. Par l'éclat, par la force de vie, par la flambée des lèvres, par les feux glauques et turquoise de ses yeux, elle devait exaspérer également le désir de la basse crapule et des vieux marcheurs. Elle le savait, et s'il n'est permis à aucune fille de haïr une telle séduction, elle en craignait le péril. C'est ce péril qu'elle fuyait, par un soir fuligineux d'automne, le long du canal Saint-Martin.

Depuis trois semaines, elle était poursuivie par Victor Huraud, dit Rouge, sinistre voyou du Sébasto, qui avait résolu d'en faire sa proie. C'était un long individu, au teint d'endive, avec des pustules dans le cou, des cheveux noirs très plats, nourris de pommade ; les yeux, situés à des hauteurs inégales, et tout ronds, vous fixaient sans avoir l'air de vous voir. Il montrait des lèvres comme des chiques de tabac, des dents énormes, qui lui enflaient les joues et pruient épouvantablement.

Rouge n'abordait pas la jeune fille devant l'atelier ; il surgissait au détour des rues, ou de la pénombre d'une charrette, avec un frétillement de lézard. C'était brusque, sournois, menaçant. Sa voix rauquait, détendue par l'absinthe et les pipes ; elle avait des inflexions ignobles et des tons réticents qui effaraient les filles. Elle le craignit tout de suite, et fila, silencieuse, sans tourner le visage. Il ne s'en émut point ; il la courtisait à sa manière, avec des interjections brusques et des promesses :

— T'es bath ! T'es gironde... on s'embêterait pas... on s'en foutrait jusqu'à pus soif. T'en as de la filasse... qu'on dirait un feu d'artifice... et mince de châsses, j'y allumerais mon brûle-gueule. Tu dis rien ? T'as tort. Faut toujours dire quelque chose. D'abord une politesse vaut une politesse : j'suis poli, peut-être ? Tu crois que j'ai pas de pèze ? Pige-moi ça. C'est-y une thune, ou que ce serait d'la peau de meulard ? Et ça, c'est pas un demi-sigue... même qu'il est tout frais ! J'en ai, que j'dis, et puis, chaque jour de la semaine... c'est pas du crédit, c'est rubis sur l'ongle... Ce qu'on s'en payerait, du caf'conce, des petits gueuletons et des refaites à Vincennes. Je me dégèlerais plutôt que de laisser manquer ed' quèque chose à ma p'tite momoche !

Elle marchait plus vite, affadie par cette voix crapuleuse. Mais il ne se lassait point :

— De quoi ! As-tu bouffé ta bavarde ? Ou ça serait-y qu'on t'a coupé le fil ? Je te parle... Totor le Rouge... dont y faut pas s'foutre et qui n'a

qu'à siffler pour faire rappliquer les fumelles...
Je suis t'y poli, oui ou non?

Elle connaissait déjà trop l'existence pour ignorer que toute parole serait plus dangereuse que le silence. Qu'elle suppliât ou se mît en colère, le long individu en deviendrait plus familier; la moindre réponse indifférente paraîtrait une promesse. Elle savait aussi la lâcheté des honnêtes gens et qu'elle ne pouvait compter que sur elle-même ou sur la chance. Qu'un passant vînt à son aide, le danger n'en serait que plus menaçant. Totor le Rouge ferait sa police lui-même. Il n'était besoin que d'entendre sa voix pour en être sûr : n'avait-il pas son couteau à cran et son revolver? et, de plus, sa bande, autrement organisée que celle des artisans et des bourgeois?

Ah! oui, elle était seule. Sa ruse était aussi pitoyable que celle du lièvre dans les luzernes. Pourtant, une foule de braves gens vivaient autour d'elle; pendant des lieues de rues, il y en avait d'autres et encore d'autres. Des lois, des mœurs, des coutumes, la propriété, la police, la magistrature les abritaient. S'il le fallait, ils iraient revêtir une capote, prendre un fusil et partiraient en bandes immenses pour combattre des inconnus. Ils représentaient, enfin, une force énorme; et pourtant la jolie fille était aussi abandonnée que les chiens errants. Chaque passant n'était qu'une créature falote et craintive. Rouge pouvait la suivre, imposer ses propos et son haleine pourrie. Il pouvait l'atterrer, la pousser dans un bouge et la violer. *Ensuite*, peut-être, la force sociale interviendrait. Mais *avant*, il fallait se défendre seule.

Totor, pendant quelques jours, avait pris patience. De nature, c'était un animal cauteleux et il savait attendre. Il continuait à survenir brusquement et mystérieusement. Parfois, il laissait filer la petite. Il la suivait, la dépassait, ou bien, filant d'un trottoir à l'autre, il décrivait autour d'elle de longs circuits. C'est un jeu de fascination et de terreur qu'il pratiquait avec volupté et dont il tirait de nombreux bénéfices.

Marthe n'avait plus une pensée où ne fût la répugnante image. Dès qu'elle s'éveillait, elle sentait sa poitrine triste : le cœur battait à grandes volées ou semblait se rapetisser et disparaître; elle avait les mains froides; tout le jour, tandis qu'elle ourlait ou soutachait, elle entrevoyait une face livide, elle entendait une voix bourbeuse, elle sentait une haleine. Le soir elle avait des peurs d'enfant. Elle n'osait regarder sous son lit; elle grelottait aux craquements du plancher et de la fenêtre. Elle était le condamné qui attend Deibler.

Ce fut pire quand il commença de la menacer.

— Tu diras pas que j'ai pas été chouette. J't'ai fait la cour comme à une fumelle ed' la haute.

Pour ce qui est d'être patient, y a pas mieux que Totor, et doux comme des petits pois. Mais faudra pas que ça dure. On n'est pas un pavé, on est un homme. Faut pas marcher sur mes durillons. Y a six jours qu'on se fréquente, et c'est comme si que je chantais des *Alléluia*. On m'appelle pas le Rouge pour des prunes. Quand on m'embête, j'regarde pas à un coup de lingue ni à faire aboyer le rigolo. Et je tape pas pour amuser les mômes. Ça serait en plein palpitant, ma belle... sans menace!... Voillions! faut se faire une raison. Tant qu'à avoir un béguin, pourquoi que ça serait pas pour mézigue? J'suis avantageux, j'suis moelleux, j'suis mariolle... tu serais pas frusquée à la manque et ça serait la noce tous les jours.

Elle avait changé trois ou quatre fois d'itinéraire, mais il avait un flair diabolique. Presque toujours, il l'avait rattrapée en route.

— Ah! non, grondait-il, tu m'as pas regardé! Quand tu te cavalerais pour l'Algérie, j'te repigerais. Plus j'te vois, plus j't'ai dans les sangs. Sûr, comme je suis Victor Huraud, le Rouge, tu y passeras... ou y giclera du sang. Tâche voir de ne plus te défiler!

Des compagnes, quelquefois, cheminaient avec elle. Mais ce grand voyou lugubre effarait les ouvrières. Elles préféraient qu'il ne se souvînt pas de leurs visages. Une à une, elles se dérobèrent.

— Tu comprends, disait la plus courageuse, je ne t'abandonne pas. Si ça pouvait te servir, j'irais même jusqu'à ta porte. Mais tu vois bien que ça ne mène à rien. Il nous suit quand même. Et tu peux être sûre qu'y se mange les sang. Avec c'te tête-là, ça doit être un vengeux. Il gênerait peut-être de faire un sale coup! Je ne peux te servir à rien; je peux qu'attirer sa colère...

Ainsi se relâchait le dernier soutien, la fragile solidarité des sœurs de misère. La crise fut plus noire. Marthe regardait l'eau du canal Saint-Martin en comparant la mort à cet homme. Ah! Que faire? Quelle ruse sauvera la petite esclave faubourienne? Quel abri la recevra; quelle main se lèvera pour elle? Elle rêvait la fuite lointaine, les pays inconnus, mais y trouverait-elle à vivre? Puis, elle croyait aux paroles de la brute :

« Quand tu te cavalerais pour l'Algérie, je te repigerais! »

Parce qu'il dominait effroyablement sa destinée, elle lui attribuait un pouvoir sans bornes.

Ce soir-là, il semblait bien qu'elle lui eût échappé. Pauvre succès. Mais au moindre sursis, les vaincus voient se rouvrir le vaste monde. La fuite parut moins impossible. Elle rêva de se cacher dans quelque rue de l'autre rive, près d'une amie, Céline Paran, dite Microbe, dite

Mes Puces, la seule qu'elle eût aimée de tout son cœur, la seule aussi qui montrât résolument les dents à la mauvaise fortune et aux mauvais garçons. C'est Microbe qui, d'un coup de ciseaux dans le ventre, avait abattu Pierre Michalin, dit Scorpion ; le bandit, après trois mois d'hôpital, sans force, traînant la patte et devenu couard, se fit honnête homme.

— Oui, se dit-elle avec une sorte d'exaltation, j'irai chez Microbe. Ça me mettra du cœur au ventre !

La brume s'était accrue ; il tombait une poussière de fumée. Les réverbères devenaient rouges ; des rais de cuivre traînaient sur le canal. Soulevée par les projets, Lilas marchait comme une pouliche. Soudain, une ombre la dépassa. Et, sur la rive grisonnante, elle revit Rouge qui avançait sa bouche pourrie. Il riait à mi-voix, avec un bruit de friture :

— Hein ! tu croyais que tu avais semé Totor ! Tu te foutais de lui. Tu te disais : il est pas déjà ben méchant... on peut lui passer la jambe. Et tu savais pas que tu gambillais au bout d'une ficelle !... T'as pas seulement échappé deux minutes à mes clairs !

Il mentait. C'était le hasard seul qui l'avait ramené sur elle ; mais il connaissait les lois du prestige. Et Lilas, son rêve tranché d'un coup de hache, ne sentait plus le sol sous ses pieds raides.

— Acoute, ma belle ! reprenait le rauque malandrin... c'est la dernière fois que je le dis : si tu tiens à ta peau, essaye pas de te cavaler, essaye pas d'échapper à Totor. Un mauvais coup, c'est le temps de dire flûte ! Je réponds pas de moi, quand on m'fait arracher du chiendent ! J'ai ma bande, j'ai mes mouches ! Des fois que tu te crois ben seule, y a un poteau qui bat la filature. T'as passé à l'anthropométrie... ta fiche vaut mieux que chez papa Bertillon, car on sait où tu perches et où tu turbines. Et si tu sangeais de patelin, ça serait pas long à te repêcher, quand bien même tu couperais ton casque ou que tu le passerais à la suie. Je t'ai, je te veux, t'es marquée au rouge comme les animaux pour la Villette, et ça sera pas long. Vaut mieux pour toi, comme pour mézigue, d'en finir, et tu verras ous qu'est ton contentement.

Lilas avait repris non du courage, mais de la force. Elle allait, morne, appesantie, courbée, comme si la vieillesse s'était abattue sur ses vertèbres. Parfois, tournant à demi la tête, tout bas, obscurément, elle suppliait. Où est le prince aux poings rapides ? où sont les marquis, les ducs, les comtes de d'Ennery, de Richebourg et de Montépin aux bras puissants et aux cœurs généreux ? Les pages des livraisons à deux sous, les colonnes des journaux populaires palpitent dans les pénombres. Lilas n'est-elle pas l'héroïne aux cheveux d'or ? N'est-elle pas l'enfant perdue, la victime fragile et brillante ?

Mais il ne passe que des ombres furtives ; un couteau les ferait fuir jusqu'à Saint-Denis, pauvres bougres alcooliques, étriqués, maladroits et poltrons. Rouge poursuit son discours :

— Voilà ! On va mettre une date. J'aime mieux faire les choses à la coule... C'est aujourd'hui mardi. J'te laisse jusqu'à la fin de la semaine. Ça sera samedi soir. A ce soir-là, n'y aura plus à faire des giries. Je t'emmènerai, et si t'es gentille, ça commencera par un gueuleton fendant, chez un bistro ous qu'on s'y connaît, puis on ira aux Bouffes-du-Nord, voir les *Exploits de Mandrin*.

Le cœur de la petite creva. Elle ne put retenir un gémissement :

— Qu'est-ce que j'ai fait !... Qu'est-ce que j'ai fait !

Il écoutait, comme le chasseur écoute la plainte du gibier. Même, il se mit à rire, orgueilleusement.

— De quoi ! Mais tu devrais rigoler. C'est comme si qu'un gosse chialait quand on lui offre du pain d'épice.

— Ah ! je ne vous connais même pas ! reprit-elle.

— Justement. C'est pour faire connaissance que j'ai causé... J't'ai rien caché. Tu m'aurais vu pousser, t'en saurais pas beaucoup plus. Et pour se connaître tout à fait, y a plus qu'à y passer. C'est comme ça que font même les gonzesses miglionnaires... à part le maire et le ratichon. J'y crois pas, moi, à ces foutaises. J'prends ma môme où je la trouve. Et puis, c'est pas tout ça. J't'ai tout espliqué comme y fallait. Ça sera pas vendredi... ça sera pas dimanche : ça sera samedi soir. Je m'ai mis la chose dans la caboche, tu peux compter qué n'en sortira pas, quand même j'aurais tous les flics de Pantruche à mes fesses... A la revoyure ! Bonne nuit, ma belle !

Il tourna le coin. Elle regarda autour d'elle, sa poitrine se dilata, mais l'oppression reparut vite. Elle était le condamné qui vient d'entendre sa sentence, et elle monta les trois étages de son escalier avec de l'horreur plein la chair.

Une vieille femme l'attendait, près d'un poêle menu comme un haut de forme, où barbotait une ratatouille aux rognures de bœuf, aux choux et aux pommes de terre. La mansarde était en triangle avec un retrait qui formait alcôve. Rousse, avec des îlots bleus, gris et jaunes, elle béait à travers ses plâtres, ses papiers de tenture et son plancher qui suait la vermoulure. L'odeur de la carcasse humaine y rôdait avec le fleur des fricots et d'innombrables générations de punaises. Des centaines d'hommes, de femmes et d'enfants étaient morts dans cette caverne aérienne.

La vieille montrait une silhouette d'esclav

grasse. Des bajoues obstruaient ses mâchoires ; les yeux Airaient dans des paupières en tripes ; elle avait du poil de porc, jaunâtre, au bout du menton, et son nez s'écroulait, huileux, safrané, variqueux, sur une bouche mal fermée par deux rouelles violâtres. Cette femme circulait sur des pieds bosselés par d'énormes veines et des jambes prêtes à gicler leur sang ; elle portait des seins en forme de miches, et cependant, elle avait jadis offert aux mâles une belle femelle blanche, aux hanches luxurieuses, au visage plein de saveur. Mais la misère, des habitations humides, une nourriture malsaine arrosée d'alcools et, déjà sur le tard, une avarie bénigne, avaient rempli sa machine de rouilles, de détritus, de poisons et de graviers.

Elle tourna vers Lilas sa face pesante :

— T'arrives tard ! ronchonna-t-elle. Le fricot a trop mijoté.

Marthe lui jeta un long regard de détresse. Elle aimait encore sa mère, mais elle savait qu'elle n'en était plus aimée. La mère Baraquin avait pour ses petits l'âme des louves et des poules. Elle séchait de fièvre à leur naissance ; elle les élevait avec une passion féroce. Tant qu'ils ne savaient ni courir ni parler, elle aurait assommé pour leur donner la pâture ou pour les défendre. Et, dans ces mois, le mâle même, dont les approches l'exaltaient pourtant jusqu'à la folie, ne comptait plus. Toute beauté, tout mystère, tout ce qui pousse de puissant et de profond aux cœurs primitifs était pour ces petits êtres. Elle les aimait encore, plus tard, lorsqu'ils se dressaient sur leurs menus pieds et connaissaient la parole. Mais d'année en année, ils lui devenaient moins chers. Sa main était leste et rude. Elle frappait de la paume et du poing ; parfois, quelque vieux instinct montant en elle lui faisait une volupté d'être féroce ; elle tirait les cheveux, piquait avec des épingles, jetait de l'eau chaude ou faisait mine d'étouffer l'enfant, avec une lente concupiscence, comme les marchands étouffent le canard à la rouennaise. C'était rare, cependant. Plutôt était-elle indifférente, soignant mal leurs hardes et gardant pour elle le meilleur des fricots...

Elle vit de grosses larmes sur les joues de Marthe.

— Quoi qu'y gnia ? fit-elle, curieuse.

Il y a des heures où l'on se plaindrait aux arbres. La jeune fille s'assit devant la table disjointe et sanglota. De sanglot en sanglot, elle raconta la quinzaine sinistre. La vieille écoutait, la tête aux coudes, ses yeux entreclos fixés sur la lampe. Et cela ne lui semblait pas si terrible. L'histoire se disposait autrement dans sa cervelle que dans les paroles de Lilas. L'expérience lui avait appris peu de chose. Comme aux jours de sa jeunesse, elle était prompte à l'illusion :

ce qui la frappa, c'est que Rouge parlait de thunes, de sigues, de frusques et de gueuletons.

Elle laissa longtemps couler la voix de Lilas, tout en servant la ratatouille ; et elle avait avalé une demi-ration, lorsqu'elle dit, avec un air de tirer les cartes :

— Si qu'il avait pourtant de la galette, ce garçon ?

Lilas se repentit amèrement de sa confidence et souffrit dans son amour-propre :

— C'est une gouape, fit-elle doucement. Il n'est pas même propre. S'il a quelques pièces d'or, c'est le bout du monde. Et je n'aurais qu'une promenade à faire... si je voulais !

— Dis pas ça, ma fille ! rauqua la mère Baraquin. T'es gentille... c'est pas moi qui irais contre : t'as de qui tenir. Mais les hommes se trouvent pas encore si facilement. Pour une couchée, oui... et y s'croient déjà rudement chouettes quand y z'allongent vingt balles. Tant qu'à tenir une fille, faut l'avoir dans la peau. Peut-être bien que le type gagne plus qu'y n'en a l'air. Faut pas toujours regarder au costume. Une cravate et un faux col, qu'est-ce que ça prouve ?

— Y pue, s'écria Marthe avec dégoût. Il a la gueule pourrie. Et des boutons plein le cou. Je te dis que c'est un voyou... qui ne doit pas même turbiner.

— Et si y te flanque un coup de couteau ?

La vieille avala une goulée de vin noir. Elle persistait dans son illusion. Elle crut avoir un pressentiment « et ses pressentiments ne la trompaient jamais » ! Totor dépenserait sans compter, non seulement pour Lilas, mais encore pour la pauvre mère Baraquin.

— Y a des fois qu'y faut se faire une raison ! déclara-t-elle.

Marthe la regardait avec navrement, mais sans surprise. Elle savait bien que la vieille avait laissé tous ses scrupules aux buissons ; elle ne comprenait plus qu'elle eût songé à se plaindre : un chien l'aurait mieux écoutée. Tandis qu'elle s'essuyait les yeux, un froid horrible lui glaça les omoplates. Elle chassa les dernières scories de foi filiale, elle vit clairement dans la pensée de sa mère. Et elle dit, presque brutale :

— Tu te trompes. Il n'y a aucun bénef à retirer de cet homme. Si tu l'avais vu, tu saurais que ça fait partie d'une bande... c'est maquereau et compagnie. Allez ! c'est pas lui qui rapporterait de l'argent : c'est moi qui devrais aller en chercher sur le trottoir : tant qu'à toi, tu n'en verrais pas un rond... Si t'as compté làdessus pour faire la bombe !

La mère Baraquin, à travers ses peaux, darda un regard de matrulle. Elle avait ses rêves — inexaucés : cette chair brillante, cette torche blonde, c'est de la belle marchandise et d'une vente si commode ! Elle ne s'use pas, on peut la remettre chaque jour en boutique. Ah ! si Lilas voulait ! Sa vieille mère connaissait les coins, les ficelles, les prix. Elle savait comment s'y prendre avec les vieux et quels asticots font sortir les truites. Pourquoi cette idiote s'y refusait-elle ? Est-ce qu'elle se croyait une bourgeoise ? Ne savait-elle pas que la vertu des pauvres vaut tout juste la corde pour se pendre ?

Penchée sur le marc, ou cherchant les volontés mystérieuses dans la figure des cartes, la vieille femelle geignait de n'être plus jeune. Certes, elle avait souvent vendu sa drogue, mais bêtement, sans savoir, à des prix de famine. Puis, Baraquin n'entendait pas la farce. Il avait le poing rude et la colère agile. Il fallait se terrer, profiter de hasards furtifs et lointains. Comme elle ne connaissait rien de la vie, elle n'eut que sur le tard une idée de la géographie parisienne; longtemps, elle avait traîné des jupes de gnangnan qui relèvent sur le ventre ou gigotent à la ceinture et chaussé des savates de maçon ou de déménageur. Ses mains étaient rugueuses; ses ongles bleus; seule, sa chevelure, par la force, par l'éclat, surmontait de luxe sa misère. Quand elle avait compris la jupe bien collée, le corsage qui étincelle, les bottines fraîches, les ongles propres, il était bien tard : le ventre saillait, les joues retombaient en couenne, les yeux se couvraient de tripe. C'était fini. Elle ramassait quarante sous, au prix de telles randonnées que, avec ses jambes variqueuses, elle préférait moisir chez elle. Si c'était à refaire !

Et, dans la lueur rousse, elle détaillait Marthe. Oui, c'était une belle pièce. Bien servie, les hommes s'en pourlécheraient les moustaches. Là-bas, aux boulevards, avec des nippes et du chapeau, elle vaudrait ses vingt balles, et peut-être bien le fafiot. Pourquoi avait-elle les idées de ce sale Baraquin, tout juste bon pour claquer à l'hôpital.

La femelle flétrie, pour ces choses et pour d'autres, ne laissait pas de haïr sa fille. Elle détestait l'ordre, le travail, la conduite, qui mènent les pauvres à l'abattoir. Ce sont des trucs de riches, qui valent ce que valent les *vobiscum* des ratichons. Une belle fille, c'est de la galette; celles qui ne le comprennent pas devraient être sous la coupe de celles qui le comprennent. La Baraquin ne l'aurait pas envoyé dire à Lilas; mais Lilas ne voulait rien entendre, et sa poigne était, depuis longtemps, supérieure à celle de sa mère.

Marthe n'ignorait pas les principes de la vieille. Mais elle avait coupé court aux harangues. Quoiqu'elle ne manquât point de douceur, elle avait des brusqueries et un entêtement extraordinaires. Elle ne professait aucune vertu; elle ignorait les préceptes : ce sont des haines et des désirs qui la guidaient. D'une part, elle les tenait de Baraquin, et d'autre part, les événements de sa vie avaient développé quelques dégoûts terribles.

— Ah ! soupira Antoinette Baraquin... si t'étais pas une ostinée, une sauvage d'Amérique ! Y a pas que des gens pourris de la gueule...

— C'est tout ce que t'as à me dire ? fit plaintivement Lilas.

— Et quèque je te dirais ? Du moment que t'es comme Baraquin ? L'aiguille et la machine te casseront les yeux et les pattes. T'auras des varices comme ta pauv' mère. Et pis tu crèveras à l'hôpital. Tandis que si t'avais aussi gros de malice qu'un petit pois, tu saurais qu'y pousse du pognon dans les rues, mille fois plus qu'y ne pousse des navets chez les maraîchers. Y n'en pousse jusqu'au haut de la butte. T'as qu'à te baisser. Non ! t'aimes mieux pourrir avec les punaises. C'est dégoûtant...

Marthe ne s'impatienta pas. Le froid au cœur grandissait. Elle s'égarait en elle-même comme dans une solitude immense; et, très loin, à l'autre rive du gouffre, elle revoyait le pays de l'enfance, le phare étincelant de la vie, une petite fille qui courait éperdument vers l'espérance claire, chaude, douce et mystérieuse comme les étoiles.

C'était dans une rue fumeuse. Les maisons élevaient des falaises jaunes; il n'y avait guère d'espace, beaucoup de poussière, une boue huileuse, une effroyable multitude de pauvres gens.

Les corridors fleuraient l'urine, la peau chaude, avec des souffles brusques de ragoût, de graisse, de fumerons, de cochonnaille ou de choux. Toute la journée rôdaient des femmes en jupes de finette, de pilou ou de cotonnade; il y en avait d'énormes, suantes d'embonpoint, qui traînaient leurs appas dans des enveloppes mal closes; des vieilles usées comme la margelle d'anciennes fontaines; des maigres qui grouillaient avec vitesse dans les longs escaliers, et quelques créatures appétissantes dont la chair était pourchassée par des veneurs brutaux, mal vêtus, puant le vin, l'absinthe, l'échalote et le tabac de rebut, qui ne lavaient pas leurs dents, ne nettoyaient pas leurs ongles, laissaient la crasse générer des ferments sur leur épiderme.

Le logement des Baraquin prenait jour sur une cour quadrangulaire et comportait deux cabanons, quelques placards, une cuisine. C'était un lieu caverneux; les murs suaient; la vermine s'y réveillait aux premiers jours du printemps et ne prenait ses quartiers d'hiver qu'en décembre. En ce temps, la mère Baraquin était fraîche. Elle produisait une peau agréable et rassurante; un beau buisson de poils lui poussait par le crâne; elle ouvrait les lèvres sur des dents saines, où la carie avait à peine troué les dents de sagesse et une couple de grosses molaires; son cou était savoureux, avec un pli qui, même souillé, avait du charme: elle étalait des épaules rondes et une poitrine fortement rembourrée; et quelques hommes étaient renseignés sur la beauté de sa cuisse.

Cette femme molle ne cuisinait pas volontiers et s'était acclimatée aux ordures. Sa morale était sommaire et variable. Elle prêtait volontiers son sexe à ceux qui en sollicitaient l'usage, préférant que sa complaisance rapportât quelque don en nature ou en espèces. Toutefois, elle ne menait pas une vie très dissolue, par crainte de François Baraquin, dit Tournevis, ferblantier sanguin et brusque, élémentaire et crédule : il n'était pas difficile de le tromper, mais il rentrait souvent à l'improviste et n'admettait pas que la femme fût sortie. Sa colère était aveugle. Antoinette était sûre qu'il l'assommerait s'il apprenait son cocuage. Par surcroît, elle devait se méfier des enfants, surtout du petit Félix, qui était bavard, fureteur, plein de flair et doué d'une dangereuse mémoire. En sorte que les circonstances favorables étaient assez réduites.

Puis, Antoinette manquait d'imagination et avait la cervelle dure. Elle mit beaucoup d'années à comprendre le mécanisme de la prostitution parisienne.

C'est dans ce pays que Marthe vivait heureuse. Elle portait sa joie dans le rythme même de son être.

La nature l'avait construite avec soin. Tous ses organes connaissaient leur travail. Elle respirait à l'aise dans un air vicié; elle était admirablement armée contre les microbes; sa peau ne produisait ni acné, ni croûte, ni eczéma, ni furoncles, et le sang vif qu'elle avait hérité de François Baraquin lui refaisait continuellement des sensations neuves. De bonne heure, elle eut de l'éclat et cette indéfinissable atmosphère qui excite les hommes.

Avant la onzième année, elle avait subi plusieurs tentatives contre la pudeur. La chance seule la sauva du viol. Une autre chance voulut que les satyres fussent répugnants et farouches. Elle fut prise d'une méfiance que son agilité rendit efficace, car elle évita longtemps tout nouvel attentat.

D'autre part, elle eut des camarades parmi les garçons. Dans la cour comme dans la rue, presque tous connaissaient ce qui distingue les sexes et avaient des renseignements sur les actes que permet cette différence. Mais la plupart ne pouvaient dépasser un vague simulacre. Et des autres, Lilas concevait de la crainte et savait se défendre. En sorte qu'elle atteignit sa treizième année sans avoir subi autre chose que des manigances.

Il faut dire qu'elle n'était pas naturellement fort curieuse de ces choses : elle n'aimait pas les petits coins, mais les jeux en pleine cour, en plein pavé.

C'était la pure joie de vivre, comme un petit animal lâché sur la brande. Tout le mystère et toute la douceur de l'univers palpitaient dans l'air sale, dans les rais d'un soleil gêné par les toits, les façades, les poussières et les fumées, dans les lueurs d'aquarium des pluies et des brumes, dans la cinglée du vent d'hiver. La jeune faubourienne avait ses savanes, ses brousses, ses sources, ses bêtes et ses cataclysmes. Sur quelle prairie passent de plus nombreuses bandes de chevaux? Quelle steppe est parcourue de loups, quel désert de chacals, autant que la rue de dogues, de barbets, de danois, d'épagneuls, de mâtins, de bordeaux? De petites panthères bondissent sur les fenêtres, se glissent sur les égouts, explorent les caves et miaulent d'amour dans les nuits tièdes. Les moineaux roux et blonds tirent leur subsistance de l'homme, et ne sauraient vivre en tel nombre dans aucune solitude; les hirondelles tranchent de l'aile une atmosphère pleine d'animalcules nourrissants; on aperçoit des pigeons picorant la crotte; des merles, des ramiers, des bouvreuils poussent aux Buttes-Chaumont; les mouches pullulent; une pierre retournée découvre les cloportes; les cafards bruissent dans les boulangeries; les araignées tissent, sournoises; les puces sautent, indestructibles; les punaises ont des casemates dans la muraille; les poux ne prennent pas même la peine de chercher un autre gîte que la tête humaine; et il y a des faucheux, des bêtes à bon Dieu, des fourmis, des moustiques, des noctuelles...

Ainsi, dans la ville, où l'homme ne voit plus que lui-même et ses semblables, l'enfant aperçoit encore partout l'énigme de la bête.

Lilas connaissait des terrains vagues aussi sauvages que des landes; elle rôdait à travers des marchés où voisinent tous les produits de la terre; elle descendait dans des caves terrifiantes comme des cavernes. Certains jours, l'eau d'averse coule en torrents; le matin, un ruisseau murmure contre le trottoir, les gouttières distillent des sources, chaque cuisine a sa fontaine qui bruit au gré de la ménagère, l'arroseur lance sa poussière humide dans la poussière sèche et les pavés chauds. Et partout passent des choses douces ou terribles : des violons roucoulent au coin des rues, deux hommes enseignent aux midinettes la chanson nouvelle, des odeurs magiques jaillissent de la boutique du rôtisseur, des voyous s'éborgnent, ou bien la femme du quatrième a été assassinée par son mari, un corbillard roule les morts mystérieux, la petite vérole est dans le quartier, une fillette est écrasée par un tombereau.

Pour Marthe, toute chose est à la fois très naturelle et incompréhensible. Elle flotte dans ce pays de moellons, de pavés et de briques avec une âme aussi neuve qu'une feuille d'avril. Elle a l'impression que tout a commencé en même emps qu'elle, et cette sensation ne reçoit aucun démenti de la différence des âges. Les choses sont. La vie palpite. Et c'est extraordinairement charmant lorsqu'elle mange, lorsqu'elle joue, lorsqu'elle regarde des choses joyeuses ou neuves. Elle connaît la souffrance : Antoinette a la main dure, Baraquin a des démangeaisons brusques dans la paume, et les soulage sur les joues de Lilas; on bâille à l'école, quelquefois les grands ou les grandes cognent, on tombe sur la rotule ou sur l'épaule; on a peur, on s'ennuie toute seule, ou encore il ne faut ni bouger, ni rire, ni parler.

Mais continuellement l'âme s'enchante. L'espoir est dans toute la chair. Il va toujours arriver quelque chose, et ce sera si bon ! Puis, par des livres qu'elle lit hâtivement, et qu'elle a la chance de mal comprendre, elle conçoit des projets; elle sait qu'il y a des orphelines qui sont belles et qui rencontrent le marquis, le comte, le duc, ou simplement l'explorateur qui a découvert une mine d'or. Elle pourrait bien être l'orpheline et elle attend, frémissante, dans le terrain vague ou sur le banc du square.

Il y eut la première communion, puis la mort de François Baraquin. Elle sentit tout à coup qu'une force l'avait protégée et que cette force disparaissait : Baraquin était capricieux et colérique, mais il aimait sa petite fille et il avait le courage des chiens ratiers. Après que Bricoux, dit « les Escarbilles », avait tenté de la violer sur l'escalier de la cave, Baraquin avait été le saisir dans son domicile. Il y avait eu une lutte frénétique. Le ferblantier traîna Bricoux vaincu dans la cour et là, dansant sur sa carcasse et lui crevant le nez, il l'enduisit de boue, il lui pissa sur la face.

Ce châtiment avait impressionné les hommes. Beaucoup, qui eussent essayé de toucher à la petite, y renoncèrent par crainte.

Quand Baraquin fut mort, il n'y eut plus personne entre Lilas et les mâles. Antoinette était indifférente; Félix avait le cœur lâche et les muscles mous. L'enfant dut se fier uniquement à sa ruse, à sa prudence, à son flair, à son agilité. Elle devenait toujours plus attisante, avec la bouche, les yeux et le genre de chair qui enragent le désir; sa torche de cheveux et sa blancheur illuminaient; elle était une lueur qui passe. On la voyait de loin; on était déjà attentif quand on n'avait pas même pensé à regarder les autres filles, on passait d'un trottoir à l'autre pour la mieux considérer.

Elle eut quelques amoureux, presque malgré elle. Un seul lui plut. C'était un ébéniste. Sur la face toute jeune poussait déjà du gros poil. Il s'entretenait avec soin, il se lavait les mains et, parfois, se nettoyait les ongles. Son haleine était propre, il portait un chapeau rond et un complet gris à petites raies carmin. C'était un bon chien, toujours prêt à rire, au porte-monnaie généreux. C'est peut-être avec lui que Marthe aurait succombé, il avait eu l'habileté et la patience; mais l'habitude des conquêtes rapides le rendit imprudent, et il eut le tort de boire un coup pour se donner de l'estomac.

C'était un samedi. Il réussit à entraîner Lilas dans sa chambre. Il fut stupide et brutal; il était sur le point de la contraindre, lorsqu'elle se mit à hurler. Elle hurlait comme une louve. Sa voix monta les étages et ricocha sur la chaussée, l'on entendit des hommes qui se ruaient dans le corridor. Alors, il lui cracha dans les yeux, il la jeta sur le palier.

Elle descendit lentement, soudain calmée, et elle dit à la foule qui s'assemblait :

— C'est pas utile... On s'a cogné, mais y a pas de casse.

Ils rirent et lui firent passage en proférant quelques farces.

Cette aventure la rendit plus circonspecte encore. Lorsqu'elle était seule, elle marchait très vite; elle fréquentait de préférence les rues où l'on voit beaucoup de passants, de voitures, de boutiques. Tout de même, elle sentait l'absence de Baraquin. Antoinette était aigre; depuis longtemps, elle ne s'intéressait plus à ses gosses; elle rôdait pour son compte; il lui arrivait de ramener des hommes. Mais déjà variqueuse, c'est en ce temps qu'elle prit la syphilis, et quoique le mal eût été très bénin, il la détériora : ses cheveux se raréfièrent, sa peau prit une teinte plombagineuse, puis ses yeux produisaient trop d'eau et un poids lui entravait les jambes. Il fallut, ou à peu près, renoncer à la retape. Et elle finit par se coller avec Nicolas Camouche, dit Paille-de-Fer, cordonnier en chambre.

C'était un boiteux, très court, avec un torse en cuve, une tête jaune énorme. La bile verdissait ses paupières, ses cheveux s'étalaient en charpie sale, il ouvrait de gros yeux creux que, durant son travail, il doublait de lunettes. Le pouce de sa main droite était d'une grosseur monstrueuse.

Cette créature basse et massive recelait une extraordinaire salacité. Au reste, par l'odeur, par des gestes brusques, il rappelait le bouc, dont il avait l'énergie.

Quoique faible sur ses jambes, il était redoutable par la vigueur de son étreinte, par l'emprise formidable de sa serre.

Il se régala d'abord de la chair arthritique d'Antoinette. Sa fureur de chauffe-la-couche, presque toujours repoussé, à moins qu'il ne soldât les caresses, se dépensait chaque nuit et souvent dans la journée. C'était un bon ouvrier. Il tapait sur les semelles ou tirait l'alène, assis contre la fenêtre jusqu'au coucher du soleil, ou bien dans la lueur d'un bocal d'eau posé devant une lampe.

Il gagnait de bonnes journées. Point avare et sans prévoyance, il dépensait le gain avec sa maîtresse. Elle connut plus de grimaces, plus de chansons, plus de vaudevilles obscènes, plus de drames furibonds, pendant quelques mois, que pendant tout le reste de son existence. Il ne la menait pas seulement aux Bouffes-du-Nord ou à la Gaîté-Rochechouart, mais jusqu'à l'Eldorado, l'Ambigu, Ba-Ta-Clan. D'ailleurs, il connaissait les bons trucs pour obtenir le billet de faveur ou l'entrée à prix réduit, et pouvait ajouter au spectacle un museau de bœuf, une choucroute ou une saucisse rôtie.

Antoinette mena ainsi « la grande vie », que le père Baraquin lui avait impitoyablement refusée. Il y eut des soirs où, faute d'omnibus, elle s'étendit sur le capitonnage des fiacres : elle ne voyait guère de différence entre son sort et celui des marquises et des duchesses, dont ses rares lectures lui décrivaient l'existence avec exactitude et minutie.

On emmenait Lilas. Rarement d'abord. Puis, malgré l'opposition hargneuse d'Antoinette, le savetier l'invita chaque samedi soir. Pour elle aussi, ce furent des heures admirables. Quand elle était assise sur la panne rouge, tandis que Lagardère marquait au front les assassins de Nevers, que le Régent protégeait l'innocence, que l'orpheline fuyait, poursuivie par ses bourreaux, elle concevait la joie de vivre et se faisait une idée précise des princes, des seigneurs, du grand monde, des bandits et de la richesse.

Elle ne pressentait aucunement les desseins de Nicolas Camouche : c'est qu'il était sournois et patient. Comme il n'avait pas encore fini de s'assouvir sur Antoinette, il cuisinait, à loisir, la « petite grive » en tirant sur le ligneul. Il espérait arriver à ses fins par la douceur. Car c'était un cerveau plein d'illusions. Encore que son expérience galante n'eût pas été heureuse, il n'en croyait pas les événements, et lorsqu'il voyait, au théâtre, les hommes traîtres et hideux, il n'y reconnaissait pas un trait de sa personne. Il s'attribuait opiniâtrément une sorte de charme, où il y avait de l'élégance, il ne doutait point que Lilas y fût sensible. Elle se jetterait dans ses bras ou, pour le moins, lui ferait des agaceries. Comme elle restait paisible, il décida qu'elle cachait son jeu. Parfois aussi, il pensait qu'elle avait des scrupules; car, enfin, Antoinette était sa mère...

Tant qu'il ne fut pas rassasié de celle-ci, ces raisons le satisfirent. Puis l'heure vint où le nouveau désir domina; il ne goûta plus Antoinette qu'avec indifférence; souvent, il n'avait même plus le courage de se mettre à l'œuvre. Alors, il fut moins sournois. Lorsqu'il était seul avec Marthe, il s'arrêtait de taper ou de coudre, il ôtait ses lunettes et, de ses yeux creux, la regardait en face. Ce regard semblait venir de très

loin, il y passait de petites traînées de phosphore. Et la bouche était épouvantable, avec sa lèvre supérieure en auvent, pareille à ces limaces orangées qui rampent dans les sentiers, au crépuscule.

Il parlait :

— Te v'là grande... oui, y a pas à dire, t'es une femme... t'es faite, ma gosse, c'est épatant c'que t'es faite. Et puis, sans blague, gironde ! ,

Ses yeux creux scintillaient, une excitation crispait sa joue huileuse et Marthe s'inquiétait vaguement encore, ne redoutant guère le bonhomme. Il s'en tint longtemps à des paroles. Un jour, il caressa les cheveux de la petite :

— Des cheveux comme ça, j'en ai jamais vu ! s'exclamait-il... C'est des cheveux de princesse angliche.

Elle s'était retirée, vivement. Indécis, devenu vert, les lèvres couleur de vieux jambon, il la considérait.

— Y a pas d'injure ! chevrotait-il. Ça peut se dire, vu que c'est un compliment.

Mais elle savait bien qu'il ne proférait pas de compliments devant Antoinette.

Elle se méfia davantage; malgré la cautèle de Camouche et les traîtrises du hasard, elle fut rarement seule au gîte, lorsque la mère n'y était point.

Lui, cependant, séchait de désir. Assis sur son trépied, les reins chauds, il ne pensait qu'à cette fille. Lorsque la lumière des cheveux envahissait le logis, il tremblotait, et quand il était seul, il embrassait les camisoles de Marthe. Une jeunesse navrée et violente tenailla sa moelle; il se persuada qu'à force de la vouloir il la posséderait. Cependant, il hésitait à employer la force, car il n'aimait pas les tribunaux, et la petite romance continuait à lui chanter au cœur.

Il fit des économies. Un jour qu'Antoinette venait de sortir à l'improviste, il tira de sa poche une petite montre d'or, et la tendant à Lilas :

— C'est pour toi, dit-il d'une voix rauque. Cache-la. Ta mère te la reprendrait. Et puis, n'en dis rien à personne !

Elle jeta un regard sur la frêle mécanique. La boîte était plate, avec des gaufrures; le cadran jaune montrait des heures d'émail. Un frisson de convoitise la secoua. Elle fut la fille sauvage devant la pierre rouge ou bleue, devant un collier de coquilles : le bijou a tracé dans nos atavismes un sillon impérissable; pour le jeune enfant même, c'est un signe féerique. Elle ne la prit pas, mais elle fut attendrie :

— Merci, dit-elle doucement. Je ne pourrais pas la cacher.

— Ben ! fit-il tout tremblant, une petite bave aux lèvres, ne la cache pas... Tu diras que c'est un gigolo qui te l'a donnée. Ta mère n'est pas contraire à ce que tu fréquentes... Si elle gueule, tiens, v'là une pièce de cinq francs... tu auras qu'à la lui donner. Du coup, elle fermera sa malle !

C'était tentant. Une ivresse passa. Mais Lilas sentit bien que si elle prenait le cadeau, elle cesserait d'être libre; quelque chose était en elle qui la forcerait à payer cette dette. Elle darda encore un regard sur la montre, elle refusa :

— Non ! dit-elle, j'ai rien fait pour l'avoir. Je peux pas !

— Bêtasse ! T'as rien fait, et puis? Si ça me plaît de t'offrir ça !

— Et pourquoi que vous me l'offrez?

— Tiens, parce que c'est mon idée... J'te gobe. Y a pas de casse...

— Si j'étais un garçon, vous n'auriez pas pensé à ça.

— Tu peux le dire. Mais t'es pas un garçon... t'es une fille, et une belle fille !

Il poussa un rauquement et, entraîné par une sensation trop forte :

— Je peux bien te le dire, après tout. J'en suis malade, je pense plus qu'à toi. Je tuerais quéqu'un pour t'avoir. Ça m'a pris... c'est pas ma faute... c'est «l'hydre de la nature !...» Vois-tu, ma gosse, j'en peux plus, j'en étouffe, je claquerai si je ne peux pas t'avoir. Ecoute, c'est pas de la blague. Je suis un homme sérieux qui connaît l'existence... Tu sais comme je suis travailleur, comme je fais de bonnes journées et que je regarde pas à la dépense. Ben ! si tu veux, tout ça sera pour toi. Je travaillerai double et triple. Dis oui et on fout le camp tout de suite. Je m'acharnerai pour toi... Je me crèverai pour te faire heureuse !

Il pleurait presque; il y avait des gouttes grasses sur ses tempes et au bord de ses cheveux; il était hideux et lamentable; il ressemblait à un vieux chien, et son émotion le faisait suer. Elle, de songer à ce qu'il voulait, fut prise d'un dégoût qui lui levait le cœur; mais comme il parlait avec humilité, elle avait aussi de la compassion :

— Faut pas ! répondit-elle. C'est des idées. Ça passera. Moi, c'est pas dans mes cordes... Je veux pas me coller !

— Ce n'est que ça ! cria-t-il. T'as qu'un mot à dire, on ira à la mairerie.

— Je veux pas non plus. Et puis, vous n'y pensez pas. Ça serait pas chic du tout. Vous êtes à ma mère. Voyons, une fille ne peut pas prendre un homme à sa mère !

Cette réponse déconcerta un instant Paille-de-Fer. Puis, il répondit :

— D'abord, j'suis pas à ta mère. On est l'oiseau sur la branche ! J'ai pas fait de bail ni elle non plus. Elle peut bien faire ce qu'elle voudra... et moi itou... Et elle est pas déjà si chouette avec toi. Tu lui dois rien, t'as pas demandé d'y venir; elle t'a posée comme une poule pose un œuf ! D'ailleurs, tu lui feras aucun mal, vu que je comptais bien la plaquer un d'ces quat matins : elle est trop crampon.

Il s'animait et, à mesure, il devenait moins pitoyable. La fin du discours choqua Marthe. Elle s'indigna de ce que ce sale savetier osât trouver une femme crampon; il aurait dû être trop content d'avoir trouvé Antoinette.

— Et après ! s'exclama-t-elle avec goguenardise. C'est pas seulement pour elle, c'est aussi pour moi. Bien sûr que c'est pas propre, une fille qui va avec le type à sa mère... Je suis pas de cet omnibus-là !...

— Ah ! t'es pas de cet omnibus-là ! fit le cordonnier.

Une fureur enfla les pectoraux de Camouche et enfuma ses prunelles : il se jeta sur Lilas du même mouvement dont il aurait donné un coup de couteau. D'un crochet, elle l'évita, et comme il se tournait pour revenir à la charge, elle empoigna un traversin sur le lit de fer et le lui lança de toutes ses forces. Il tituba, s'affala contre la muraille; elle eut le temps de prendre la porte et de s'enfuir.

Lilas n'osa rien dire à sa mère. Elle était sûre que Camouche nierait. Elle se tut donc; la vie continua, sournoise.

Paille-de-Fer semblait avoir tout oublié, il travaillait avec vigilance, il était même plus impassible, mais des rides de mauvais augure passaient par saccades au milieu de son front.

Sa résolution était prise. Une âme de criminel lui poussait, hypnotisée sur un désir invariable. Il méditait son coup, avec patience, et il voulait d'autant plus Lilas qu'il l'avait prise en haine.

Plusieurs semaines s'écoulèrent. Elle se tenait sur ses gardes; elle barricadait chaque soir le cabinet noir où on avait étendu sa paillasse et jamais elle ne demeurait une minute seule avec le cordonnier. Mais lorsqu'on vit ensemble, l'occasion finit toujours par se produire.

Un après-midi, Antoinette se rendit au boulevard Richard-Lenoir, dans l'intention d'acheter une jupe d'occasion chez une revendeuse. Le cordonnier, pendant le déjeuner, annonça qu'il irait de son côté jusqu'à Saint-Denis, où il avait une « affaire de cuirs ».

Marthe rentra sans méfiance. Elle jeta toutefois un coup d'œil dans le logis avant d'entrer définitivement. Personne. Alors, elle referma la porte, et elle se dirigeait vers un placard, où elle comptait prendre un exemplaire dépareillé de la *Petite Mionne*, lorsque Camouche jaillit de derrière le lit de fer. Quand elle se retourna, il était trop tard, il la tenait acculée dans l'encoignure.

— Si tu pousses un cri... un seul petit cri, fit-il d'une voix d'assassin, je t'étrangle ! Et c'est pas des mots.

Il était immonde et épouvantable, on aurait dit que sa peau était devenue du plâtre sale : elle s'écaillait, elle n'avait plus de sang ni même de bile. Ah ! Marthe vit bien que ce n'était pas de la frime. Et, presque aussi pâle que lui, avec des battements de cœur qui semblaient lui monter jusque dans la gorge, elle supplia :

— Ne me faites pas de mal !

— C'est pas du mal que je veux te faire, rauquait-il... c'est du bien. T'as qu'à être gentille...

Il approchait son mufle et son pouce gigantesque. Dans l'excès de sa terreur, elle se précipita sur lui et tenta de se frayer passage. Les deux mains se refermèrent sur son cou, l'énorme pouce pesa :

— Pas un mot, j'te dis. T'es à moi. Tu peux pas t'en sortir. J'te crèverais.

Elle eut une minute d'excessive faiblesse : sa volonté fondit, ses jarrets plièrent, elle ne résista plus. Il se mit à la pousser et brusquement il la bascula. Alors seulement, elle n'eut plus peur de la mort, elle ne redouta que la chose qui allait se passer, et cette odeur de chien galeux que répandait Camouche.

Ce fut une lutte frénétique. Il continuait à la tenir au cou, d'une poigne, et, de l'autre, il étreignait les mains qui, infatigablement, cherchaient à le griffer. Il aurait pu l'étouffer sans peine, mais cette extrémité le rebutait : il la voulait vivante. Aussi, pressait-il à petites secousses, tout en tenant très ferme. Il espérait la stupéfier, la jeter dans un demi-évanouissement propice.

Elle essayait de crier et n'exhalait qu'un grognement sourd, elle se roidissait et ne cessait de rebondir ; ses reins faiblissaient ; une torpeur envahissait ses tempes, il y eut une minute où son être plongea presque dans l'inconscience. Une sensation violente la réveilla, une douleur profonde, et la brutalité de cette souffrance lui rendit une énergie si soudaine qu'elle rejeta Camouche. Alors, elle le mordit au visage, elle lui planta ses griffes dans les yeux. Aveuglé, fou de rage, il ressaisit la gorge de la jeune fille, cette fois d'une main de meurtrier. Et il proférait des choses haletantes :

— Garce !... Salope !... Je te voulais que du bien... c'est comme ça que tu me récompenses ! De ce coup, tu vas voir !... Quand je devrais porter ma tête à Deibler... Attends ! attends !

Elle se débattait plus faiblement et, avec un han ! il la tordait, il l'asphyxiait. Il n'entendit pas qu'on introduisait une clef dans la serrure, il ne se retourna qu'au cri furieux d'Antoinette. Elle tenait déjà à deux mains le bocal du savetier et, de toutes ses forces, elle en versait le contenu sur l'homme et sa victime.

— Ah ! les salauds ! Les crapules ! glapissait-elle.

Car mouche s'était dressé, refroidi par l'eau et par l'événement. Il se tenait là avec sa face de plâtre jaune où perlait l'huile de sa sueur, hagard, farouche, tremblotant. Antoinette lui cracha au visage, puis elle se précipita sur Marthe, qu'elle gifla à trois reprises, de toutes ses forces, en grondant comme une louve.

Elle savait bien pourtant que sa fille n'était point coupable, mais elle l'exécrait autant que si la trahison eût été réciproque, et elle ressentait aussi une indignation obscure parce que Lilas avait dédaigné Camouche.

— Petite rosse, c'est comme ça que tu chauffes les hommes ! J'vas t'en fiche, moi, de la coucherie... J'vas faire dégringoler tes puces le long de ton derrière.

Marthe sanglotait amèrement. Toute l'horreur des faibles criait au fond de sa chair. Enfin, une révolte la redressa :

— Tu sais bien que tu mens ! Tu sais bien qu'il était en train de m'étrangler... il n'y a qu'à regarder sa gueule saignante... Et j'en ai assez ! Me touche plus !

Elle avait pris le marteau de Nicolas et le brandissait. Antoinette préféra ne pas vérifier la sincérité des menaces. Elle se retourna vers le savetier, lui cracha une seconde fois à la face et, ce geste exaltant sa rage, elle saisit une alène :

— Fous le camp, ou je te crève !

Il jeta autour de lui un regard vacillant, une folie passa sur son masque, puis il fut étrangement calme :

— Ben quoi ! fit-il d'une voix douce... C'était pas sérieux, c'était comme ça un petit jeu... Tu penses bien que j'aurais pas été faire des saletés avec une gamine !

— Fous le camp ! aboya la mère Baraquin... Je fais un malheur ! Et j'appelle les sergents de ville. Ah ! mon vieux, t'en ferais une tête devant les juges.

— Ecoute, Antoinette, je te promets que j'ai rien fait.

S'il avait crié, et surtout s'il avait levé la main sur elle, Antoinette aurait cané. En le voyant tout vert d'épouvante, sa rage s'affola ; elle se jeta sur lui pour le saigner. Mais il l'évita, et filant par la tangente, il gagna la porte :

— Je suis un honnête homme, et ça se passera pas comme ça !

Quand il fut sorti, les deux femmes se regardèrent en silence. Puis, la mère lâcha sa jalousie en invectives et en menaces :

— Vache à maquereau ! M... de trottoir ! Vadrouille ! Si tu l'avais pasaguiché, il t'aurait laissé tranquille. Tu tournais près de lui comme une chienne. T'as exposé ta viande... C'est aussi pire que si tu y étais allée carrément. Pour une rosse, t'es une rosse... et pour une carne, t'en es une fameuse. Ça ne fait rien. Je réglerai ton compte et ça sera aux petits oignons !

Lilas était tombée sur une chaise. Elle écoutait cette voix crapuleuse qui était la voix de sa mère, et toute la misère du monde pesait sur ses épaules. Quelque chose brûlait au centre de son corps. Elle n'apercevait ni le passé ni l'avenir; elle était dans le présent comme dans une éternité affreuse et sans remède. A la fin, elle murmura :

— Je n'ai pas couru après lui. Je l'ai jamais écouté. Quand il était seul dans le logement, je filais dehors. Tu le sais bien... tu le sais bien ! Pourquoi que tu n'as pas compassion de moi? Moi je t'aime bien, pourtant !

Ah ! qu'un peu de pitié lui aurait fait du bien. Ah ! rien que de lui passer la main sur le dos, comme on fait aux chiens et aux chevaux... elle se serait sentie presque heureuse. Mais la mère jalouse ricanait :

— De quoi, compassion ! Quand tu m'as pris mon homme !

Elle ne sortit pas de là.

Et l'horrible soir passa, puis la nuit et des jours. Le savetier ne reparut point. Il fit chercher ses outils et ses cuirs, il partit pour l'autre rive, au fond de Grenelle. Ensuite, la vie se remit à tisser sa toile.

Lilas savait qu'elle avait perdu de sa valeur. Quoique Camouche ne l'eût point possédée, elle était de ces filles qu'on ne mène pas volontiers devant le maire ni à l'église. Elle était comme elles et pas comme elles. Comment l'expliquer? « Un homme qui la croirait saurait bien qu'elle restait neuve tout de même; mais qui la croirait? »

Cette idée la rongea d'abord, elle en était honteuse : à la longue, elle s'y habitua. Les choses que son malheur avait partout mises en désordre reprirent leur place. Son sang bondissait, trop riche pour le pessimisme. Elle regardait à travers l'atmosphère pour découvrir la joie, et l'espérance coulait à pleins bords.

Le travail même, la petite aiguille ennuyeuse et monotone, la machine qui fatigue le dos, la patronne qui harcèle et gronde ne l'accablaient point. Au matin, la lumière était de nouveau créée, Lilas courait sur le trottoir d'un pied pétulant et gai, ses yeux se nourrissaient de la rue et des créatures, il y avait partout des scènes qui promettaient la délivrance : devant le bijoutier, elle conçoit des miracles, l'odeur du pain chaud et des pâtisseries réveille une convoitise qui la rend confiante, les viandes roses, les galantines, les boîtes de sardines, les saucissons, les chipolatas l'hypnotisent aux devantures des charcutiers.

Peut-être Marthe rêvait-elle d'amour, mais avec une extrême prudence. Sa défiance du mâle était encore accrue. La peur l'enveloppait et la rendait subtile. Pour la rassurer, il aurait fallu un homme à la fois très doux, très propre, très discret dans ses paroles, et qui pourtant n'eût pas l'air d'être d'une autre race.

Ces hommes croissent rarement dans les quartiers pauvres. Les ouvriers étaient trop souvent débraillés et leurs paroles manquaient de mesure, les employés ne se prenaient pas pour la queue de la poire et semblaient sournois ou goguenards. Tous d'ailleurs montraient trop vite où ils voulaient en venir; le souvenir du pouce de Camouche et la brutale blessure avaient laissé une phobie à la jeune fille. Pas moins qu'une autre, elle n'était faite pour aimer; mais celui-là seul aurait des chances qui saurait la séduire très lentement et lui inspirer une confiance profonde. Les discrets sont aussi les timides. Ils bafouillent : on ne sait pas ce qu'ils veulent dire et ils vous font partager leur gêne. Et quand on est irrésolue, d'être par surcroît gênée suffit à tout rompre.

Elle eut seize ans; elle savait qu'elle était une belle fille, très attisante. Le hasard de quelques lectures, peut-être aussi l'atavisme du père Baraquin, qui était un animal social très régulier, lui firent décider que l'amour devait être précédé du mariage. Sans doute le dégoût où la jetait l'existence d'Antoinette aida à lui enfoncer cette idée dans la tête.

Antoinette vivait comme les chattes sur les gouttières. Quoiqu'elle fût usée et qu'elle fatiguât terriblement des reins, elle gardait une ardeur vaseuse. Et comme les amateurs ne foisonnaient point, il lui fallait faire la chasse. Sur ses jambes enflées, avec son cœur lourd, la besogne était incommode. Elle amenait des types ignobles qui la lâchaient aussitôt. Ces vadrouilles devenaient de plus en plus clairsemées, tant à cause de la rareté des amateurs que par l'accroissement de la lassitude. D'autre part, elles devenaient toujours plus ignobles et ancraient Lilas dans ses répugnances.

Mais les pièges qui entourent la créature sont innombrables et la créature est soumise aux rencontres obscures de l'énergie et de la matière. Puis, toutes les fictions ancestrales vivent en elle et l'aveuglent.

Marthe rencontra, près de Lariboisière, celui qui avait la parole aimable, avec la patience et la douceur. C'était un employé des Masses-Laborieuses. Il cachait une construction faible sous des vestons violemment carrés par l'épaulette américaine, et une santé indigente sous un teint frais. Ses yeux avaient la couleur des boules d'indigo, avec deux pupilles dilatées, d'une incertitude séduisante. Il portait une barbe noire en fer à cheval, ses cheveux frisottaient autour des oreilles, ses lèvres avaient un sourire rose sur des dents étincelantes, il lavait avec soin ses mains, son visage et même son cou. En outre, il lisait avec assiduité les romans populaires. Il connaissait même beaucoup de feuilletons d'un autre âge : *Les coups d'épée de Monsieur de la Guerche, la Jeunesse du roi Henri, les Mystères de Paris, Monsieur Lecocq, le Tambour de la trente-deuxième, Marcof le Malouin, les Habits noirs* Ces récits étaient déposés dans sa mémoire par couches, comme le limon au fond des lacs. Il retrouvait tout de suite le nom des personnages et leurs exploits, citait les passages comiques avec un rire discret, se souvenait de la beauté des héroïnes et de leurs épreuves.

Sa voix était un peu basse, presque rauque, mais sympathique. Lilas reconnut que c'était un homme très supérieur aux autres. Son admiration s'accrut lorsqu'elle constata qu'il avait les mêmes opinions qu'elle sur la *Petite Mionne* et sur *Fleur-de-Marie*.

Il l'accosta au coin de la rue.

C'était un soir d'avril. Le ciel venait de chasser un grand nuage, et l'on voyait de petites étoiles, au-dessus de l'hôpital Lariboisière. Il lui parla avec distinction :

— Pardon, excuse, mademoiselle... Est-ce que je ne vous ai pas rencontrée aux Bouffes-du-Nord, un soir où on jouait *Gigolette ?*

Il avait soulevé son melon, esquissé quelque chose comme une révérence. Elle voulut d'abord le dépasser, mais elle ne put s'empêcher de se dire qu'il parlait très bien ; et puis, il descendait une brise molle, où l'on sentait une odeur de foin.

— Je ne m'en rappelle pas ! dit-elle. C'est bien possible... Des fois, je vais aux Bouffes-du-Nord.

— Il me semble bien vous reconnaître ! Et, d'ailleurs, ça serait difficile qu'on vous prenne pour une autre... Je n'ai pas souvent rencontré une personne qui était aussi jolie.

— Faut pas vous moquer ! fit-elle, confuse, et reconnaissant qu'il était tout à fait bien élevé.

— Je n'me moque pas. C'est la pure vérité. Vous devez bien le savoir, allez. Quand on est jolie comme ça, on ne manque pas de gens pour vous le dire. Si ça ne vous gênait pas, on pourrait faire quelques pas ensemble.

Ça ne la gênait pas. Que pouvait-elle craindre ? S'il lui déplaisait, il serait toujours bien temps d'en finir. Alors, il marcha près d'elle et il se présenta. Il se nommait Emile Aubert, était employé au rayon de la chapellerie, et se faisait 150 francs par mois. Il avait encore ses parents ; son père était garçon boucher et sa mère cardeuse de matelas. Lui n'avait pas voulu être ouvrier, mais il ne méprisait personne. Il espérait devenir à la longue chef de rayon, à moins qu'il ne gagnât un gros lot à la loterie :

— Dès qu'il y a une loterie, j'achète un billet. Jamais j'en laisse passer une, je veux dire quand je la connais. Chaque fois que je ne gagne pas, c'est une chance de plus de gagner une autre fois. Si jamais j'avais la veine, savez-vous ce que je ferais ? J'ouvrirais un joli restaurant, avec une salle de café et un billard. C'est mon rêve, quoi !

Ils dévalaient à pas menus le long des rues où l'araignée du soir tissait ses mailles. Les étoiles croissaient en éclat et en nombre, le croissant étalait une broche délicate, avec un petit diamant entre les pointes, une poudre de perles palpitait sur le Chemin de Saint-Jacques. Et les passants glissaient vers leurs tanières, avec des allures affamées. C'est ainsi qu'ils parlèrent littérature et théâtre. Il venait de voir la *Grande Famille*. Il avait été très frappé de la rivalité du chef et du subordonné.

— C'est sûr que, pour les officiers, on n'est pas des hommes, remarqua-t-il. Des fois, pourtant, le soldat est plus mariolle que le chef. Ah ! j'aurais pas voulu me trouver à la place du sergent ; mais, si je m'y étais trouvé, je ne me serais pas laissé faire, quand même il aurait fallu passer à Biribi... Devant l'amour, on est tous égaux !

Ensuite, par une pente naturelle, ils parlèrent de *Paillasse*, que publiait le *Conteur populaire*. Là, c'était un pauvre bougre de saltimbanque qui avait épousé une fille de grand seigneur, au temps où elle était abandonnée. La famille venait de reprendre la jeune femme et, loin de son mari, elle languissait.

— Qu'est-ce qui va arriver ? demanda Marthe.

— Paillasse la rattrapera, affirma Emile. Et y faudra bien que le vieux cède ! Dame ! il est son mari, après tout, sans compter qu'elle est mère.

— C'est vrai, mais si on la fait disparaître ?

Cette hypothèse le rendit soucieux. Ils marchèrent quelques minutes en silence. Enfin, il dit :

— Qu'est-ce que vous feriez, si vous étiez l'héroïne ?

— Moi ? s'écria-t-elle avec véhémence. Ah bien ! ça ne serait pas long... Je dirais à mon grand-père : « Paillasse ou la mort. »

Il approuva énergiquement cette réponse et offrit une poignée de main à Lilas, disant :

— Je suis sûr qu'elle ne pouvait pas être plus jolie que vous.

Ces paroles embaumèrent le soir. Marthe n'en avait entendu d'aussi belles qu'à l'Ambigu, aux Bouffes-du-Nord et dans les romances. Elle était charmée aussi de la poignée de main. Quand il proposa de la retrouver le lendemain, elle ne refusa point.

Ils se revirent. Pendant plus d'une semaine, il ne tenta ni de l'embrasser, ni de la pincer quelque part, comme faisaient les autres hommes. Il aimait causer ; elle était stupéfaite de voir combien ils avaient d'idées communes : ainsi qu'elle, il préférait les héroïnes blondes, il s'enthousiasmait pour les personnages qui cachent une grande force et une bravoure surhumaine sous des dehors élégants ; il ne pouvait souffrir un récit qui finissait mal, — et, dans la vie, il aurait voulu être son propre maître, avoir des bagues, une montre, une chaîne en or, une grande armoire à glace biseautée, beaucoup de vêtements et de linge, passer ses soirées au théâtre et le dimanche à la campagne. Pour le reste, il croyait qu'il n'y a que l'honnêteté.

Tant de goûts conformes aux siens la ravissaient. Elle se mit à l'aimer d'un amour qui, d'abord, mijotait tout doucement dans son cœur. A mesure, sa prudence fondit, sa tendresse devint plus chaude. Le temps arriva où elle bouillonnait nuit et jour. Il s'en aperçut bien. Il lui proposa à plusieurs reprises de venir voir sa chambre, et, par deux fois, elle l'accompagna jusqu'à la porte de sa maison; lorsqu'elle apercevait le corridor bas, aux murs suants et couleur de viande, elle se rappelait si vivement Paille-de-Fer et les autres qu'elle reculait, épouvantée.

Émile, prudent et mariolle, comprit qu'il fallait user d'une autre tactique. Il proposa une promenade au bois de Clamart, où il connaissait des fourrés propices. Elle accepta, et, le dimanche matin, dès 9 heures, ils prenaient le tramway Bastille-Porte Rapp, avec la correspondance Saint-Germain-des-Prés-Clamart. Le temps était moutonneux; une bande de nuages blafards plana longtemps sur le zénith.

— Vous croyez pas qu'il pleuvra? demandait-elle.

Il flairait l'air et se touchait la narine :

— Je ne crois pas. Quand il va tomber de l'eau, j'ai le nez qui me démange. Un petit coup de soleil va bouffer le mauvais temps.

Au fond, il espérait la rincée, car les chambres d'hôtel valent mieux que les fourrés — et il avait emmené une belle pièce d'or avec deux écus de cent sous.

Près des fortifications, le ciel s'obscurcit encore, il y eut une odeur d'orage, les nues galopèrent en tourbillon.

— Bah! fit-il, c'est pas une affaire. Je connais un restaurant épatant où on peut déjeuner sous une galerie. Il est fameux pour la tête de veau.

Quand ils arrivèrent à Clamart, le bois était presque désert : les Parisiens attendaient la décision des nuages.

— Allons-y quand même, dit le jeune homme avec douceur. Le nez n'a toujours pas bougé : c'est bon signe.

Comme ils avaient chacun un parapluie, Lilas se laissa convaincre. C'était le temps où les feuilles n'ont pas fini de croître. Elles avaient la chair délicate et fraîche comme la jeune salade; elles répandaient une âme trouble, et le clair des nuages jouait aux sous-bois pleins de finesse et de timidité.

Alors, la romance chanta dans le cœur de Marthe. Elle accompagna le trille des petits oiseaux; elle s'envola avec le merle, le pinson, la fauvette et la grive; elle étincela sur les corolles et s'alanguit dans les parfums. Avec les refrains pâmés, il y eut la « mignonne », la « charmante », la « cruelle », le lilas, le muguet, les roses et les étoiles. La Parigote vécut le luxe des rêves, et comme elle ne pensait pas à la mort ni même

au lendemain, elle eut la dangereuse fièvre du bonheur. La vie universelle fut, sous les chênes et les hêtres de Clamart, un grand garçon aux épaules matelassées par l'épaulette américaine, au torse débile, aux mains moites, et dont les yeux indigo distillaient une tendresse fade. Il traînait de longues bottines, où transpiraient des pieds blêmes et mal lavés. Mais ses culottes étaient fraîches; il exhibait des manchettes; une chaîne « titre fixe » protégeait sa montre en aluminium. Tel quel, il fut l'idéal, les songes innombrables; il se para de tout ce que les romanciers populaires ont mis de prestige autour des amants magnanimes.

Elle aussi fut l'héroïne, mais le garçon faisait ses réserves. Il savait bien qu'elle était séduisante, il la devinait belle fille par tout le corps. Elle n'avait pas comme lui des os mal venus, une peau moite, des membres à demi rachitiques. La sève qui l'emplissait était, de toutes parts, généreuse; les accessoires même n'avaient pas été négligés : dans les bottines trop fortes, on aurait trouvé de beaux pieds frais et secs; le torse aux côtes bien construites comportait des seins presque parfaits, un ventre charmant de couleur et de forme; quelque irrégularité dans le contour du visage n'enlevait rien à son attrait, à l'éclat des joues, au feu sain de la bouche, aux yeux d'enfant et de lionne... Mais il en avait possédé d'autres, presque sans peine. Alors la romance perdait de sa force; et quoique Emile fût un fruit mal venu, il envisageait la belle fille, bâtie avec tant de soin, comme une chose passagère.

Le ciel s'était assagi; de toutes parts des puits de lumière s'ouvraient dans les nuages. Emile se mit à chanter :

> *L'amour, vois-tu, chère mignonne,*
> *S'accroît avec le frais lilas.*
> *Sous le ciel d'avril qui rayonne,*
> *L'amour est là, il est là-bas!*

Elle répétait en sourdine :

> *Sous le ciel d'avril qui rayonne,*
> *L'amour est là, il est là-bas!*

Elle avait les yeux pleins de larmes. Alors, il la prit à la taille et l'embrassa à pleine bouche. Quoiqu'il fleurât le tabac et quelque peu le torchon rance, elle se sentit le cœur fou, elle rendit les baisers avec gaucherie.

— Je n'ai encore jamais aimé que toi! dit-il, rauque et les yeux chavirés.

— On dit ça! répondit-elle.

Mais elle n'avait aucun doute. Elle était crédule comme les petits enfants, ou comme la pinsonne perchée sur un rameau neuf.

— Je ne mens pas, reprit-il... De dire que je suis mascot, ça ne serait pas vrai, et tu ne voudrais pas ! Mais les autres, vrai, aucune n'était comme toi.

Il la poussait traîtreusement vers un fourré. Ils furent enveloppés de chair verte ; le silence était si profond qu'ils n'entendaient plus que la galopade de leurs cœurs. Émile était pâle, avec un regard fixe et furieux. Il cria :

— Dis pas non ! Dis pas non !

Il la poussait avec sauvagerie. Elle eut peur. De nouveau, le vieux Camouche jaune lui apparut, avec le pouce géant et la couchette de fer. Elle voulut s'enfuir, se retrouver dans les sous-bois clairs. Brutal alors, il la saisit à pleins bras et son haleine, à mesure, sentait davantage le torchon rance. Toute la douceur s'échappa de l'âme de Lilas ; elle fut loin de l'amour et de tout, il y eut, dans le bois, quelque chose d'épouvantable.

— Non, Émile, non que je dis... j'veux pas... pas maintenant !

— Pourquoi donc ? chevrotait-il. Maintenant ou tantôt... y a personne. On n'est pas venu pour les oiseaux. Sois sage... tu vois bien dans quel état tu m'as mis !

Elle ne cédait point ; ses beaux bras frais tenaient tête aux bras maigres du jeune homme ; tout à coup le mariage seul lui parut possible, et, comme elle y pensait, elle le dit :

— Je ne suis pas une traînée, Émile... j'peux pas faire ça sans être mariée !

Il fut si surpris qu'il faillit la lâcher. Le mariage ! Oui, si on lui apportait une boutique ou l'argent pour s'établir. Mais comme ça, pour faire le pierrot !... La prétention de cette fille le dégoûtait.

Il goguenarda :

— Tu crois encore au mariage ? Vrai, il te reste de la santé.

Elle le regarda en face :

— Alors, tu ne te marierais pas ?

Il hésita, puis, évasif :

— J'aime qu'on aie confiance.

— Confiance de quoi ? fit-elle en tremblant... Pour sûr, j'aurais confiance si tu me promettais.

Il se mit à rire, d'une voix cassée, et, cédant soudain :

— Pourquoi que je ne te promettrais pas... Tu veux... eh bien ! c'est dit !

— Je serai ta femme ?

— Oui ! oui !

Ah ! elle n'en avait pas plus de désir ! Le vide persistait et la méfiance contre la vie. Mais comme elle ne doutait pas de la parole d'Emile, elle ne vit aucun moyen d'esquiver sa promesse. Alors, elle baissa la tête, et tandis que des larmes coulaient sur ses joues, avec du dégoût et de la tristesse, elle se résigna. Ce fut sinistre. Elle se releva dans un étonnement immense. La « mignonne » était loin, la « charmante » et la « cruelle » avec les roses, les lilas, les muguets et les étoiles ! Et cette fille faite pour l'amour était tout hébétée par la simplicité grossière de l'amour. Lui, un peu tremblant sur les jarrets, le cou pesant, disait :

— Ce qu'on va s'aimer, Marthe !

— Ce qu'on va s'aimer ! répéta-t-elle tout bas.

Elle n'avait même plus de larmes. La journée fut morne. Car il l'entraîna une seconde fois par les fourrés, et lui, dont la sève était pauvre, devint morose. Il avait sommeil, sa mémoire était ralentie, il ne faisait plus aucun effort pour plaire à la proie conquise.

Il y eut un déjeuner gluant, arrosé d'un piccolo sans gaieté, puis une promenade alanguie. Un petit vent aigre rôdait dans les branches, la température était trop fraîche pour se coucher sur l'herbe : ils cherchèrent refuge dans un caboulot, au bord d'une route. Des culs-terreux y jouaient aux cartes, le patron ne cessait de faire l'éducation d'un sansonnet, à qui il apprenait la *Polka des Canaris ;* Emile buvotait avec l'air de vouloir s'endormir.

Et il n'y avait plus de romance. Du paysage renflé qu'ourlait un ciel d'étain et de zinc aucun mystère joyeux ne semblait devoir jaillir. Lilas se sentait mal au cœur, comme si elle avait longtemps oscillé en escarpolette ; une formidable monotonie emplissait les heures. Avec quelle impatience elle attendait le soir !

Il s'annonça. Les nues se parèrent de leur glorieux mensonge, les pourpres enflèrent des fanfares magnanimes, des lacs citron et des fleuves soufre se perdirent dans un océan de lazulite pâle ; il y eut une contrée hyacinthe, pleine de promesses féeriques.

Alors, comme ils se levaient pour partir, Marthe eut un petit élan et soupira :

— Tu m'aimes, Emile ?

— Bien sûr, dit-il avec un bâillement.

— Tu m'aimeras toujours ?

Il sourit, d'un air pauvre et narquois :

— Vous demandez toutes la même chose !

Cette réponse la transit ; elle reprit, terrifiée :

— Tu m'avais dit que tu m'aimais plus que les autres !

Cette insistance irrita le garçon ; dans son énervement, il répondit, trop vite :

— Tu comprends, on parle...

Elle lui lâcha le bras, elle se mit à trembler :

— C'était pas vrai ?

— Mais si, mais si, dit-il, en se reprenant avec mauvaise humeur... Faut pas te faire des idées.

— Je ne m'en fais pas, fit-elle, accablée. Je crois que t'es pas un blagueur, et comme tu as promis qu'on serait mari et femme...

Il se détourna pour cacher son visage, où passait de la colère. Puis, il se mit à rire :

— C'est pas des choses à dire maintenant, reprit-il, goguenard.

Le vent soufflait, plus aigre. Emile avait froid : à chaque bouffée, il grelottait un peu. Elle n'avait pas repris son bras; elle pensait vaguement, misérablement.

L'omnibus fut là, le tramway qui les conduisait vers l'énorme caverne de pierre et de brique d'où, au matin, elle avait emmené son rêve de pauvre fille : elle ne l'y ramenait pas !

Recroquevillée dans un coin, elle fit semblant de dormir, tandis qu'Émile fumait sur la plate-forme. Des couples se pressaient, pêle-mêle avec de vieux hommes et des vieilles femmes; il y eut une petite rousse, saoule comme une grive, qui se mit à chanter :

... Quand se meurt votre beau rêve,
Pourquoi pleurer les jours enfuis,
Regretter les songes partis,
Les baisers sont flétris,
Le roman vite s'achève.

Lilas, les yeux grands, avec une palpitation désespérée, accompagnait d'une voix basse et misérable :

On fait serment,
En sa folie,
De s'adorer longtemps,
Longtemps,
Il est charmant,
Elle est jolie,
C'est par un soir de gai printemps.
Mais un beau jour, pour rien, sans cause,
L'amour se fane avec les fleurs.

Une grande ombre sinistre passa sur Marthe. Ils se revirent, mais l'homme avait perdu son charme. Un gros rhume, attrapé à Clamart, lui arrachait des quintes et le rendait maussade. Débile et nerveux, il ne supportait pas le mal, il se traînait une demi-heure à côté de Marthe, en geignant, et sans parler d'amour. Elle était sa conquête, il ne doutait point qu'elle attendait seulement un signe pour le suivre dans sa chambre. Mais il ne donnait pas ce signe; il craignait d'aggraver son rhume.

Lilas, devant cet homme tousseux et d'humeur quinteuse, s'étonnait de l'avoir aimé. Elle venait fidèlement au rendez-vous, par une sorte de devoir; elle attendait avec patience, car il arrivait en retard. Puis, elle écoutait ses plaintes. Il appartenait au peuple innombrable des geignards, il dévidait, d'un ton uniforme, ses déboires d'employé, ses ennuis, ses envies, ses craintes.

Un soir, il vint, plus morose. Son rhume empirait; il voulait prendre du repos. Il finit par dire :

— C'est à ce sacré Clamart que j'ai attrapé ça !... J'aurais pas dû y aller !

Elle ne répondit pas. Il la considérait de biais, avec rancune, en grommelant :

— Si tu ne t'étais pas ostinée... si t'étais venue dans ma chambre, j'en serais pas là... Avec les femmes, on n'a que des embêtements.

Elle devint un peu rouge. A l'idée qu'il se plaignait, une indignation sourde la parcourait, qu'elle ne savait comment exprimer : elle songeait à son dégoût, à l'odeur de torchon rance, à l'affreux après-midi. Elle se tut encore. Lui, la voyant d'humeur si commode, suivit sa pensée.

— C'est tout caprice... Il faut faire à leur tête ! Et avec ça, crampons !...

Alors, elle cria :

— Tu sais, faut pas te faire de bile, si que t'avais envie d'en finir. Moi, j'y tiens pas.

— Tu n'y tiens pas ! s'exclama-t-il, abasourdi. Il cracha et se mit à rire.

— C'est des propos comme ça ! Les femmes font des façons avant, mais ensuite, c'est elles qui nous courent après...

— Pourquoi que je te courrais après?

— Tiens donc !... ça se demande pas... tu sais bien !

— Non, je ne sais pas... et puis, pas du tout ! Peut-être pour l'amusement que tu veux dire. Ah ! mon pauvre Émile, ce que ça m'a embêtée !

— Ça t'a embêtée? Alors, pourquoi que tu l'as fait?

Elle demeura béante. Enfin, des larmes lui coulèrent sur la joue et elle dit :

— Alors, c'est toi qui me demandes pourquoi je l'ai fait? C'est toi?

— Dame ! si ça ne te disait rien...

— Ça me dégoûtait.

Une haine traversa l'âme d'Emile. Son amour-propre de mâle sautela à travers la demi-fièvre du rhume :

— Ah ! ça te dégoûtait. Ben ! tu sais, c'est pas moi qui te forcerai à recommencer.

— Pas à craindre, alors, qu'on recommence. Même que tu me le demanderais, puisque c'est comme ça, je ne marcherais plus avant le mariage.

— Comment que t'as dit ça, le mariage?

— Oui, le mariage.

Ses larmes avaient tari. Une amère fierté gonflait sa poitrine :

— Tu ne l'as pas promis, peut-être?

— Je te l'ai promis? fit-il rageusement, en secouant les épaules... Tu trouves ! Tu ne vas pas me faire accroire que t'es une tourte? Tu avais vu la lune avant moi. Et tu sais bien qu'il y a manière de parler. C'est un truc pour se donner une raison quand on demande la mairerie dans le bois de Clamart. Connu. Tu pensais bien que j'allais pas dire non... Ça n'aurait pas été poli. Quand on veut le mariage, sais-tu ce qu'on fait? On ne se laisse pas faire. Et si on se laisse faire, faut pas pleurnicher.

Elle écoutait, calme et chagrine. Rien ne l'étonnait plus. C'était la suite de son existence. Elle avait été bête, voilà tout. A peine si elle concevait une faible rancune contre le jeune homme :

— On ne fera pas de giries, dit-elle à mi-voix. Et ça sera bonsoir pour la dernière fois.

Elle tournait vers lui sa tête lumineuse ; brusquement, il eut le sentiment qu'elle était de beaucoup la plus charmante des filles qu'il avait possédées. Puis, selon la règle banale et sûre, elle parut plus désirable.

— C'est toi qui le dis ! riposta-t-il. Parle pas à la légère. Tantôt il sera trop tard.

— Ça ne sera pas tantôt, mais tout de suite... Bonsoir !

Elle se retirait. Il hésita. Il fut sur le point de la poursuivre. Mais il avait son code et son manuel de l'amour ; il croyait fermement que l'homme doit céder sur tout, avant, et sur rien, après. S'il la poursuivait, c'était fini d'être le maître ; sinon, elle reviendrait d'elle-même.

— Tu l'auras voulu ! cria-t-il.

Elle ne revint pas. Et malgré son code, après une semaine, c'est lui qui l'aborda.

— On a fait la bête ! remarqua-t-il.

Il avait repris son ton tendre. Sa cravate était neuve, sa jaquette bien brossée. Elle eut un petit battement de surprise plutôt que d'émoi.

— Je n'ai pas fait la bête du tout ! fit-elle.

— Alors, c'est moi qui l'ai été ! riposta-t-il, presque humble, mais très vexé.

Elle leva les bras d'un air vague. Il se mit à marcher auprès d'elle.

— Tu m'en veux ?

— Je ne vous en veux pas !... Ça m'est égal.

Après une minute de victoire, ce retour ne lui faisait aucun plaisir. Le jour était passé où il pouvait effacer l'impression de Clamart ; le dégoût s'était consolidé, il salissait toute l'aventure : elle se méfiait d'Emile, avec force et simplicité.

— C'est pas possible, dit-il, câlin. On a eu de bons moments. Tu ne peux pas dire le contraire. Alors, quoi, c'est pas pour une petite fâcherie... D'ailleurs, les amoureux, ça se chamaille, c'est connu. Après, on se rabiboche. Pour sûr que je t'aime bien.

Elle secoua la tête.

— Tu ne me crois pas ?

— Non.

— Tu as tort. Je dis la vérité !

— Savoir quand tu la dis ! Est-ce à Clamart, est-ce l'autre jour, ou bien maintenant. T'as trop de manières de la dire.

— Qu'est-ce que tu veux ? Je ferai tout ce que tu voudras.

Elle se mit à rire, méchamment :

— Tout ! T'es sûr ?

— Pardi.

— Ben, v'là... Tu vas faire venir tes papiers, et quand tu les auras tous, tu me feras signe : on ira faire publier ses bans à la mairerie.

Il demeurait stupide, les bras brinqueballants, puis une petite fureur passa dans ses yeux indigo :

— Et l'amour, qu'est-ce que tu en fais ?

— Je sais pas. L'amour, tu l'as arrangé comme tu l'as voulu, et c'est pas mon idée. Je ne te crois plus. Y a que le maire et le curé pour me prouver que tu m'aimes.

— Mais si tu m'aimais, toi, tu ne parlerais pas comme ça ?

— Je n'en sais rien. Je t'aimais joliment quand on est parti pour Clamart. T'avais eu de si gentilles manières. Seulement, ça n'a pas été long. Tu peux dire que tu m'as dégoûtée. Enfin, c'est pas tout ça : je t'ai pas rappelé... t'es revenu. Tu dis que tu feras tout ce que je voudrai. Ben ! je te le dis. Et tu fais des réponses qui ne sont pas des réponses.

— Je te vois venir ! cria-t-il, indigné. Tu veux mettre le grappin sur moi. Et moi, bonne bête, qui croyais que tu m'aimais.

— T'avais pas tort de le croire. Tu m'avais empaumée. J'aurais mis ma main au feu que t'étais honnête.

— Et en quoi que je n'ai pas été honnête ?

Elle réfléchit. C'était difficile à dire. Les raisons étaient dans son instinct et dans ses impressions ; elle dut faire un grand effort pour exprimer à peu près ce qu'elle pensait :

— Tu le sais bien, va. Et si t'avais le cœur vrai, tu ne le demanderais pas. T'as pas été honnête, parce que tu blaguais... parce que t'étais tout plein caressant d'abord et que t'as promis tout ce que j'ai voulu pour que je fasse à ton idée. Puis quand c'était fait, t'es devenu tout autre ; tu faisais la tête, tu ne te donnais plus même la peine de dire une petite gentillesse, tu me traitais comme une servante ; et pas seulement ce dimanche à Clamart, mais les jours suivants. J'ai pas besoin d'en dire plus. Je sais ce que je sais et toi aussi. Faut pas me prendre pour une bête.

Il haussa les épaules. Ce n'est pas ainsi qu'il comprenait le jeu. Il savait bien qu'il faut être gentil avant, mais il croyait depuis longtemps que c'était inutile ensuite. L'homme doit courir après les filles, et quand il les a attrapées, c'est à elles de courir. Lilas trichait, elle venait avec des raisons que les filles n'emploient qu'à la fin des fins, quand leur amant ne veut plus d'elles. Mais puisqu'il voulait encore d'elle !

— C'est des bêtises ! fit-il. Tant qu'aux promesses, tu ne viens pourtant pas de Pontoise. Une Parigote sait ce que ça veut dire ! L'amour, c'est pas du commerce, c'est du plaisir.

— Pour qui du plaisir? Pas pour moi.

— C'est que t'es trop impatiente. Ça serait venu.

— Tu le dis. Et peut-être bien. Alors, fallait être d'autant plus camarades. Tu as agi comme un cochon... et j'ai pas du tout envie de savoir avec toi comment que ça serait plus tard. C'est tout ce que t'as à me dire?

— J'ai à te dire que je t'aime.

— Tu y tiens! Alors, tu me mèneras à la mairerie?

— C'est à savoir si tu seras gentille...

— Comme je l'ai été à Clamart?

— Dame!

— J'ai dit après le mariage.

— Alors, je ne croirai jamais que tu m'aimes.

— Je ne t'aime pas non plus...

Il eut envie de la gifler. Et ils marchèrent pendant cinq longues minutes en silence. Une bruine tombait comme une fine poussière d'eau, la rue était fauve, les façades suintaient et le troupeau des hommes filait dans une lumière caverneuse.

— C'est pas ton dernier mot? reprit-il enfin.

Il tendit le bras bour la saisir à la taille, sa voix s'abaissa, dans un murmure tendre :

— Sois mignonne, Lilas !...

— Faut pas me toucher ! fit-elle avec un rire amer. Je n'ai pas parlé pour des patates; tes caresses ne me font pas envie... Faut d'abord que je te croie.

— Tu ne peux pas savoir ce que je te gobe !

Elle sentait bien qu'il la désirait autant que naguère, dans le bois, et cela lui était agréable. Mais elle sentait aussi qu'il voulait la duper et même elle s'exagérait la fausseté de sa voix et de son visage.

— Tu me gobes parce que je ne veux plus ! Enfin, suffit. V'là le canal. Faut me quitter ou faire comme je veux.

Il eut une faiblesse. Dans la lueur diffuse, la tête claire, le visage argentin, le troublèrent jusqu'à l'ivresse; il balbutia :

— Alors, tu irais à la mairerie sans m'aimer?

— Je n'irais pas si ça m'ennuyait autant que je me suis ennuyée ce soir. Mais si je te croyais, probable que ça m'ennuierait moins.

— Écoute, fit-il... je ne dis pas non.

— Faut dire oui.

— Pas encore. Je ne dis pas non...

Elle fut touchée, malgré tout; une petite douceur emplit son âme. Elle dit, presque apitoyée :

— Réfléchis. Si c'est oui, tu viendras m'attendre demain. Si c'est non, tu ne viendras pas. Ça sera très simple.

Il n'hésitait plus. Son visage marqua une décision tranquille.

— C'est tout réfléchi. Je t'attendrai demain.

Le lendemain, il déclara qu'il rassemblait ses papiers :

— Dès que ça y sera, nous irons publier nos bans !

Il n'en parla plus et se montra exactement comme avant Clamart. Il semblait presque ne plus se souvenir de l'aventure; il reparlait de Richebourg, de Ponson du Terrail, d'Ernest Capendu, de Montépin et il se parfumait au lubin; il apporta successivement un flacon de lavande ambrée, une broche d'argent doré et même une petite bague de fiançailles. Elle se méfia d'abord, puis elle s'amollit et se fia à la destinée. Non que la romance chantât dans son âme, mais elle escomptait des joies rassurantes. D'ailleurs, il n'y avait pas à se tromper à l'ardeur d'Emile : il la désirait plus encore qu'auparavant, les yeux indigo se brouillaient au frôlement de Marthe, et lorsque, à l'arrivée et au départ, il obtenait un baiser, il chavirait, les pommettes rouges, les articulations tremblantes.

Il vint un soir, l'air trouble, et dit :

— Ça y est, j'ai les papiers... il n'y a plus qu'à passer à la mairerie.

— Ah ! fit-elle attendrie et prise d'une excessive confiance, c'est gentil, ça... t'as tenu parole !

— J'ai tenu parole, oui... et toi, est-ce que tu vas encore te méfier de moi?... Ça me rend triste. Il faut que tu montres que tu ne me gardes pas rancune.

— J'en garde pas.

— Faut me le montrer. Viens prendre un verre de banyuls chez moi... je te montrerai les pièces.

Elle hésitait, reprise de doute. Comme ils tournaient le coin, ils virent un groupe de filles, d'hommes et de gosses qui écoutaient des chanteurs. C'était un petit gros, armé d'un violon, et un grand frisé, la raie bien faite et des manchettes longues d'une aune, qui poussaient la note. Un troisième accompagnait en sourdine et faisait pleurer la chanterelle.

L'amour est doux comme les fleurs
Et brillant comme les étouelles!
Il faut laisser parler les cœurs
Lorsque le ciel lève ses vouelles!

Les filles chantaient à mi-voix, une langueur se levait de la poussière, et de ces pauvres créatures, laides ou peu désirables, sourdait une espérance naïve et opiniâtre. Lilas, à qui ces chœurs rappelaient les plus belles bouffées de rêve, chantait avec une palpitation :

Il faut laisser parler les cœurs.

Cette circonstance la rendit confiante, elle dit :

— J'irais bien chez toi. Mais c'est juré que tu seras sage.

— C'est juré ! fit-il hâtivement.

Dans le corridor bas, aux murs couverts de sueur, elle eut un sursaut ; l'escalier, à cause d'un mince tapis rouge, la rassura. La chambre d'Emile n'était pas malpropre. Il y avait une commode en noyer, un lavabo à dessus de marbre, un lit de pitchpin couvert d'une courtepointe, une épaisse table ronde, un fauteuil et deux chaises. L'odeur du lubin, du savon à l'extrait de rose artificiel se mêlait à un relent vieillot. Par comparaison avec la turne des Baraquin, ça sentait frais et respirait le confort.

Emile tira d'un placard une bouteille de banyuls et des petit-beurre, disposa deux assiettes et des verres à bordeaux. Ensuite, il sortit quelques feuillets d'un tiroir et dit :

— Comme preuve, voilà les actes de naissance.

Il versait du vin tout en mettant les papiers devant Lilas. Elle y jeta un regard, mi-confuse et mi-contente. Comme elle professait pour les pièces officielles un respect fétichique, le doute lui devenait impossible.

— Ben, fit-il câlin, tu me crois, maintenant ?

— Je te crois. C'est à mon tour de faire venir mes actes.

Il prit un air étonné :

— Comment ! Je croyais que c'était fait.

— Non ! fit-elle en rougissant, je les ai pas demandés... parce que...

Elle tourna vers Emile un regard hésitant :

— Je peux bien le dire, maintenant que j'ai confiance... Eh bien ! j'étais pas sûre que tu tiendrais ta promesse... Faut m'excuser !

— C'est pas bien... mais je t'excuse tout de même.

Il avait rapproché sa chaise. Son bras se glissait, sournois et tiède ; peu à peu, il attirait Lilas.

— Ecoute, disait-il, tu ne vas pas être cruelle avec ton ami ? Il y aura du retard... et par ta faute. Je ne suis pas un capucin. Et puisqu'on sera mari et femme ?

Ses joues vacillaient ; la senteur de torchon rance sortait de ses dents, à petites bouffées, son ardeur rendait Marthe chagrine. Elle ne savait que dire.

— Tu ne réponds pas, fit-il, c'est-y que tu consens ?

— Pas ce soir, dis ? supplia-t-elle. Faut me laisser réfléchir. J'étais pas venue pour ça !

— Qu'est-ce que ça fait. Si tu m'aimes seulement un tout petit peu, tu n'as pas besoin de réfléchir... Tu ne penses plus que je vais te lâcher.

Elle détourna la tête, contrariée et malheureuse. Depuis les disputes, elle ne séparait plus l'amour du mariage. Elle n'espérait aucun plaisir, elle pensait seulement que ce serait supportable lorsque ce serait honnête.

— Non, fit-elle avec accablement... je ne pense pas ça. Seulement je ne voudrais pas être comme les chiens et les chats

— Alors, tu crois au maire et au curé ?

— J'y crois et j'y crois pas. Je voudrais qu'on soit mari et femme bien gentiment... et qu'on n'ait à rougir devant personne.

Une ombre se creusait entre ses sourcils. Puis elle eut un sourire craintif, elle entrevit un logement clair, tiède et d'une extrême douceur. Et elle balbutia :

— Je t'aimerais mieux aussi ! Je ne suis pas une romanichel ; je suis comme mon père Baraquin — c'était un homme d'intérieur...

Il s'impatientait, une ruse courut autour de ses paupières, et comprenant qu'il ne fallait pas la contrarier :

— Je te comprends ! dit-il tout bas... C'est ton idéal, faut respecter un idéal ! On ne fera pas la noce... on attendra, c'est juré ! Seulement si t'as eu de la méfiance, j'en ai aussi et je ne peux pas la chasser. Sais-tu quoi ? Eh bien ! une fois encore... Une seule fois. Ça ne changera rien à ce qui est... après Clamart... Si tu veux bien, ça me donnera du courage... tu ne peux tout de même pas dire non à ça ?

Non, elle ne le pouvait pas. Pourtant son instinct s'épouvantait, elle était le petit oiseau au bord du nid : il voit l'abîme, il agite ses ailes neuves, il sent sa force et sa faiblesse...

Ses yeux s'emplirent de larmes :

— Ça me fait beaucoup de peine !

Elle était là, bête charmante et fraîche comme les sources ; la lumière fumeuse se rallumait à la torche des grands cheveux : ses yeux recélaient les pathétiques légendes de la femme et de la beauté, son cou résumait la volupté des siècles, et pour cueillir ce fruit délicieux, le hasard et les circonstances députaient un jeune homme aux épaules débiles, au sang pauvre, aux mains humides :

— Viens ! viens ! chuchotait-il.

Ah ! qu'elle était triste ! Mais le sort était là, sa raison mal nourrie, le code des faubourgs, une loyauté trouble. Elle crut qu'il le fallait... Et comme à Clamart, avec plus de détresse encore, elle subit la loi.

Ensuite, avec un grand soupir, elle se mit à refaire ses cheveux. Lui, la regardait, les paupières et les joues flageolantes, très vexé :

— C'est tout de même drôle ! remarqua-t-il, en allumant une cigarette. T'es donc en bois ?

Elle leva les yeux, étonnée.

— Bé oui ! ça n'a pas l'air de te faire plus d'effet que d'enfiler une bottine !

— Je ne sais pas ! dit-elle avec douceur.

— C'est pas rigolo, tu sais ! A te voir, on croirait pas ! Ça serait plutôt le contraire...

Elle leva légèrement les mains en signe d'ignorance. Il tira quelques bouffées ; il méditait. Puis il dit :

— Je t'inviterais bien à dîner... mais on m'attend. On se reverra demain.

Une froideur hostile éclatait dans son attitude. Elle acheva de se coiffer, rajusta son corsage et dit :

— Alors, je m'en vas.

Elle lui tendit la joue ; il l'embrassa à peine. Avant de sortir, elle eut une petite hésitation.

— Pourquoi tu n'as pas l'air content ? J'ai fait ce que t'as voulu.

— Je ne te reproche rien.

— Non, mais tu as l'air de m'en vouloir. Alors, pourquoi que tu l'as demandé ?

Et elle ajouta avec amertume :

— Il aurait mieux valu attendre.

Il eut un petit sifflotement gouailleur :

— Faut jamais attendre... Et pour qu'il n'y ait pas d'erreur, je ne te fais pas dire que je l'attendrai plus ! Ce n'est pas mon système de faire les volontés des femmes.

Elle ne comprit pas bien d'abord, puis ce fut l'impression d'une gifle ou d'un crachat en plein visage :

— Tu n'attendras plus ? Je ne comprends pas.

Il feignit de se mettre en colère :

— Ah ! tu ne comprends pas. Tu crois peut-être que tu vas continuer à te fiche de moi ? Je ne veux plus de giries. Quand ça me dira, faudra que tu veuilles... ou alors, bernique !

Elle demeura quelques secondes courbée, comme si elle avait reçu un moellon sur la tête. Des mots obscurs et douloureux la parcouraient, et son âme simple ne pouvait concevoir l'horreur et la brusquerie de cette nouvelle défaite. Elle porta la main à sa gorge et vacilla. Mais son corps était vaillant ; elle ne tomba pas. Elle cria d'une voix rauque :

— Et ce que tu m'as promis ?

— Cette bêtise ! Tu as voulu me faire grimper... J'ai voulu te montrer que je n'étais pas une moule. En v'là des histoires ! Du moment qu'on y a passé une fois, y a pas de raison pour ne pas y passer des mille et des mille. Ton histoire de papiers et de mairerie, je m'assois dessus.

Elle était devenue très pâle ; elle sentait le déni de justice qui la griffait comme un tigre, et elle dit :

— Ça veut dire que tu ne te marieras pas ?

— Ça veut dire ce que tu voudras ! Je m'en fous !... Je t'ai déjà dit que je ne croyais pas au mariage. C'est des comédies ! N'en faut plus... Ce qui est sûr, c'est que je ne te prendrais pas les yeux fermés. Faut d'abord que je sache de quoi t'es faite. Je veux une femme, moi !... Et pour ça, il faut qu'on se fréquente.

Elle secouait la tête, dans un rêve, et c'était le vide d'une cave glacée qui ne finissait nulle part. A la fin, relevant sa jupe, elle murmura avec une douceur étrange :

— Adieu, salaud !

Son sens de la fatalité s'élargit. Elle sut que la loi de misère s'étend plus haut et plus loin qu'il n'est concevable ; elle déchiffra mieux les restrictions que le feuilleton apportait à la loyauté de ceux qui sont instruits, propres et élégants. Et la leçon s'imprima dans son instinct. Ce fut une volonté opaque, dont elle n'avait pas bien conscience, qui devait l'empêcher de se fier à aucune promesse ou de faiblir devant aucune supplication du mâle.

Il y eut ainsi deux amertumes affreuses dans sa vie : l'amour et l'atelier.

L'atelier, parce qu'il est monotone et servile, parce qu'il faut demeurer sur sa chaise, comme un objet, parce que la patronne est criarde, âpre, avare, tatillonne. Lilas ne redoute pas l'ouvrage. Elle est vive ; elle aimerait finir d'un élan sa tâche, s'échapper, courir, lire une livraison ou un journal. Mais si elle se hâtait, on lui mettrait double tâche et ses compagnes l'exécreraient.

Il faut demeurer accroupie, le dos impatient et l'œil triste, pousser l'aiguille avec mesure ou perdre du temps devant la machine. Et c'est horrible. Elle sent sa vie qui coule comme une eau sale ; elle sent la rouille, l'usure, le vide ; elle est éternellement la captive qui regarde vers la fenêtre.

Du moins, est-elle libre le soir, ou de grand matin, et il y aurait des heures bénies, mais alors, c'est l'amour. Il la menace tout le long des rues. Toujours un visage brutal ou souriant se glisse vers Marthe : elle voudrait tant flâner, elle aime tant sa forêt de boutiques. Hélas ! qu'elle s'arrête, ou même qu'elle marche avec lenteur, voici la bête menaçante. Douce ou rude, elle a le même but sinistre, elle veut s'assouvir : Marthe revoit tout de suite Nicolas Camouche ou Emile. Un pouce s'abat sur sa gorge, un corps puant s'approche, elle halette, elle étouffe, ou bien elle se soumet avec une affreuse tristesse, et c'est morne, fade, avec la senteur du torchon rance. Ah ! que l'amour est laid, lugubre et féroce ; comme les rues seraient belles si ces hommes n'y passaient point !

A la maison même, elle n'est pas tranquille. Parfois, la mère Baraquin n'y tient plus : elle descend sur ses jambes pourries, elle rôde jusqu'à ce qu'elle en ait ramassé *un*. Alors apparaît une tête de voyou, de voleur ou de chemineau ; un regard sale couvre Lilas qui, de dégoût, lâche le feuilleton ou la brochure.

Tout de même, durant six mois, à force de ruse et d'énergie, elle a su éviter toute aventure. Puis, Victor Huraud, dit Rouge, est venu peser sur son existence, et la misère a recommencé, plus épouvantable.

A la lueur de la petite lampe de fer-blanc, ainsi Lilas voyait repasser ses jours. Elle avait laissé choir ses mains et ses épaules, elle se tenait penchée, les yeux sur la flamme rousse, et se répétait :

— Je ne veux pas y passer... je ne veux pas !...
je ne veux pas !...

La mère Baraquin, ayant réchauffé un bol de café-chicorée, buvotait en silence. Elle consultait le marc : jadis, une vieille femme de Carcassonne lui en avait révélé le langage.

Elle murmurait :

— Ça, c'est du pognon !... Y va venir des nouvelles... V'là une contrariété !

Ou bien elle fixait ses yeux noyés sur sa fille. La paupière droite lâchait des gouttes : Antoinette les essuyait du bout de l'index, en songeant:

— C'est pourtant une belle fille. Si elle m'écoutait, maintenant que je connais le truc !... Non, faut qu'elle fasse la bête et moi que je colle des sacs... Ah ! la vache !

Marthe se disait tout bas :

— Faut que je file... faut que je voie Microbe !

Sa mémoire s'attendrissait devant l'image de Céline Paran, dite Microbe, dite Mes-Puces. Menue comme une Nipponne, bondissante comme une sauterelle, sombre, vaillante, mariolle, Céline avait été la plus sûre amie de Lilas. Elle savait rabrouer les hommes, sa langue distillait des mots froids et méprisants, elle ne craignait pas de leur cracher au visage, et elle les menaçait d'une fiole, en disant d'un air sinistre :

— V'là du vitriol ! Celui qui veut que je lui cuise la figure, y n'a qu'à m'embêter !

Elle exibait aussi une boîte en fer-blanc :

— Ça, c'est du poivre ! Si tu l'attrapes dans l'œil, tu ne rigoleras pas !

En parlant, elle levait ses yeux de houille, très petits, mais aussi vifs que des souris. Son geste était net, sa voix hardie : les hommes la respectaient.

C'était un homme pourtant qui l'avait emportée là-bas, au faubourg Saint-Jacques, près de Sainte-Anne. Elle revenait parfois, à l'improviste, surprendre Marthe. Tout à coup, on la voyait surgir d'une porte cochère ou d'entre deux fiacres. Un chapeau rouge flamboyait sur ses cheveux, son corsage aussi était rouge ou vert sapin. Avec son nez en lame, ses pommettes fortes, on eût dit une Corse. Et elle tendait à Lilas un bâton de nougat ou un cornet de berlingots, en criant :

— T'as pas trop d'embêtements avec ces salauds d'hommes?

Car elle savait que Marthe ne les aimait point.

— Pour sûr... faisait-elle d'un ton strident, y z'ont dû te scier les côtes. T'es trop gentille aussi. Ah ! vrai, t'es trop gentille...

Alors, elles s'en allaient jupe contre jupe, bien serrées, et Lilas avait moins d'ennui et de crainte.

Dans la nuit, la résolution de la jeune fille s'accrut. Elle résolut de quitter la mère Baraquin, quitte à envoyer, de temps en temps, si c'était possible, un mandat de cent sous : Microbe la cacherait et lui procurerait de l'ouvrage. Cet espoir la rendit joyeuse. Mais en allant à l'atelier, elle s'aperçut qu'elle était suivie : un seigneur à rouflaquettes, petit et crapuleux, la veste ouverte sur le chandail, lui emboîtait le pas, ostensiblement. Il revint à midi. Le soir, il y en eut un autre qui exhibait un pantalon de cotonnade carrelée, une antique redingote, dont un pan avait presque disparu, des espadrilles limoneuses; ses joues formaient deux trous. Ce marlou s'étendait en hauteur et boitillait. Pour qu'elle n'en ignorât point, il la frôla en susurrant :

— On a les châsses sur toi !

Il l'escorta tout au long du canal et resta planté sur le trottoir lorsqu'elle rentra dans sa maison. D'abord glacée d'épouvante, elle ne songeait qu'à se terrer. Puis il lui fut impossible de rester au logement : l'instinct plutôt que la volonté la portait à fuir ce soir même. Elle toucha à peine au gras-double, prit un vieux châle qui la protégeait l'hiver, et déclara :

— Je sors !

Antoinette cligna de l'œil : elle espéra, comme elle l'avait espéré cent fois, que la petite se décidait enfin à négocier ses flancs.

— Ben ! sors, fit-elle... Ça te sangera !

Lilas s'émut; une confuse tendresse voletait en elle, son cœur criait et elle aurait voulu embrasser la mère; mais celle-ci en eût été trop surprise. Avec un soupir, elle se décida à sortir comme si elle allait faire une promenade.

L'homme à la redingote, dès qu'elle parut, se leva d'une table de bistro où il achevait d'étrangler un perroquet. Il suivit d'abord de loin. Lorsqu'elle fut près du canal, il hâta le pas et vint chuchoter :

— Acré ! Je n'ai pas les châsses dans mes godillots.

Elle ne répondit point; elle fila jusqu'à la gare de Lyon, puis elle se mit à suivre la ligne des tramways mécaniques. Le fleuve parut. Elle se retourna, elle vit l'homme qui avançait en traînant la patte.

— Faudra voir à ne pas se payer ma fiole ! s'écria-t-il. Ça fera du mauvais. Vaudrait mieux rappliquer à la turne.

Avec un grand frisson, elle traversa le pont d'Austerlitz et fila le long du Jardin des Plantes et de la Halle aux Vins. Le silence de l'endroit, la froide étendue du fleuve, le mystère du jardin, plein d'animaux sauvages, gelaient le cœur de Marthe. Elle avançait avec une obstination de bête fugitive, et elle remonta la rue des Fossés-Saint-Bernard en hâtant progressivement le pas. Au coin de la rue des Écoles, elle avait vingt mètres d'avance. Elle obliqua à droite, puis, au lieu de continuer par la grande voie, elle se jeta dans la petite rue d'Arras, traversa un bout de la rue Monge, galopa éperdument par la rue des Boulangers. Au tournant, elle s'arrêta, haletante, elle jeta un long regard derrière elle. L'apache avait disparu : sûrement il avait suivi la piste par la rue des Ecoles.

Elle attendit une minute encore. Rien ! Ses artères bruissaient comme un essaim de moustiques ; un immense espoir la soulevait, et elle se remit en route, lentement cette fois, en épiant les deux trottoirs.

— Je suis sauvée !

Et, la main sur son cœur, qui battait encore terriblement, elle entrait dans la rue Linné. Ses jarrets fléchirent : l'apache était devant elle. Il s'avançait, la main haute, mais il ne frappa point ; un rire sardonique courait dans ses joues creuses.

— Ah ! T'as voulu me semer ! gloussait-il. Ben ! tu sais, ça sera pas à faire une seconde fois... t'auras un pain su' la gueule ! Allons, file et droit !

Elle baissa la tête, désespérée. Le destin fut plus lourd ; une chape étouffait Marthe, dont elle n'espérait plus sortir. Elle ne voulut cependant pas redescendre vers le fleuve ; elle avançait vers la rue Geoffroy-Saint-Hilaire.

— C'est pas le bon chemin, gronda l'homme aux espadrilles...

Néanmoins, il n'insista pas. Son intention était de la forcer à prendre le tramway de retour, au boulevard Saint-Marcel, car il commençait à sentir la plante de ses pieds.

Elle, cependant, courbée avec une amertume affreuse, continuait sa course par la rue miteuse et torve. Elle atteignit le boulevard Saint-Marcel.

— A gauche ! cria l'apache.

Elle obéit. Un tourbillon de fièvre bourdonnait dans son crâne ; son dos était étrangement glacé et roide. Sur cette voie spacieuse, il ne craignit pas de lui laisser prendre une légère avance...

D'ailleurs, elle ne songeait plus à fuir. Elle considérait, dans un rêve sinistre, le grand œil opaze d'un tramway qui venait de la gare d'Orléans. Un lourd camion s'était engagé sur les rails, et comme le cocher ne se hâtait point de faire place, l'omnibus dut ralentir. Lorsqu'il passa près de Lilas, il marchait à si petite allure qu'elle n'eut qu'à sauter. Là-bas, à trente mètres, l'apache poussa un jurement et prit son élan : il se heurta à une vieille femme, s'accrocha, tituba, bascula. Comme la voie était maintenant libre, le tramway repartit à toute vitesse. Marthe vit l'homme se relever ; il boitait et, après une vaine tentative de course, il ralentit, avec un cri de rage douloureuse.

Le tramway faisait du vingt à l'heure. A peine s'il s'arrêta aux Gobelins ; il brûla presque toutes les étapes jusqu'à la station de l'Observatoire.

Là, la jeune fille descendit. Ses yeux perçants explorèrent le boulevard du Port-Royal, où aucune silhouette suspecte n'était visible, et comme le tramway Montrouge-Gare de l'Est venait de s'arrêter, elle s'y réfugia jusqu'au croisement des boulevards Arago et Saint-Jacques. Néanmoins, elle n'osa suivre directement sa route : elle descendit le boulevard Arago, puis rebroussa chemin par la rue Leclère. Cette rue était complètement déserte ; elle s'y arrêta plus de cinq minutes, attentive, haletante, les jarrets si faibles qu'elle dut s'appuyer à la muraille. La certitude monta d'abord lentement ; ensuite, elle palpita, elle remplit la tête et la poitrine de Marthe :

— Y a pas ! Il est semé ! murmurait-elle.

Et, cheminant par le boulevard, avec des haltes fréquentes et de longs regards, elle parvint à la hauteur de la rue Ferrus.

Sous la voie aérienne du Métropolitain, elle considéra les boulevards pleins d'ombres. C'est un lieu formidable. Son large lit est creusé entre deux quartiers de pauvres, d'hôpitaux, d'asiles et de prisons : il y a l'Observatoire, Sainte-Anne, la Santé, la Maternité. Des maisons neuves surgissent parmi les vieilles cavernes ; partout des réduits vermineux, des impasses, des passages, des cours pourries, des jardins vétustes ; des boutiques du vieux temps persistent, aux petits vitrages, aux portes sonnantes, aux rideaux rayés ou quadrillés comme les rideaux de l'*Auberge des Adrets;* on aperçoit des cabarets branlants comme de vieilles mâchoires, des savetiers accroupis devant une lueur rousse, des épiceries qui ressemblent à des caves, des marchands de bric-à-brac qui fleurent la crypte, le champignon et le cimetière. Les maisons de rapport modernes élèvent leurs cubes de casernes ; une boutique étincelante et monotone succède aux négoces de pénombre, et la misère ronge une population hâve, affamée, alcoolique et tuberculeuse.

Quand Lilas eut, de toutes parts, scruté l'ombre et la lumière, elle se détacha du pilier où elle s'était accotée, considéra avec un vague étonnement le Métro encore dans les limbes, et marcha vers la rue Ferrus.

Tout de même, elle n'osa pas y entrer directement. Elle prit par la rue Dareau et longea le mur grisonnant de Sainte-Anne. Rassurée maintenant, elle songeait aux fous qui dormaient au fond des cellules ; elle croyait entendre des soupirs, des râles, des rires frénétiques.

De nouveau la rue Ferrus. Elle n'hésita plus ; elle entra vivement dans la petite voie pouilleuse, franchit une porte grillée, traversa un vague terrain où deux acacias faméliques figuraient une allée, et monta au galop les quatre étages de Microbe.

— Pourvu qu'elle ne soit pas sortie ! songeait-elle en tirant la sonnette.

Mais Céline vint ouvrir tout de suite :

— C'est toi, Marthe ? J'peux bien dire que je t'espérais pas !

Elle tenait à la main droite une petite lampe de faïence, ses yeux parcouraient l'arrivante avec une vivacité excessive :

— Sûr qu'y t'est arrivé quelque chose ! s'exclama-t-elle en saisissant la taille de Lilas. Et tu t'es dit qu'y avait encore que moi. C'est bien vu. Entre !

Une chambre basse, assez longue, se montra; Marthe vit un homme aux cheveux moutarde, orné d'une barbe en copeaux, qui s'était levé et qui saluait maladroitement.

C'était un grand diable, plutôt efflanqué, les yeux calmes, le visage rose jambon.

— V'là Marthe Baraquin !... fit Microbe. Tu diras pas que je t'en ai pas parlé ! Tu vois, Lilas, c'est lui mon homme...

Il y eut un petit silence. L'homme avait souri, un peu timide, et Marthe se demandait si elle n'avait pas fait une sottise en venant les déranger à cette heure tardive. Peut-être Microbe devina-t-elle :

— T'es la bienvenue !... cria-t-elle de son air sombre et passionné, s'pas, Alfred ?

— Y a pas d'erreur ! répondit l'homme.

La chambre était à peu près confortable. Il y avait un buffet de faux noyer, une grosse table carrée, bien d'aplomb, plusieurs chaises de paille, un lavabo de bois jaune et un lit couvert d'une courtepointe blanche. Lilas eut un frisson de bien-être.

— Assois-toi, fit Microbe en l'installant sur une chaise. Hein ! Alfred, c'est ça, une belle fille ! Moi, je connais pas mieux... Et alors, qu'est-ce qui t'amène ?

Marthe balbutia, gênée.

— Je suis bête !... reprit la petite créature. C'est Alfred qu'est dans le chemin. Ecoute, mon vieux, va faire un petit tour sur le boulevard. Paye-toi un bock ou une mominette, et reviens dans une petite heure.

Marthe voulut protester; Microbe lui mit la main sur la bouche :

— Et allez donc ! Y connaît son chemin... Y s'embêtera pas...

Alfred s'était levé docilement et, ayant pris son melon, il remarqua :

— On sait bien que les femmes ont toujours quelque chose à se dire. C'est dans la nature. Vous gênez pas, allez, mam'zelle Baraquin ! J'ai justement besoin de me secouer les pattes...

Ayant donné une petite tape sur les cheveux de sa maîtresse, il disparut.

— Un bon type, fit Microbe. Le genre gros chien ! J'ai eu la main heureuse. Alors, ma petite Lilas, t'as des embêtements ?

Marthe n'hésita point. Un irrésistible besoin de confiance l'emportait et, à chaque parole, il lui semblait rejeter une pierre de sa poitrine. Céline l'écoutait avec un visage farouche et des yeux durs.

— Ça ne te serait jamais arrivé si t'avais porté une fiole de vitriol et un cornet de poivre ! dit-elle. Avec ces salauds d'hommes, faut toujours être prête à vie et à mort...

Elle parlait haineusement, les mâchoires saillantes :

— C'est vrai que c'est pas ta manière ! continua-t-elle. T'as de la mollesse... tu te figures qu'on peut s'arranger à la douce ! Y a pas d'erreur : on ne peut pas ! Faut toujours montrer les dents, comme les roquets et les bouledogues. Enfin, c'est pas la peine de se faire des cheveux. Qu'est-ce que tu comptes faire ?

Marthe hésitait; son projet lui paraissait tout à coup impossible. Elle se sentit une intruse :

— Je voulais d'abord te demander un conseil.

— Les conseilleurs, c'est pas les payeurs ! répliqua rudement Microbe. Moi, je suis pas pour les conseils : d'abord, on ne les suit pas. T'es venue avec ton idée. Dégoise-la... Et puis, ne te gêne pas, ma gosse. Tu me connais. J'suis pas liante; je ne jette pas mon argent par les fenêtres; je me fous de ceusses que j'aime pas, mais ceusses que j'aime, y peuvent compter sur moi. Y sont pas nombreux, du reste : c'est Alfred et puis c'est toi. Les autres ne me regardent pas... Qu'y se tiennent au chaud si y peuvent...

— Ben voilà ! fit Marthe avec décision. D'abord, je veux pas retourner me faire saigner ou exploiter là-bas... Je suis partie pour ne plus revenir, quand je devrais travailler la terre avec mes ongles ! En attendant, il faut m'enterrer... sortir très peu pendant quelque temps... et gagner mon pain quand même. Sûr que c'est difficile.

— Pas tant que ça ! fit Microbe. Comme tu vois, j'ai une Singer. Ma patronne donnerait sûrement des chemises et des pantalons à faire chez soi. Ça ne serait pas payé cher, mais tu gagnerais facilement ton fricot et le loyer d'une petite chambre qu'est au fond du couloir. Tu ne devrais rien à personne, pas même à moi... ça vaut mieux ! Je compte que tu pourrais te faire cinq sous de l'heure. A dix heures par jour, c'est deux francs cinquante. Mettons soixante-dix francs par mois, en ôtant le repos du dimanche après-midi. Tu me donnerais trente francs pour ta pension, le prix coûtant, quoi ! Dix francs pour la chambre. Cinq de faux frais. Dix pour ta toilette. Cinq pour tes amusements. En te montrant un peu regardante, y te resterait de huit à dix francs par mois.

— T'es sûre ? demanda Lilas.

— Si t'es encore aussi leste que dans le temps, oui, je suis sûre !

— Mais, j'vas te donner beaucoup d'ennuis.

— T'occupe pas de moi. Si c'était nécessaire, je te nourrirais pour rien, et ça serait de bon cœur. Mais, rapport à Alfred et rapport à toi-même, faut pas ! D'ailleurs, ça ne serait pas à faire. Chacun doit turbiner quand il le peut... et c'est pas la santé qui te manque.

— Tu penses si je n'demande pas mieux ! s'écria Marthe. Tout de même, y aura des jours où je vous embêterai.

— Puisque t'auras ta chambre !... C'est pesé

et réglé... y a plus à s'en occuper ; ça marchera ce que ça marchera... Moi, je suis sûre que tu ne m'embêteras pas... Tant qu'à Alfred, il n'est pas mauvais, il a de la patience, et si ton portrait lui revient, tu peux être sûre qu'y se montrera bon zigue...

Une grande douceur pénétrait Marthe. Devant la petite femme énergique, entre les murs tendus d'un papier fleuri de coquelicots, la vie recommença. Lilas sentit sa jeunesse ainsi qu'une éternité ; il y eut dans toute sa chair une coulée de sensations puissantes et libres.

— Je suis contente ! fit-elle. J'ai bien fait de venir !

Elle saisit brusquement la tête noire de Microbe et y posa deux gros baisers.

— T'es rudement bonne, Céline !

— Ça, c'est pas vrai ! répliqua Céline en lui rendant un baiser. Je ne suis pas très bonne. Et je ne tiens pas à l'être. C'est trop dangereux, on se fait flouer et on ne rend pas service. Faut de la dureté pour faire aller soi-même et les autres. Tant qu'à ses amis, on doit être prête. Je la suis. A condition qu'on ne me prenne pas pour une bête.

Elle secoua ses cheveux de poix et de suie :

— Voyons voir le programme. D'abord, tu ne bouges pas d'ici... tu ne mets pas même le nez à la fenêtre. Demain matin j'irai voir ma bonne femme. Une fois l'ouvrage trouvé, je loue la chambre et j'y fais mettre mon vieux lit d'avant Alfred... Je te prête une chaise. Pour quarante sous on trouvera bien une petite table, et pour vingt sous un pot à l'eau et une cuvette. Tout ça ne sera pas long !... C'est bien vu ? Bien entendu ?

— Oui. Ah ! t'es rien chouette !

Elle considérait la petite femme sombre avec la confiance qu'elle aurait eue dans le père Baraquin. Et Céline, sentant cette confiance, était plus décidée à la lutte.

— Vois-tu, dit-elle en s'accoudant à la table, si y avait pas tant de froussards et de froussardes, les gens seraient moins embêtés. Mais c'est bien vrai que les honnêtes gens n'ont pas souvent de la moelle...

Elle reprit deux ou trois fois ce thème, puis la causerie dévia. Elles se racontèrent ces menus événements qui captivent les âmes simples. Ils sont moins vains qu'ils ne paraissent. Le peuple y met confusément sa philosophie des êtres et des choses, et les tableaux qu'ils évoquent sont, après tout, l'expression même de la vie humaine : nous avons beau affiner notre développement, tout est vide, si le souvenir est vide. Celui que n'éveillent plus ces images qui intéressent les petites ouvrières est bien près de ressembler aux morts.

— Pour cette nuit, tu dormiras dans le cabinet, fit enfin Céline... On va dresser le lit.

Lilas dormit bien. Elle se leva de bonne heure et, se souvenant qu'elle était chez Céline Paran, elle connut une sécurité merveilleuse.

— T'es debout ? cria Microbe, de la chambre voisine. Je t'entends grouiller... Attends, je fais de la lumière.

Elle ouvrit la porte ; une lueur grise pénétra dans le cabinet. Lilas vit les coins pleins de loques, de paquets, de ferrailles, de ferblanterie ; au mur, deux planches supportaient les débarras. Ce spectacle misérable l'enchanta. Elle fut la biche réfugiée dans son gîte et, sachant qu'aucun péril ne la menaçait, le matin l'emplit de béatitude.

— T'as bien dormi ? continua Microbe. Mets tes frusques et viens te laver. Après, on prendra le café au lait.

Lilas revêtit hâtivement son jupon, sa jupe et son corsage, noua ses cheveux en meule et parut dans la chambre.

Alfred y terminait ses ablutions. Il s'essuya le visage avec méthode, tout en considérant Marthe à la dérobée. Et, comme il avait de l'expérience, il pensa qu'elle était vraiment jolie puisqu'elle résistait à cette épreuve du lever qui rend les peaux maussades. Lui, Alfred, se levait avec un nez luisant et des joues de papier ; Céline avait le visage safran.

« Pas d'erreur, se dit-il, la camarade est fraîche comme une gosseline. »

Cette constatation le porta à une grande bienveillance.

Quand il fut essuyé, Céline renouvela l'eau de la cuvette, et Marthe se rinça vivement le visage, le cou et les mains. Par politesse. Alfred lui tournait le dos, tandis que Microbe achevait de faire le café. Quoique ce fût du mélange à trente-six sous la livre, il répandait cette odeur si forte et si douce qui s'est associée aux scènes heureuses de notre existence.

— Grouillons-nous ! fit Microbe. Faut être à l'heure.

Elle servit vivement le breuvage et l'additionna d'un lait successivement anémié par les soins du nourrisseur, du laitier et de la crémière. Un beurre dur, qui sentait l'huile de palme, passa sur le pain aigre, et ce hâtif repas parut délicieux à Marthe.

— Ouste ! cria Céline en avalant sa dernière gorgée. A tout à l'heure... je viendrai déjeuner avec toi. Alfred peut pas, y travaille à Guernelle.

Elle filait précipitamment, entraînant son mâle. Et Lilas, quand elle fut seule, eut un petit frisson. Il lui sembla que Rouge allait apparaître, le couteau au poing ; pendant toute une demi-heure, elle ne put rejeter cette image. A la longue, elle se rassura. Assise auprès de la fenêtre, elle considéra la rue où elle allait vivre. C'est une rue miteuse, presque sinistre, très courte : elle contient encore des bicoques du temps de la barrière

Saint-Jacques, des réduits caverneux où gîtent des débits de cidre, de poiré, de vinasse, de charbon; des cahutes de pauvres, des cabarets creusés dans un rez-de-chaussée sanguinolent, et elle aboutit à ce formidable enclos où la ville députe ses déments.

Mais Lilas ne trouvait pas l'endroit triste. A cause de quelques arbres, de quelques façades nettes, d'un rais de soleil mordant le pavé, elle avait des bouffées de joie. Une harmonie s'élevait du jeune corps, où tous les organes marchaient à l'unisson et qu'irriguait un sang luxueux. Pourvu que Rouge sortît de sa vie, Marthe ne voyait qu'un avenir sans limites et, la nature ne lui ayant donné du temps qu'une notion sommaire, la mort qui pourrit le présent des sages se perdait pour elle dans un lointain d'éternité.

Aussi rêva-t-elle pleinement devant la fenêtre et crut-elle une fois de plus au bonheur. Tandis que de courts refrains lui chantaient aux lèvres, elle nettoya et mit la chambre en ordre, elle fit reluire les meubles et briller quelques ustensiles.

Ensuite, ayant déniché une livraison, elle se gorgea de fable.

Vers midi et demi, Céline reparut avec six sous de frites, deux saucisses chaudes et un pain.

— V'là la briffe! cria-t-elle en riant.

L'odeur des saucisses rayonnait. La lecture des romans est un apéritif énergique et Marthe, par surcroît, venait de finir un chapitre où les héros affamés rôdaient sinistrement à travers des rues encombrées de boulangers et de rôtisseurs.

— Il fait faim! disait Microbe en disposant des assiettes et tirant un litre de l'armoire.

Elles mangèrent d'abord en silence, tirant de chaque bouchée un plaisir pur et plein.

— Tout de même, dit Lilas, on n'en demande pas plus pour être contente. Et dire qu'y en a tant qui ne peuvent pas se le payer.

— Y en a beaucoup que c'est leur faute! riposta Céline. Des geignards et des poivrots...

— Pour sûr. Mais y en a aussi qui ne peuvent pas. J'en ai connu qu'avaient vingt-huit sous pour s'abîmer les yeux jusqu'à ménuit... puis d'autres qu'ont pas de force ou qui sont maladroites! Et les vieux, les infirmes et les malades?

Elle avait de l'indulgence et, parfois, de la compassion. Céline était plus âpre. Son énergie, son adresse, son économie et sa prévoyance lui faisaient une cuirasse. Elle imaginait difficilement qu'on ne pût se tirer d'affaire. Puis, les inconnus ne l'intéressaient point; d'instinct, elle aurait divisé l'humanité en amie et en ennemie. Penchée sur l'aiguille ou la machine, en chasse pour le travail, c'était encore une demi-sauvagesse qui n'eût point crié grâce au vainqueur et qui fût demeurée au poteau, roide, méprisante, taciturne.

— Je ne dis pas non, répliqua-t-elle. Mais, vois-tu, c'est pas la peine d'y penser. Faut que tout un chacun soye avec sa famille et ses amis. Alors, ça ira, on n'aura pas besoin d'appeler la garde. Mais y a les fricoteurs et ceux qui veulent que les autres s'occupent de leurs malades et de leurs infirmes... faudrait voir à les faire marcher droit.

Elle s'enfourna une fourchetée de frites, but un coup de vin noir et déclara :

— Ça ne nous regarde pas! Occupons-nous de nos affaires. Tant qu'à ce qui te regarde, j'ai déjà marché. La patronne ne demande pas mieux que de te faire faire des chemises et pantalons demi-fins, avec du gros linge pour remplir les trous. J'ai discuté les prix et tu pourras, pour le moins, te faire des journées de cinquante à soixante sous. J'apporterai une fournée à ce soir. Tu vois, ça n'a pas été long.

— Tu diras ce que tu voudras, t'as du cœur, Microbe... et t'es mariolle!

— Je suis pas bête!... répliqua Céline avec satisfaction. Et pour bonne camarade, je m'en vante. Seulement, dame, c'est à charge de revanche. Si jamais que j'avais besoin de toi, compte que je ne me gênerais pas! Et pendant qu'on y est, on va arranger l'affaire de ta chambre. Veux-tu la voir? J'ai pris la clef chez la pipelette.

Elle n'attendit pas la réponse de Lilas, elle l'entraîna au fond du corridor.

C'était une petite chambre carrée, blanchie au lait de chaux, avec une fenêtre sur la rue. On y pouvait tout juste glisser un lit, un étroit lavabo, deux chaises, une commode, une table, une Singer et un fourneau. A cause de la lumière qui se faufilait jusqu'aux encoignures du fond, Marthe la trouva charmante.

— J'aurai jamais été aussi bien! s'exclamat-elle en songeant au taudis obscur, poisseux et puant de la mère Baraquin.

— C'est vrai que tu n'y seras pas mal, approuva Céline. Tu t'y crèveras pas les yeux d'abord : on voit clair! Pour vivre seule, n'en faut pas plus... Ça serait un peu court si tu te collais avec un type!

Marthe eut un rire âcre :

— Moi, avec un type! Je ne suis pas folle, peutêtre! Ah! j'en ai soupé par tous les bouts de ces crapules d'hommes.

— Faut pas cracher dessus... fit Microbe avec philosophie. On ne sait jamais. Y a qu'à tirer un bon numéro. Puis, je connais des moments où on n'y tient plus... Ça vous pince, quoi!

— Je ne l'ai jamais senti! fit sombrement Marthe. Paille-de-Fer et les autres m'ont dégoûtée. Moi, ça aurait été pour être gentils ensemble.

— Moi aussi, pour sûr... l'un va pas sans l'autre. Mais quoi! on n'est pas des pavés!

— Je te promets que j'en suis un! Si je peux seulement gagner mon fricot, vivre tranquille et avoir une amie comme toi, c'est tout ce que je demande à Dieu et à ses saints.

Les jours coulèrent. Maille à maille, la sécurité se tissait dans le cœur de Marthe. Elle travaillait avec patience, assise près de la fenêtre, un rideau levé. Comme elle était preste, elle pouvait s'accorder des pauses. Et elle observait, en bas, la vie de l'humanité. Dès le matin, la lutte commençait : elle se décelait dans la casquette, la blouse et la veste de l'ouvrier, elle était aux jupes lâches des femmes, aux caprices du gamin et de la gamine, chez le marchand de cidre, de vin et d'apéritifs, dans la grotte noire du charbonnier et la petite épicerie branlante ; elle courait avec le fiacre furtif ou titubait avec la lourde charrette ; elle haletait avec l'automobile, et elle palpitait encore, fiévreuse, saccadée, pitoyable, derrière les grands murs de Sainte-Anne.

Comme Lilas était naïve, elle n'en voyait que la surface : ainsi ne voyons-nous qu'une nuance rouge ou jaune, au lieu des trillions de vibrations qui se cachent sous la lumière. Et elle se figurait beaucoup de menues joies. La ménagère qui rapporte le pain ou les pommes de terre, l'homme qui vide un verre sur le zinc, l'enfant qui mordille une tablette de vieux chocolat, ou simplement une chevelure qui luit, nette et bien échaudée, une table servie de bols, de cafetières et d'une miche avaient des significations séduisantes.

Quant à Marthe même, elle fut heureuse. C'était une griserie d'oubli, le renouveau, la liberté, la douceur de n'être tourmentée ni par les hommes ni par la mère Baraquin. Dans les repas qu'elle faisait, à midi, avec Céline, à sept heures avec Céline et Alfred, il y avait un charme extraordinaire. Au lieu d'Antoinette maussade, des soupes charbonneuses et des ragoûts au suif, elle eut des compagnons qui causaient sans aigreur et des plats qui lui faisaient chaud au cœur. Alfred était gourmand : il lui fallait des escalopes, du gigot, des côtelettes, de la saucisse fraîche, du boudin cuit au four, des tripes choisies ; il aimait à faire lui-même son café dans une cafetière de terre vernie, où il versait l'eau bien bouillante, à petits coups. Cette gourmandise impatientait Céline, mangeuse rapide et sommaire qui, l'appétit une fois satisfait, ne tenait guère à la nourriture. Mais il est toujours un point où le fort cède au faible : Microbe cédait sur la cuisine, exigeant, en retour, qu'Alfred ne dépassât pas seize sous par jour pour le cabaret et le tabac.

Alfred Chaigneux, dit Gaufre, était un homme bonasse, qui racontait beaucoup d'anecdotes. Comme Céline ne l'écoutait guère, il s'adressait à Lilas.

Lent et presque pensif, les mots demeuraient souvent tapis dans sa cervelle. Alors il devenait très rouge, sa barbe en copeaux avait des oscillations, il faisait de la main un geste bizarre, comme s'il cherchait à attraper une puce. D'ailleurs, il observait avec justesse ; au fond de son œil se fixaient des images précises.

— L'écoute pas ! riait Microbe. Il en a jusqu'à demain matin.

Il n'ennuyait pas Marthe. Elle aimait qu'on lui racontât les actes des gens qu'elle n'avait jamais vus ; elle s'en faisait tout de suite une idée — et cette idée était si nette qu'elle éprouvait une grande surprise lorsque les circonstances lui faisaient connaître la réalité, car jamais l'une et l'autre ne coïncidaient. De même, sans doute, éprouverions-nous un étonnement excessif s'il nous était donné de voir en vie les Grecs, les Romains ou les hommes de Ninive.

Après le dîner, ils faisaient une promenade le long du boulevard Auguste-Blanqui. Lilas éteignait ses cheveux sous un fichu noir et brunissait ses sourcils au cosmétique. Tous trois, doués d'yeux perçants, épiaient l'étendue. Les premiers soirs, la jeune fille avait grand'peur ; elle croyait partout reconnaître Huraud ou ses acolytes.

— T'es bête ! faisait Microbe... Qu'est-ce qu'ils viendraient fiche par ici ?

— Tant qu'à ça, disait Alfred, c'est du monde qu'est organisé. Ils ont leur police. Y se passent des signalements de quartier à quartier. Mais, avec ce fichu et ces sourcils noircis, y n'y verraient que du feu !

Pour plus de sûreté, Marthe imagina de passer un petit châle entre son corsage et son épaule droite.

— Ça, c'est très bien vu ! approuva Alfred... Mademoiselle a quasiment l'air d'une bossue.

En ce temps, on achevait le Métro : posé sur de vastes piles, il franchissait la vallée qui se creuse de la place Saint-Jacques à la place d'Italie. Les promeneurs admiraient ce tas énorme de ferraille et de pierres, la gare aérienne, le profil impressionnant du monstre... A droite, on entr'apercevait un district encore sauvage qui s'étend, coupé de terrains vagues, entre la Butte-aux-Cailles, le boulevard et la rue de Tolbiac ; à gauche, apparaissaient des fabriques, des habitations caduques, des clôtures de planches vermoulues, rongées, détraquées.

Il y avait un terrain clos auquel tous trois s'intéressaient. Par les brèches, on discernait des wagons et des roulottes, rangés parmi des gravats ; une végétation sauvage et des blocs calcaires. Plusieurs de ces roulottes décelaient la vie : des lueurs transsudaient par leurs petites fenêtres. Mystérieusement, un homme, une femme, un gamin filaient entre les roues, dans la pénombre. Chaigneux et ses compagnes s'arrêtaient. Dans leurs âmes populaires, ils retrouvaient quelque réminiscence atavique, et l'un d'eux disait :

— Y sont peut-être heureux !

Ils étaient enclins à le croire. Alfred ajoutait :

— Pourquoi pas ? Moi, d'abord, je vivrais très bien là dedans... Je voyagerais... Figurez-vous,

mam'zelle Marthe, que j'aime ça. Oui, j'irais voir
des patelins... et je serais content d'emporter ma
maison.

— Faudrait pas demander si ça ferait mon
affaire ! disait Microbe ; j'ai déjà l'air d'une
romanichel ! Seulement, il faudrait de la galette.

— On la gagnerait comme les saltimbanques !
reprenait Alfred. Faut pas grand'chose. Avec un
cinématographe ou des poupées mécaniques, on
s'en tire déjà !

L'idée les entraînait ; ils construisaient leur
baraque, ils se démontraient qu'on y gagnait des
cent et des mille. Et ça devait être gai de faire
sa popote au coin d'un village ou près d'un bois.

— Pour sûr, je marcherais bien, si on voulait,
faisait l'homme.

Les lèvres de Microbe se pinçaient :

— On doit commencer jeune ! affirmait-elle.
Sans ça, on fait des gaffes... Y a un tas de mic-
macs ! On vous embête aux maireries, les concur-
rents vous jouent des sales tours... et y faut savoir faire le boniment. J'aurais pas renâclé devant cette vie-là, pas plus que devant une autre,
mais tant qu'à sortir du nid qu'on s'a bâti, tu ne
m'as pas regardée... On n'est pas malheureux !

Alfred n'insistait pas. Et ils s'arrêtaient avant
d'atteindre la place d'Italie : au loin, on entendait quelque musique, les tramways cornaient,
des lueurs brasillaient sur la chaussée. Pour leurs
cœurs simples, le luxe et le plaisir étaient tapis
au café-concert et au théâtre ; ils palpitaient de
rêves et de désirs innombrables.

II

L'hiver passa, le printemps parut, parmi les
toits et les cheminées ; les arbres produisaient des
feuilles et des fleurs de cuir vert, d'argent, de
peluche rose, de velours jaune. Comme d'une
cuve énorme, les vapeurs montaient au firmament. Elles s'y roulaient pendant des semaines,
se massaient en murailles pâles, en blocs de fer,
de zinc et de nickel, s'ouvraient brusquement
aux jeunes lueurs. Les boues stagnèrent, sournoises et tenaces. Ou bien des vents frais des-
cendaient du Nord. Parfois le ciel se creusait jusqu'aux nébuleuses. Et toute la nuit une lune
tranchante fauchait les étoiles, ou, dans leur
gouffre de velours bleu, Orion, le Cocher, le
Cygne, Wega, Sirius, Procyon, Aldebaran, allu-
maient leurs lampes précieuses, suspendaient sur
l'infini des croix, des colliers, des pendentifs, des
couronnes, des bracelets et des ceintures.

Lilas demeurait heureuse. Elle continuait à
pousser la pédale et à tirer l'aiguille, elle regardait, du même regard insatiable, passer les chariots, les gamins, les artisans et les ménagères.
Son salaire était égal et lui suffisait. Chaque mois
elle courait à quelque bureau lointain — à Gre-

nelle, à Passy, et jusqu'aux Ternes — jeter u
bon de poste à l'adresse d'Antoinette Baraqui
C'est à peine si elle songeait encore à Victo
Huraud, dit Rouge, qui lui-même, croyait-ell
devait l'avoir oubliée.

Elle ne prenait plus les mêmes précautions pou
sortir. Cependant, elle portait une sorte de cha
peron et, sur sa chevelure tassée, elle disposa
des mèches fauves. Même, elle s'était risqué
deux ou trois fois au théâtre des Gobelins, el
avait dîné chez un marchand de vin, avec Alfre
et Microbe, et, dès avril, ils s'en furent voir Fon
tenay, les bois de Verrières, les bords de l'Yvett
Bellevue. Suivant le conseil impérieux de sa com
pagne, Marthe faisait des économies : elle ava
cinquante francs dans le tiroir de sa commod
C'était une grande force. L'avenir reculait, l'h
ver avait été tiède, au coin du poêle nourri d
coke et d'anthracite.

— Ceux qui ne font pas d'économies sont de
idiots, disait Microbe... Y n'ont pas de fierté
Quand on a une petite réserve, on peut se ten
droit, on ne dépend de la mauvaise humeur d
personne. D'ailleurs, tu ne te prives de rien !

Marthe en convenait. Elle faisait ses tro
repas, et comme Alfred payait le *Journal*, Mi
crobe, le *Conteur populaire*, elle donnait tous le
samedis deux sous pour une livraison des *Grand
Romanciers*. Ainsi avait-elle sa pleine provend
de feuilletons. Elle y trouvait le dessert de la vi
elle y développait ses songes.

A l'existence même, elle ne demandait qu'u
travail régulier et pas exténuant, trois repas, s
chambre, son lit, le spectacle de la rue, quelqu
promenade, une partie de bavardage avec Mi
crobe et Gaufre. Elle n'attendait plus l'amour, n
la richesse, ni des personnages prodigieux, ma
gnifiques ou grandiloquents : elle s'en contentai
dans les feuilletons. Ils les donnaient sans comp
ter.

Lilas ne s'impatientait pas de voir éternelle
ment reparaître les mêmes héros, les mêmes vic
times et les mêmes amours. Elle les recon
naissait sans les reconnaître. De faibles nuances
lui suffisaient pour les différencier. Ils étaien
trop selon son cœur pour qu'elle les désirât
autres ; même elle se fâchait presque, quand l'au
teur introduisait des personnages dont on ne dis
cernait pas nettement le caractère. Elle aimait
pourtant la nouveauté des péripéties, et ne se
plaignait jamais qu'elles fussent trop compli
quées ; quelque obscurité ne lui déplaisait pas
dans l'enchaînement des circonstances : alors
les dénouements révélaient un aspect mysté
rieux dont elle demeurait longtemps émue.

Ce qui la charmait par-dessus toutes choses,
c'était d'être délivrée des mâles. Comme elle sor
tait toujours avec Alfred et Microbe, nul ne pou
vait la poursuivre. Une telle paix était prodi
gieuse.

Tandis qu'elle cheminait, bien tranquille, au long du boulevard, par les rues de la Santé, de la Tombe-Issoire ou du Faubourg-Saint-Jacques, elle éprouvait une satisfaction douce, à la pensée qu'aucune silhouette d'homme n'allait l'arrêter, la tourmenter de compliments ou de menaces.

Tant d'individus qui auraient paru redoutables devenaient des passants inoffensifs, des ombres fugitives. Et elle souhaitait ardemment que cela n'eût point de fin.

Les rêves d'amour qu'elle faisait parfois, à la suite de ses lectures, n'étaient point pour elle-même. Ils ne franchissaient pas les bornes où palpitait son imagination. Pas plus qu'elle n'avait le désir de voir, en chair et en os, le hardi Buridan, l'incomparable marquis de la Guerche ou le magnanime Lagardère, pas plus ne souhaitait-elle faire rencontre du bel Armand, ni du séduisant comte Philippe.

C'étaient des créatures qu'il faisait bon connaître telles qu'elles existaient, encloses dans la fable ; elle les aimait bien ; elle frissonnait de leurs victoires, de leurs misères, de leur tendresse, mais elle n'imaginait aucunement qu'elle allait les voir passer sur les trottoirs et dans les avenues...

Elle ne cachait pas ses impressions :

— Chacun son goût, disait Céline. Puisque c'est comme ça que t'es contente, t'aurais bien tort de chercher mieux. C'est vrai que les hommes sont presque toujours des salauds !

Chaigneux avait d'abord approuvé. Plus tard, il fit quelques réserves :

— Bien sûr, ce n'est pas commode. Faut une sacrée veine pour tomber sur la bonne volaille. Je le dis pas seulement pour les hommes... les femmes aussi, c'est plus souvent vache, rosse et compagnie. Tout de même, c'est dans la nature. Une jolie fille n'est pas faite pour les chiens... sinon, pourquoi qu'elle serait jolie ?

— Jolie ou laide, intervenait Microbe, c'est kif-kif, y en a pas une qui soye au monde pour ne rien faire de ce qu'elle a...

— Je ne dis pas non, ma gosse. Mais celle qu'est jolie, c'est encore plus contre nature. Une supposition qu'on soit bossue, ou rachitique, ou qu'on dépérisse de la poitrine, ou qu'on ressemble à une singesse...

Microbe se fâchait un peu :

— Ça n'empêche pas le sentiment ! Même que ça l'excite. Tu ne sais donc pas que les contrefaits sont tous des chauffe-la couche ?

— Je ne vais pas contre. Seulement, ils ont tort, ça se sent bien ! Tandis qu'une belle fille, c'est comme si on laissait pourrir une récolte sur pied...

— Alors, d'après toi, faudrait que Marthe se colle avec un type... même si elle n'en a pas envie ?

— Je ne sais pas. Faut pas me faire dire plus que j'en dis. Pour le moment, y a pas de presse... elle est bien jeune, elle ne risque pas encore de sécher...

Il avait d'abord été bonasse et familier. Vers la fin de l'été, il manifesta une certaine gêne... Il s'observait à table, il fumait moins souvent la pipe et plus souvent la cigarette, il s'empêtrait davantage dans ses discours, il regardait plutôt de côté qu'en face ; et lorsqu'il était seul quelques minutes avec Marthe, il gardait le silence.

C'est ce dernier trait qui attira l'attention de la jeune fille. Elle se demanda s'il ne finissait pas par la trouver gênante. Peut-être désirait-il sortir plus souvent seul avec Microbe et passer des soirées en tête à tête. Elle se l'était déjà demandé. Mais l'attitude bon enfant du couple et son insistance à la retenir, l'avaient rassurée. L'allure d'Alfred ramena, plus vive, l'inquiétude : « Y a une fin à tout ! » se disait Marthe.

Elle essaya de se dérober quelquefois. Sous des prétextes vagues, elle se privait d'une promenade ou bien elle écourtait la veillée.

Microbe ne s'en aperçut guère, d'abord. Elle-même s'expliquait à peine sur ses actes et, obéissant à l'impulsion de sa volonté, elle admettait cette ligne de conduite chez les autres.

A mesure que les abstentions de Lilas se multiplièrent, elle s'étonna et, un jour qu'elles déjeunaient seules :

— C'est-y que tu commences à t'embêter avec nous ?

Comme Lilas la regardait, hésitante :

— Bé oui ! On dirait que tu te défiles. C'est pas pour te faire un reproche. Faut qu'un chacun soye libre. Mais des fois qu'on t'aurait manqué sans le vouloir ?

— On ne m'a pas manqué ! se récria Marthe. Vous deux Alfred avez été comme frère et sœur pour moi... Seulement, tu comprends, faudrait pas non plus que je soye une scie ! Ce n'est pas juste que je me mette tout le temps entre vous deux.

— C'est ça qui te gêne ? Ben, tu peux te tranquilliser, tu ne nous ennuies pas du tout. Je peux dire que je suis toujours contente de t'avoir.

— T'es bien gentille ! fit Marthe, attendrie. Oui, tu es vraiment une bonne fille pour ce qui me regarde. Mais tu n'es pas seule ?

— De quoi ! cria Céline avec son accent despotique. C'est-y d'Alfred que tu parles ? Il est aussi content que moi !

— En es-tu bien sûre ?... Écoute, Microbe, ça doit rester entre nous, ça ne serait pas bien que tu le répètes... y me semble bien des fois que je suis dans le chemin... et je le trouve naturel !

Marthe avait cessé de manger. Elle levait vers Céline son visage étincelant, une anxiété douce dilatait ses pupilles :

— Dieu, que tu es jolie !... s'exclama Microbe en posant sa petite main rude sur le poignet de Lilas. C'est satin blanc et compagnie ! On n'en

fait pas souvent des comme ça. Et tu es rudement godiche aussi. Je te dis qu'on t'aime beaucoup tous deux.

— Je ne dis pas non. C'est pas une raison pour
que je ne sois pas quelquefois de trop...

— Ah ! tu me rases ! Je trouverai bien moyen
d'en dire un mot à Alfred. Sois tranquille, ajouta-t-elle en voyant Marthe faire un mouvement
d'inquiétude, y ne saura pas qu'on s'est causé
nous deux.

Le soir même, quand Marthe se fut retirée
dans sa chambre, Céline dit brusquement à son
amant :

— J'ai quelque chose à te demander, rapport
à Lilas.

Le grand chien se troubla et baissa les yeux sur
la table ; une fine buée vint sur sa tempe. Microbe ne le regardait pas.

— Tu sais comme je la gobe, poursuivit-elle.
Y a pas meilleure fille !... Mais faut pas être
égoïste. On est deux dans la cambuse ! Des fois
que tu trouverais qu'elle est trop souvent avec
nous, je n'aimerais pas que tu te forces. Y aurait
qu'à lui dire un demi-mot...

Il avait la bouche un peu sèche : il but un coup
de vin violet, tortilla le toupet de sa chevelure
moutarde et ne dit rien. Elle le lui fit remar-
quer :

— C'est que j'y avais jamais pensé. Alors,
j'y pense... pour voir !

Il se mit à bourrer sa pipe, à petits coups, et
quand il l'eut allumée, il déclara :

— C'est tout vu. Elle ne m'a jamais gêné, je ne
vois pas pourquoi elle me gênerait aujourd'hui...

— Je le pensais bien, mon gros, et ça me fait
plaisir. Car entre toi et elle, je me trouve comme
un barbillon dans la Marne !

Alfred s'était ressaisi. Il considéra sa maîtresse
d'un air pensif, une obscure mélancolie passa sur
son front ; il murmura :

— C'est vrai que tu l'aimes beaucoup !

La vie à trois continua. Gaufre, mis sur ses
gardes, se montra plus naturel ; toutefois, quelque
chose était survenu qui l'éloignait de Marthe.

L'été allongeait ses jours de fournaise ; les crépuscules rougeoyaient, lents, tendres et magni-
fiques. Tous trois, poussant au loin leur promenade du soir, passaient la barrière, rôdaient sur
les terres grasses et humides, cherchaient l'arbre,
l'herbe, le champ de fleurs ou le carré de légumes.
Du haut des fortifications, ils regardaient fleu-
rir les nuages, ou bien ils passaient devant les
potences des carrières, sous l'aqueduc d'Arcueil
ou le long de Bourg-la-Reine. Tout était mou et
délicieux, eux-mêmes avaient une chair pleine
de rêves : ils cueillaient des coquelicots, des pis-
senlits, des renoncules ou des bleuets, émus de
sensations qui dépassaient leur entendement.
Leurs pas s'alourdissaient, ils ressentaient une

paresse sensuelle, et des bonheurs brusques passaient avec le revif de la brise.

Parfois, une tendresse forte s'emparant de Microbe, elle donnait une tape sur l'omoplate de
Lilas ou tendait sa bouche à Alfred. Et toujours,
il hésitait un peu :

— Va donc, gros chien !

Alors, il se décidait, avec un regard brumeux et
la pommette rouge.

— Ça te donne pas l'idée de prendre un homme !
demandait Céline.

— Non, répliquait Marthe. Je trouve ça très
bien entre vous. Je n'en demande pas plus !

Ils revenaient dans le soir. Une moiteur sourdait de la terre, la route poudroyait moins, les
arbres semblaient plus hauts, plus drus et plus
frais ; il s'élevait une odeur de foin ou de com-
post et les lueurs des maisons prenaient un
charme extraordinaire.

Les deux femmes goûtaient pleinement ces
minutes. Céline, amoureuse de son grand chien,
prolongeait le présent dans l'avenir ; ses songes
et ses désirs tournaient sur eux-mêmes et tout ce
qu'elle voulait par surcroît, c'était un salaire plus
fort, une épargne plus large : elle ne demandait
pas même d'autres luxes, étant d'une pâte rus-
tique, résistante et sobre. Elle disait :

— On est bien. J'aurais choisi, je n'aurais pas
mieux trouvé. Un, deux, trois... c'est ma mesure.

— Des fois que t'aimerais pas un gosse ? plaisantait l'homme.

— Non. Je n'y tiens pas.

Elle aurait sans doute été une mère ardente
jusqu'à la férocité, mais elle n'était pas, comme
d'autres mères avant la conception.

— Et vous, mademoiselle ?

— Moi, faisait Lilas, rêveuse. Je n'en sais
rien. S'il n'y avait pas les hommes et si j'avais de
quoi, peut-être bien que j'aimerais élever un
petit garçon — car une fille court bien du risque...
c'est trop malheureux quand ça ne réussit pas !

— Vous avez tort de croire que tous les
hommes sont des salauds ! répliquait Chaigneux
avec une petite excitation. Y en a qui ont meilleur cœur que les femmes... J'en ai connu de ces
particulières qui ne valent pas du vitriol !

— Je ne vais pas contre. Mais l'homme a sa
force. Puis, y ne marche que si ça lui plaît.... et
puis encore, y ne risque rien, s'il est mauvais.
Non, non, monsieur Alfred, ça ne doit pas se
comparer.

— Tout le monde n'est pas comme toi ! con-
cluait tendrement Céline en tapant sur une omoplate du grand chien.

Ainsi passaient-ils leurs soirées. Quelquefois,
ils s'asseyaient à la porte d'un bistro et regardaient passer les gens, quelquefois aussi, lorsqu'il
pleuvait, ils restaient à la maison, jouaient une
partie de cartes, ou lisaient sur la table encore

couverte de vaisselle ; plus rarement ils allaient au café-concert, car cette dépense agitait Céline.

Alfred observait avec Lilas une politesse méticuleuse ; il n'oubliait plus d'insister pour qu'elle les accompagnât à la promenade, mais il devenait triste. Même, son appétit décrût et il oubliait de se réjouir lorsque Microbe donnait un de ses plats favoris. Il fumait davantage, il vidait son verre trop vite.

— T'es tout drôle ! remarquait Céline. On dirait même que tu maigris, et t'en avais pas besoin... On a toujours vu tes os... Peut-être bien que t'as quelque chose... Tu pourrais prendre la tisane des Chéqueurs !

Il écoutait avec une pointe de crainte ou d'irritation et s'efforçait de plaisanter :

— La tisane des Chéqueurs, c'est pour le coup qu'on verrait sortir ma pomme d'Adam !...

— Ben alors, les pilules Pink ?

— Merci !... Ça noircit les dents.

— Alors, faut te secouer.

Il se secouait, avec un faux rire ; Céline riait aussi. Cependant, elle insistait :

— Y a pas... t'es jaune. T'as peut-être un foie dérangé ? J'aime pas les médecins, pour sûr... c'est pas moi qui tiens à leur garnir la poche. Mais si ça continue, j'en ferai venir un ! Et ce qu'il ordonnera, tu l'avaleras, j'en donne mon billet !

Il haussait les épaules et feignait de bouder. Ses yeux exprimaient une inquiétude sourde, il y avait dans toute sa grande machine timide une fièvre et une démence.

Un dimanche, ils partirent pour le bois de Verrières.

Ils emportaient, dans un sac, du veau froid, du jambon de Paris, du coulommiers double crème, une boîte de thon, des cerises, du pain, et tout ce qu'il fallait pour mettre le couvert sur l'herbe. A la descente du tramway Champ-de-Mars-Châtenay, ils achetèrent deux litres de vin.

Les âmes de Microbe et de Lilas étaient pleines d'espace et d'aventure. Elles ne vivaient que l'heure présente, elles marchaient sur la route chaude avec des joies de passereaux, bravant le bloc incandescent du soleil dur comme de la faïence ; dès que l'ombre pleuvait d'un arbre, elles riaient mystérieusement, et quoique leur but fût précis, elles le décoraient d'un tas de choses énigmatiques et merveilleuses.

On n'apercevait qu'un seul nuage, sillant vers Paris, comme un fuseau chargé de lin. Continuellement, le feu lui happait un morceau ; il s'effilochait, il devenait une serviette trouée, puis de la charpie, puis un insecte argenté, puis un petit morceau de sucre.

La chaleur redoubla. Elle semblait enfler la terre, elle remplissait de sueur la barbe d'Alfred, coulait bouillante dans le cou de Lilas et fondait

en huile la pommade de Céline. Enfin, le bois s'ouvrit, chargé de fraîcheur et de légende, de buée et de pénombre. Les feuilles séchaient là-haut, mais il y avait des paquets où le soleil ne pouvait descendre que par gouttes ; c'était partout une force vive, jeune, agissante, qui faisait de l'oxygène.

Céline voulait un coin profond, avec de la mousse. Ils le cherchèrent longtemps : il apparut, parmi de vieux arbres où l'on entendit le coucou sonner l'heure dans un frémissement immense de feuillages.

— Faut mettre la main à sa poche ! s'exclama Microbe.

Elle appuya sur son porte-monnaie, puis elle ouvrit le sac, d'où elle tira un vieux papier d'emballage qui devait servir de nappe. Ils disposèrent des assiettes, des timbales de fer-blanc, des couteaux et des fourchettes.

Et ce fut un moment admirable. Car le déjeuner sur l'herbe est un symbole pour des millions de pauvres créatures. Marthe et Céline voyaient mieux que des mets dans le veau blanc et le jambon rose, dans la boîte de thon, dans le pain boulot et dans les cerises jetées fastueusement comme un amas de perles rouges. Elles y voyaient ce que virent tant de générations naïves et ferventes, quelque chose qui n'a point d'expression précise, qui est vague, vaste, délicieux comme une légende.

— A table ! cria Microbe du ton d'un acteur de l'Ambigu ou des Bouffes-du-Nord.

Elles mangèrent avec ravissement. Les feuilles bruissaient à peine ; un petit oiseau, de son œil tout noir, venait les épier et s'enfuyait ; le coucou appelait par intervalles ; des insectes de bronze, de saphir, de jade, d'acajou, de broderie, susurraient dans la pénombre tiède.

Alfred, avalant plus de vin que de victuailles, rêvassait. Il ne toucha pas aux cerises et se mit à fumer misérablement.

— T'as l'air gaga ! riait Microbe.

— Peut-être bien ! disait-il en soufflant une fumée pâle, tandis que le bout de la cigarette produisait des flocons fins et plus bleus que le firmament.

Après une demi-sieste, ils flânaient. Des couples et des groupes apparaissaient, couchés sur les feuilles et la mousse ou déambulaient par les sentes. Cette heure fut engourdie ; l'estomac tirait à lui l'énergie, les jambes flanchaient. Ils arrivèrent au bord d'une grande route, et Céline dit :

— Ma tante Elisa travaille là-bas, à la villa des Œillets... J'ai pas l'occasion de la voir souvent...

Elle hésita une bonne minute :

— Voilà ! j'irai lui faire une petite visite... Seulement, faut pas qu'on se rate... Attendez que je vous installe.

Elle désigna un coin où Gaufre et Marthe devaient l'attendre :

— Bien sûr, vous pouvez vous balader... Mais dans une heure, faudra être au poste. Ne vous éloignez pas trop, vous ne vous reconnaîtriez pas.

— Et toi? fit Marthe.

— Moi, je connais ce pays... J'y ai demeuré deux ans. C'est vous qui devez bien ouvrir les yeux. Tenez, v'là un gros foyard... puis ce buisson, et la route tout droit devant.

— On s'y reconnaîtra, va ! déclara Chaigneux avec un peu d'excitation... Si tu as demeuré par ici, moi, j'y suis venu des quarante et des cinquante fois.

— Alors, c'est bien. Il est trois heures et dix minutes. Mettons qu'on soye tous ici à quatre heures un quart.

— Ça va.

Elle s'éloignait, insoucieuse, car son âme âpre et méfiante avait, pour Marthe et Alfred, des confiances de sauvagesse.

Ils la regardèrent disparaître sous les ramures.

— Elle marche comme une pouliche ! remarqua Gaufre lorsqu'elle fut hors de vue.

— Elle a du nerf, ajouta Marthe.

Ils restaient debout sous un grand hêtre, ne sachant, pour des causes différentes, quels propos tenir.

Quoique Lilas eût quelque sympathie pour Alfred, en l'absence de Microbe il devenait un étranger. Il semblait, d'une certaine manière, n'exister que par son amante. Quant à lui, il était troublé. Il n'osait pas regarder Marthe, il lui fallut faire un effort énorme pour dire :

— Le mieux serait de s'asseoir... ou bien, peut-être que vous préférez faire un tour.

— Je n'ai pas de préférence...

Ils restèrent encore debout pendant cinq bonnes minutes. Ce fut elle qui se décida à s'asseoir. Il se mit à quelques pas d'elle et frotta deux ou trois allumettes pour faire prendre son tabac. Il fumait par saccades, les pupilles dilatées, il changeait de couleur, puis son visage devint sombre et presque menaçant :

— Mademoiselle Lilas, j'ai quelque chose à vous dire.

Elle frissonna d'une inquiétude confuse, presque « virtuelle »; elle lui jeta un regard interrogatif.

— Faut pas mal me juger, continuait-il. Je ne suis pas un méchant homme... je suis même un bon garçon...

Croyant qu'il faisait allusion aux attitudes dont elle s'était attristée, elle répondit avec bonne humeur :

— Je le sais, monsieur Alfred. Y en a bien peu qui auraient été aussi gentils. Pour sûr y fallait un bon caractère pour supporter quelqu'un qui ne vous était de rien, entre vous et Céline...

Il devint rouge, puis pâle et, d'une voix qui semblait soudain enrhumée :

— C'est pas ça, mademoiselle. J'ai toujours eu du plaisir à vous voir, même depuis le premier soir.

— Vous êtes bien honnête ! dit-elle.

L'inquiétude sans cause la reprenait. Elle avait envie de se lever et de proposer une promenade.

— Oui, continua-t-il la tête basse, vous m'avez toujours dit. Ça ne pouvait pas être autrement. C'est dans la nature ! Y a pas d'injure. Malgré ça, je croyais qu'y aurait un moyen d'arranger les affaires à la douce...

Il grattait la terre, maintenant; il avait une face ténébreuse; la fatalité était en lui, qui le menait, et il gronda d'une haleine :

— Enfin ! je croyais que ça me ferait moins d'effet... que je m'habituerais... qu'on serait comme frère et sœur... une sœur gentille. Et pas du tout ! Tant plus vous étiez là, tant plus je vous trouvais jolie... au point que c'est devenu une sorte de maladie. Aujourd'hui, je n'en puis plus... je vous aime !

Elle s'était reculée et le regardait avec effroi. Il y avait dans son attitude cette ardeur cruelle dont elle avait eu tant de dégoût, avec Paille-de-Fer, Emile, Huraud; il montrait la même volonté équivoque.

Elle cria :

— Et Microbe? Vous n'aimez donc pas Microbe?

Il tourna vers elle des yeux rouges et violents :

— C'est vous que j'aime ! Je n'y peux rien.

— Alors, reprit-elle avec crainte et colère, si j'étais une salope, vous l'abandonneriez pour moi?

— Je ne lui dois rien... Je ne lui ai rien promis. On s'est mis ensemble, v'là tout. C'est pas une raison pour que ça dure toujours.

— C'est pire que de lui donner un coup de couteau.

— Je n'en sais rien. Ce n'est pas de ma faute !

— Ah ! ce n'est pas de votre faute ! ricana-t-elle, indignée. Et si j'étais assez bête pour vous écouter, le jour où vous me lâcheriez, ça ne serait pas non plus de vot' faute !

Il poussa un soupir rauque, toute sa face s'emplit de passion :

— Vous ! Que je vous quitterais? Mais je ne vous quitterais jamais ! Tenez, j'ai bien aimé Microbe... oui, j'ai eu beaucoup de bons moments avec elle... Mais ça ne m'a jamais remué, ça ne m'a jamais empêché de dormir... y n'y a pas de comparaison. Pour vous, je me ficherais à l'eau ou je ferais un sale coup.

Il l'hypnotisait par l'âme sauvage qui s'exhalait de sa personne; elle l'écoutait malgré elle, mais elle n'en était que plus dégoûtée :

— Un sale coup ! riposta-t-elle. Pour sûr que ce n'est pas avec des sales coups qu'un homme arrivera à m'avoir ! Et plus sûr encore, c'est que je m'arracherais plutôt un bras que de prendre l'homme de mon amie. Je ne pourrais même pas l'aimer. Ça me donnerait mal au cœur !

Il écoutait à peine, il murmurait :

— Ecoutez, mademoiselle, je ne suis pas une gouape, je suis un bon ouvrier. Je gagne des dix francs par jour, et j'ai onze cents francs de côté. Si vous voulez vous mettre avec moi, parole que je ne vous quitterai jamais, et comme preuve, vous n'avez qu'un mot à dire, on sera mari et femme !

Cette dernière proposition adoucit le cœur de la jeune fille. Le désir de Chaigneux parut moins brutal ; elle espéra le ramener à Microbe, et, presque cordiale :

— Monsieur Alfred, quand bien même vous seriez millionnaire, ça serait tout comme. C'est jamais moi qui vous prendrais à Céline. Une supposition que je vous aie rencontré dans le temps, peut-être bien que la chose aurait pu se faire. Mais pas à présent... ni plus tard. Je veux voir en vous un camarade... Je ne vous aimerai jamais. Alors, savez-vous quoi ? Faut avoir de la raison, être bien gentil et ne plus penser qu'à Céline. Je vous promets que vous serez plus heureux avec elle qu'avec moi. Y a pas meilleure.

Il était debout. Une résolution calme immobilisait son visage.

— Voilà ce que je vais faire, ajouta-t-elle ; je vais partir pour un autre faubourg et vous ne penserez plus à ces bêtises.

Il l'écoutait, atterré. A l'idée qu'elle pourrait partir, il était saisi de détresse et de jalousie, car il lui parut inévitable qu'elle deviendrait la proie d'un mâle. Cette idée fut insupportable, elle engagea Gaufre à la ruse et à la patience. Une seule chose parut urgente : que Lilas restât sous sa garde et sous celle de Céline. Après un silence, il balbutia, presque humble :

— J'ai eu un coup de folie ! Faut me pardonner... et surtout ne pas partir. Microbe aurait sûrement des soupçons et ça la rendrait très malheureuse.

Elle haussa les mains, douloureusement. Elle aimait maintenant Microbe plus que tous les autres êtres ; elle reportait sur elle l'affection qu'elle n'avait pu avoir pour la mère Baraquin ni pour son frère et, aussi, quelque chose de l'amour dont l'avaient dégoûtée les hommes.

— Je courrais sur des charbons rouges pour qu'elle ne soit pas malheureuse ! fit-elle d'un ton de rêve. Car c'est elle ma vraie sœur.

— Alors, vous resterez ? fit-il avidement.

— Je resterai, oui, à condition que vous soyez raisonnable. Car de faire ce que vous voulez, je me flanquerais plutôt dans l'égout... plus encore à cause d'elle qu'à cause de moi... Maintenant, monsieur Alfred, en v'là assez !

Elle alla s'asseoir à dix pas ; il n'osa pas la suivre. Et ils restèrent là, taciturnes, jusqu'au retour de Céline.

La vie fraîche et claire avait fui, l'éternelle menace était revenue. Ce qui épouvantait Marthe, dans la rue, veillait maintenant tout près d'elle. Alfred avait fini d'être le grand chien paisible, qu'elle regardait avec sympathie et sécurité : chacun de ses gestes devint équivoque, sa voix fut hypocrite, sa parole parut un piège.

La joie innocente des repas n'était plus. Lilas mangeait sa provende comme la biche qui flaire le fauve. La nuit, elle fermait sa porte avec soin, et, avant de s'endormir, elle songeait avec tremblement qu'il était là, qu'il pensait sans doute à elle et qu'il la voulait. Ah ! la crainte de cette volonté, les frissons brusques et durs dans les ténèbres...

Cependant, l'attitude de Gaufre était rassurante. Il n'avait plus parlé d'amour. Lorsqu'il se trouvait seul avec Marthe, plutôt était-il timide. Moins avertie, elle aurait pu s'y tromper, mais elle discernait des coups d'œil énigmatiques, des frémissements, des tristesses, et elle s'apercevait bien qu'il ne la perdait jamais de vue.

Ce qui la rassurait un peu, c'était l'énergie de Microbe. Alfred la redoutait, il n'aurait sûrement rien tenté, sachant sa maîtresse proche. Et il arrivait à Marthe de souhaiter que son amie fût jalouse. Céline ne l'était pas du tout : cette créature si méfiante, si armée de soupçons contre les étrangers, avait l'âme « bloquée » pour son amant et son amie. Elle aurait, à la rigueur, — difficilement toutefois, — soupçonné Alfred d'une passade avec une inconnue ; mais avec Lilas, c'était impossible, et de jour en jour plus impossible.

La légende se consolidait en elle. Jamais elle n'eut la pensée de surgir à l'improviste, moins encore d'écouter aux portes.

Les heures mauvaises étaient les heures de travail, alors que Lilas demeurait toute seule, au fond du corridor, n'ayant d'autre protection qu'une voisine sourde ; car tous les habitants et toutes les habitantes de l'étage besognaient dehors... Deux fois déjà, Alfred avait chômé dans l'espoir d'une chance. Ce furent deux jours affreux. Lilas l'entendait ouvrir et refermer la porte ; il passa dans le corridor et, malgré qu'elle eût mis le verrou, elle écoutait, pâle, avec des sursauts, cousant de travers ou cassant ses aiguilles.

Un après-midi, elle poussait la pédale de la Singer. Le temps était hagard et fuligineux, on voyait rouler des nuages énormes et, par intermittences, l'averse battait aux vitres. Un faible tonnerre grondaillait, très loin, tandis que les fumées du faubourg se rabattaient en ruisseaux aériens, se déchiraient, rebondissaient et filaient comme des charpies sales.

Lilas se hâtait. Elle espérait gagner une heure pour lire l'histoire surprenante d'un saltimbanque, fils perdu d'un milliardaire péruvien.

Comme elle s'arrêtait pour aller prendre un paquet de chemises, on frappa à la porte. Toujours en arrêt, elle tressaillit. Personne n'avait de visite à lui rendre, hors Microbe. Et ce n'est pas ainsi qu'elle frappait.

« Pour sûr quelqu'un qui se trompe ! » se dit-elle.

Après une petite hésitation, elle tourna la clef et ouvrit : Alfred était devant elle. Elle s'épouvanta, ses jarrets vibrèrent et faiblirent; elle comprit toutefois qu'il fallait montrer de l'assurance :

— Qu'est-ce qu'il y a? dit-elle rudement.

Lui-même n'en menait pas large. Une pâleur jaunâtre s'étalait sur ses joues, mais ses yeux s'animaient d'obscures menaces :

— On ne peut pas parler comme ça ! répondit-il. Laissez-moi entrer.

— Pour ça, non ! Vous n'entrerez pas dans ma chambre. Je crierais plutôt.

— Ben, alors, venez chez nous !

Il s'était avancé, il devenait impossible de fermer la porte : tout parut préférable à le laisser entrer dans la petite chambre frêle et dangereuse.

Elle répondit :

— C'est bien, j'irai chez Céline...

Il la regarda fixement, il devina qu'elle ne tiendrait pas parole; une fièvre rougit ses pommettes :

— En ce cas, marchez d'abord ! fit-il d'une voix sèche.

— Je vous dis que j'irai.

— Et moi, je vous dis que non ! Ça se voit si bien. Si vous ne sortez pas, c'est moi qui vais entrer, et quand je devrais donner ma peau, je ne m'en irai pas...

Il était devenu sauvage, un regard rouge s'échappait de ses prunelles. Alors, elle céda :

— C'est bien ! dit-elle.

Elle sortit et le précéda. Comme elle approchait de l'escalier, l'instinct la décida à fuir. Elle ne fit pas trois pas : il était sur elle, il la saisissait d'un bras furieux. Avec un grand soupir, faible et désespérée, elle entra.

Dès qu'ils furent dans le logement de Microbe, il ferma la porte à double tour. Puis, il la regarda longuement, avec tristesse, avec sensualité, avec une sorte d'humilité agressive. Mais elle avait moins peur; une énergie fataliste était en elle, et elle parla froidement :

— Vous avez de sales manières. Qu'est-ce que vous voulez?

— Vous le savez bien ! répondit-il d'une voix plaintive. Je crève de vous aimer. Ça ne peut plus durer comme ça... J'aime mieux qu'on y passe tous les deux !

Elle secouait la tête, indignée une fois de plus par la férocité et l'injustice des mâles :

— Alors, parce que vous m'aimez, c'est une raison pour me massacrer?... Est-ce que j'en peux si je ne vous aime pas? Celle qui aurait le droit de tuer quelqu'un, ce n'est pas vous ni moi, c'est Microbe. C'est dégoûtant, ce que vous faites là.

— Je m'en fous ! Je ne sais plus ce que je fais. Faut que je vous aie ou que ça finisse ! Mes sangs sont brûlés. Tant qu'à Microbe, je vous ai déjà dit que je ne lui dois rien... j'ai jamais fait de promesses.

— Mais moi, elle m'a comme qui dirait sauvé la vie.

— Possible. Ça ne me regarde pas ! D'abord si vous le voulez, on peut très bien s'arranger sans lui faire du chagrin. Y a qu'à se cacher d'elle... et pas beaucoup encore, car elle a des briques sur les yeux.

— Parce qu'elle se fie à nous !... C'est encore plus dégoûtant... C'est comme si on frappait sur un homme endormi !

— En ce cas, faudra le lui dire ! s'écria-t-il avec fièvre. Moi je veux bien ! Mais je fais un malheur ou on se cavale ensemble?

Le sang lui montait aux tempes, ses prunelles brasillaient. Il marcha brusquement sur Marthe et tendit les bras pour la saisir : d'une plongée elle se déroba et se jeta près de la fenêtre :

— Si vous me touchez, j'appelle !

Il s'arrêta, hébété et furieux.

— Qu'est-ce que ça peut vous faire? Je ne suis pas sale ni malade...

— La rue est pleine de gens qui ne sont ni sales ni malades. C'est-y une raison pour coucher avec eux.

— Y ne vous ont pas dans la peau !

Elle se mit à rire amèrement :

— Vous croyez ça ! Y sont tous les mêmes... tous salaud et compagnie... Je ne veux pas, là je ne veux pas parce que les hommes me dégoûtent... et encore bien plus l'homme de mon amie. C'est non, et puis non !

Elle s'exaltait, un délire de révolte montait en elle, il lui semblait qu'elle se serait jetée par la fenêtre plutôt que de se donner.

Un calme sinistre parut sur le visage d'Alfred.

— C'est bon !... Je ne veux pas vous forcer. Vous réfléchirez... Tant qu'à moi, si vous ne vous décidez pas, je sais ce qui me reste à faire : je me crève, et je ne partirai pas seul !

Il maronna quelques vagues salutations et la laissa seule.

Elle éprouva d'abord une joie excessive. La menace lui paraissait à la fois sincère et vaine « Il n'est pas si méchant ! se dit-elle. Il a parlé comme un homme qui a bu un coup. »

Lorsqu'elle eut fini son ouvrage, l'inquiétude revint. Elle ne put lire; elle retournait les livraisons d'une main saccadée, et le titre d'un fait divers dans le *Journal* attirait constamment son regard. On lisait en lettres grasses :

*Un amoureux poignarde une jeune fille
et se suicide.*

C'était, comme Gaufre, un personnage épris d'une jeune ouvrière qui ne voulait pas se laisser séduire. Le fait que la victime était précisément une lingère rendait la coïncidence plus impressionnante.

— Qu'est-ce qui les tient? soupira-t-elle. Ça ne devrait pourtant pas être qu'on tue quelqu'un pour ça !

L'obsession allait et venait, si bien qu'elle ignorait, au moment où Céline revint pour le dîner, si le saltimbanque Rodolphe rencontrait ou non sa mère dans la baraque du père Bartavelle.

Il y eut encore une semaine de répit. Alfred demeurait sombre, mais correct. Puis un soir que Céline était allée prendre du brie chez la crémière, il déclara :

— Je ne veux pas vous prendre en traître. J'aurai à vous parler demain matin, sur les dix heures. J'ai une idée.

— Je ne veux rien entendre.

— C'est à voir. Prenez garde surtout de ne pas me faire poser... je suis au bout de mon rouleau !

Il était pâle, il était maigre, il avait l'air d'un fou et d'une mauvaise bête. Elle détourna les yeux et ne dit plus une parole. La nuit, pendant de longues heures, elle s'agita sur sa paillasse; son cœur avait des bonds comme si quelqu'un se fût dressé devant elle; tous les bruits de l'ombre s'enflaient : elle entendait au loin grignoter une souris; des fous hurlaient derrière les murailles épaisses de Sainte-Anne; quelque fiacre passait sur ses roues ouatées de pneus, une petite pluie s'esquissait et mourait, et il y avait des pas vagues, confus, pas de sergents de ville ou de rôdeurs attardés sur le boulevard. Ah ! que l'amour lui semblait sale, cruel et empoisonné !... Car, enfin, elle l'avait vu, ce Chaigneux, doux, soumis, timide, pendant plusieurs mois. C'était un homme complaisant, qui ne faisait de mal à personne, qui ne buvait point et qui se vantait de n'avoir pas d'ennemis. Et voilà ! Il s'était mis à gober Marthe, il était devenu méchant comme une teigne.

— Où est-ce que je vais aller? se demandait la pauvre fille.

Du temps de Victor Huraud, elle avait Céline : si elle fuyait maintenant, ce serait la fin, elle ne serait plus aimée par personne.

Cette idée la terrifiait. Elle se vit toute seule, au fond d'un faubourg, traquée, pourchassée, menacée sans répit. *Ils* sauraient qu'elle vivait seule et leur poursuite en serait plus acharnée : il y aurait une nuit sinistre où, d'un coup d'épaule, un bandit enfoncerait sa porte...

L'heure passa. Elle avait la fièvre. Tantôt sa peau s'échauffait, une sueur bouillante filtrait le long de ses reins, ou bien le froid gelait son sang et ses os. Il y eut des minutes où elle était très lâche; alors, pour ne pas quitter son amie, elle décidait de s'abandonner à Alfred. Céline n'en saurait rien; lui, à la longue, en aurait son compte, et tout recommencerait comme auparavant. Avec un long frisson, Lilas se rappelait les jours de sécurité, le nid tiède, l'énergique camaraderie de Microbe, les promenades au long du boulevard Blanqui et dans la campagne, les lectures. Pour sûr que c'était bon ! On aurait vécu trente ans sans souhaiter autre chose !...

Une réaction la bouleversait : ce serait trop dégoûtant de tromper Céline, elle n'oserait plus la regarder, elle aurait tout le temps peur d'être découverte... Et puis, l'idée de coucher avec l'amant de son amie lui levait le cœur.

« Je ne pourrai jamais ! » songeait-elle. Ah ! le salaud ! le salaud ! Il ne pouvait donc pas faire ça avec une autre ! Y a pas... faut que je file !

A mesure que le temps s'avançait, elle sentait que cette alternative était la seule bonne. Vers l'aube, sa résolution était prise : jamais elle ne tromperait Microbe. Alors, elle pleura pendant près d'une heure, et elle s'endormit, faible, lasse, douloureuse et sans espérance.

Eveillée de bonne heure, elle fit un paquet de ses hardes et mit ses économies dans la poche de son jupon, qu'elle ferma d'une solide couture.

— T'as l'air malade ! s'exclama Microbe, lorsque Lilas s'assit devant son bol de café au lait.

— J'ai mal dormi ! répondit la jeune fille.

Elle s'était instinctivement rapprochée et, cédant à l'élan de son cœur, elle saisit son amie à pleins bras et l'embrassa.

— Qu'est-ce que t'as? demanda Microbe surprise et lui rendant son baiser.

— J'ai rêvé qu'il t'était arrivé malheur... Ça m'a secouée...

— T'es une bonne fille ! fit Céline attendrie.

Alfred regardait cette scène avec méfiance. Il avait mal dormi aussi, il montrait des joues marbrées et des paupières pesantes; ses yeux avaient l'immobilité et la pâleur des yeux d'hallucinés. Il profita du départ pour dire tout bas, contre l'oreille de Marthe :

— A dix heures !... n'oubliez pas...

Quand ils furent sortis, Lilas continua de faire son paquet, abandonnant le linge trop vieux et les bottines trouées : longtemps, elle contempla cette misérable rue Ferrus où elle avait été si heureuse :

— Dire qu'on ne peut pas vivre tranquille ! soupirait-elle.

On approchait de neuf heures lorsqu'elle se décida à partir.

Elle suivit d'abord le boulevard Saint-Jacques, puis elle descendit par la rue de la Tombe-Issoire : un instinct la portait vers l'atelier de Céline. Quand elle s'en aperçut, elle revint sur ses pas.

Brusquement, elle s'arrêta, terrorisée : Alfred était près d'elle. Il eut un rire amer :

— Vous déménagez à la cloche de bois ! ricana-t-il.

Elle eut besoin d'un grand courage pour répondre.

— Je vous prie de me laisser tranquille !

— Je vous laisse tranquille. Y a un quart d'heure que je vous file sans dire un mot.

— Je vous défends de me suivre !

— Ça, c'est mon affaire.

Elle regarda autour d'elle, chercha du secours. Peut-être, si un sergent de ville avait été en vue, aurait-elle appelé pour faire peur à Alfred, mais le coin était désert : elle n'aperçut que deux ménagères et un petit vieux.

— Vous pouvez appeler, grogna l'homme. Ça ne me fait pas peur. Et qu'est-ce que vous direz ? Le trottoir est à tout le monde !

Il dardait sur elle un regard de ruse ironique et vindicatif. Elle eut un tel accès de découragement qu'elle faillit lâcher son paquet. Puis une fureur la soulevant, elle cria :

— C'est bon ! Je vais tout dire à Microbe... c'est un service à lui rendre : ça serait dégoûtant qu'elle reste avec un salaud comme vous !

Il eut un tressaillement, presque une hésitation, mais la fatalité le menait, froide et dure :

— Je m'en fous ! Je le lui aurais dit moi-même.

Elle s'élançait, exaspérée, et franchissant l'avenue de Montsouris, elle arriva près de la maison où travaillait Céline. Un terrain vague béait, deux cheminées d'usine expectoraient une fumée violâtre et, derrière de grandes baies, on percevait, confusément, des femmes assises et des machines à coudre.

— Il est encore temps ! remarqua Marthe. Si vous voulez me laisser seule, je m'en irai bien loin, sans rien dire à personne.

— Je ne veux pas ! fit-il, opiniâtre.

Elle se repentait d'être venue jusque-là, elle sentait bien que, si elle reculait, il en prendrait avantage. Ne pouvant se résoudre à chagriner Céline, elle prit un moyen terme, elle entra dans le terrain vague et s'assit sur un tas de planches. Ainsi, elle se sentait en quelque manière sous la protection de son amie, et elle espérait que Chaigneux se découragerait.

— Ça va bien ! s'exclama-t-il. Je vais faire le planton.

Il se mit à marcher de long en large, d'un air calme, mais ses yeux étincelaient, la rage couvait en lui et s'accroissait. Après quelques minutes, il entra à son tour dans le terrain vague, un couteau à la main :

— On va y passer tous deux, dit-il d'une voi rauque.

Elle ne put retenir un cri, elle s'enfuit parmi les pierres et les gravats, tandis qu'il perdai quelques secondes à ouvrir son arme... De gamins et des femmes surgirent, une clameu s'éleva qui fit hésiter Alfred, si bien que des con cierges, des ouvriers et des femmes d'un atelier d lingerie eurent le temps de s'agglomérer. Comm Gaufre reprenait sa course, en brandissant l couteau, une petite silhouette se dressait devan lui : c'était Microbe.

— Qu'est-ce qu'il y a ? Qu'est-ce que tu fai avec cet eustache ? clama-t-elle, stupéfaite e furieuse.

Ses yeux noirs, rapides et véhéments, à la foi regardaient Alfred et la rue. Elle aperçut so amie qui fuyait, elle l'interpella d'un ton impé rieux : Marthe s'arrêta... Devinant confusémen le drame, Céline empoigna son homme d'un main brutale et lui arracha le couteau :

— On s'espliquera à la maison !

Tous trois marchèrent en silence, suivi d populaire. Deux ou trois fois, Alfred commenç de parler : Céline l'interrompit avec une froideu âpre, répétant :

— J'ai dit qu'on s'espliquerait à la maison

Il se taisait alors, partagé entre une sort d'hébétude et des éclairs de révolte. Enfin, o arriva rue Ferrus. Là, Gaufre hésita ; une poussé violente le jeta dans le corridor.

En haut, la porte fermée à double tour, Célin eut un tremblement, ses joues brunes verdiren elle se mordit les poings. Ce fut court. Elle pass la main sur sa tempe et, d'une voix blanche :

— Maintenant, nous allons régler nos compte Parle d'abord, Lilas !

Marthe regarda son amie bien en face e riposta :

— J'aimerais mieux que ce soye lui d'abord !

Alfred, appuyé contre la muraille, sifflota d'un air sombre :

— Ça sera donc moi ! dit-il avec décision. J ne ferai pas de menteries. J'ai à dire que je vou lais partir avec Marthe et qu'elle ne voulait pas

— C'était presque pas la peine de le dire, fi froidement Céline. Je l'avais bien compris tou de suite, vu qu'elle tenait ses hardes et que t avais ouvert ton couteau. T'es un salaud ! —

— Je ne te devais rien !

— Ah ! tu ne me devais rien !

Microbe se leva sur la pointe de ses bottine et, à toute volée, par trois fois, gifla l'homme.

— Quand on ne doit rien à une femme, on l quitte bravement et on ne court pas derrière un autre avec un couteau. Ça serait rigolo que je n'au rais rien à dire quand tu me trompes et que to t'aurais le droit de saigner Marthe parce que t la gobes.

La petite main dure avait d'abord laissé de

traces pâles ; ensuite, la joue de Chaigneux rougit et se violaça. Il fit un geste menaçant, mais Céline ouvrit vivement le couteau :

— Ah ! tu sais, on ne me fait pas peur ! Je sais me servir de mes pattes... et je ne me gênerai pas pour te faire une boutonnière... sans compter le poivre.

Elle avait tiré la boîte au poivre qui ne la quittait jamais et la brandissait :

— Tu peux être sûr que t'en aurais dans les yeux !

Il le savait bien : d'ailleurs, il avait appris à redouter cette petite femme et à lui obéir. Toute sa révolte était partie, une mollesse profonde l'envahissait ; à peine s'il pouvait comprendre sa propre folie. Même la présence de Lilas, qui l'avait d'abord fouetté, ne réussissait plus à éveiller son amour-propre. Il murmura, les bras ballants :

— Tout un chacun peut une fois perdre la tête !...

Ses yeux étaient humides ; il aurait pleuré, mais Microbe riait d'un rire aigre et féroce :

— C'est pas à moi qu'il faut dire que tu es une chiffe... un feignant... une loque. Je garantis que tu ne m'aurais pas suivie avec un couteau. Toi, un homme ! T'oserais pas regarder un copain en face !... Y te faut des braves filles sans fiel pour leur z'y faire peur... Allons ! fous le camp... et si jamais que tu reviens devant moi, y a pas d'erreur, je te vide la boîte au poivre et la bouteille de vitriol sur la gueule !...

Elle rouvrit brusquement la porte :

— Décampe !

Il la regarda d'un air humilié, et il dit à voix basse :

— Tu peux bien passer l'éponge pour une fois !

Mais elle le chassait du regard et des mains, si bien qu'il se détacha de la muraille et fila par le corridor. On l'entendit descendre l'escalier à pas lents.

— Peut-être bien qu'il n'aurait plus recommencé, murmura Marthe.

Microbe n'entendit point. Elle avait froid, ses dents claquaient et elle se jeta sur la poitrine de Lilas en sanglotant :

— On vivra ensemble, ma petite Marthe... on vivra ensemble !

Puis, le cœur crevé :

— J'ai jamais aimé que cet homme-là !

Elles s'étreignirent convulsivement. La misère de vivre était sur elles, tout était lourd, étroit et meurtrier. L'âpre Céline souffrait plus encore que Lilas, car elle n'admettait pas la défaite et tout son petit corps frémissait de rage douloureuse. Elle pleurait mal, sèchement, péniblement, l'instinct de vengeance, à toute minute, la convulsait et la dressait :

— J'aurais dû lui planter le couteau dans la poitrine... ou lui brûler les yeux... J'ai été lâche !

Marthe ne répondait point. La peine de Microbe lui faisait de la peine, mais elle-même, à mesure que s'écoulaient les minutes, se reprenait à l'espérance. Elle demeurait avec son amie ; elle n'était pas seule devant la multitude affreuse des mâles ! La créature énergique qui l'avait sauvée la sauverait encore... Car la science des bêtes les plus humbles, comme celle des grands savants, compte sur la répétition des choses : l'objet ou l'être qui furent une fois bienfaisants semblent devoir l'être sans fin...

Les heures sonnaient. Microbe se leva, d'un air violent et opiniâtre :

— Ça va s'arranger !... On sera encore heureuses ensemble... On n'a pas besoin de ces crapules d'hommes.

— Ah ! pour sûr, murmura Marthe avec ferveur... pour sûr que je ne demande pas à les voir... et que si tu pouvais vivre sans eux, c'est pas moi qui en ramènerais jamais un seul...

— Et moi non plus ! affirma Céline. En attendant, faut pas rester le ventre vide... On va se payer un bon petit gueuleton... et se faire du bon sang !

Il y eut un demi-poulet, du chou-fleur, de la tarte aux fraises, du chablis à vingt sous la bouteille, et Marthe aurait pu être joyeuse : mais Céline mangea avec fureur et désespoir.

III

Elles vécurent seules. Microbe portait sur elle un revolver chargé et elle avait échangé son poivre gris contre du poivre rouge. Vigilante, résolue, pleine d'ordre, elle organisait despotiquement le ménage.

Comme au temps d'Alfred, tous les soirs, elles sortaient ensemble. Leur itinéraire était le même : elles passaient le long du Métro jusqu'à la place d'Italie, parfois jusqu'au fleuve ; les dimanches, elles allaient voir les fortifications, Gentilly, Arcueil, Fontenay-aux-Roses, Clamart, Robinson, Bellevue. Lorsque des hommes les accostaient, Microbe avait un coup de dent sec et rogue : ils insistaient rarement, et lorsqu'ils insistaient, elle sortait sa boîte de poivre, elle murmurait, sinistre :

— Faut pas qu'on m'embête... Voilà de quoi vous crever l'œil... et pas d'erreur, je sais m'en servir. D'ailleurs, j'ai un chien dans ma poche : il aboie six fois !

Sa mine féroce et son geste agile convainquaient l'homme. Une seule fois, un souteneur, profitant de la solitude, au boulevard Bessières, gouailla :

— Je m'en fous ! Et tant qu'à ton rigolo (1), j'ai mon lingue. Va falloir être gentille, ou y aura du rouge.

(1) Revolver.

Céline devint très pâle, fit deux pas en arrière, ouvrit sa boîte d'un coup sec, sortit son revolver et dit :

— Ma peau contre la tienne. Moi, je veux bien... T'as qu'à faire un pas, un seul... et t'as le poivre dans la gueule...

Il regarda la petite femme et son instinct lui dit qu'elle ne plaisantait point. Alors, avec un ricanement, il s'écarta. Mais il suivit les deux femmes jusqu'à la porte d'Italie.

Ainsi leur vie était sûre, mais triste. Microbe ne pouvait se consoler, elle se souvenait des années où elle entendait, la nuit, Alfred respirer auprès d'elle. C'était un vide, un gouffre, quelque chose que rien ne pouvait combler, et c'était aussi une plaie sourde, sous la mamelle gauche. En la voyant taciturne et songeuse, Marthe goûtait mal la douceur d'être au chaud et loin des hommes.

D'ailleurs, Gaufre ne laissa pas oublier son existence, il écrivit, deux semaines après la rupture, une lettre où il disait :

« A pressant que je ne sui plus près de toi, je voi comme j'ai été gourde... je m'étai trompé, c'était un cou de follie, c'est toi seule que jaime, y a pas d'autre femme que toi pour moi les autres ne me dise pas j'ai mérité que tu me jette à la porte comme un chien mai si tu ne mécoute plus jamai je ferai des bêtises. C'est fini chacun a ses tords je ne suis pas mauvais tu verra si tu me pardonne je suis bien malheureu je dépéri celui qui t'aime pour la vie,

« Alfred CHAIGNEUX. »

Cette lettre troubla profondément Céline ; à mesure qu'elle la relisait, sa colère se dissipait : il ne restait qu'une profonde meurtrissure. Elle la déchira cependant, car la réaction fit reparaître, quoique affaiblies, la jalousie et la méfiance.

Dix jours plus tard, il vint une deuxième lettre :

« Ma cher Celine tu est cruel tu me fai bien souffrir j'ai été malade j'ai eu la fièvre et je voulai me périr il faut avoir pitié de moi ce n'ai pas possible que tu m'ai oublié moi je pense à toi toute la journée et même la nuit, j'ai commi une erreur j'ai cru que je pourrai aimer une autre femme je ne pourrai pas je le sai bien maintenant c'est toi que j'ai dans la peau si je peu pas te ravoir ma vie et perdu je boi pour metourdir mais plus je boi plus je sui triste ca ne peu pas durer ma cher Celine c'est toi que je veu. répond moi je me mettré a genou si tu le veu. Celui qui t'aime pour la vie,

« Alfred CHAIGNEUX. »

Après cette seconde lettre, Céline passa une nuit sans dormir. La conduite d'Alfred ne semblait plus aussi canaille ; Microbe se répétait les articles du code populaire : les hommes ne sont pas comme les femmes, ils ont des caprices qui leur passent du jour au lendemain ; ils ne résistent pas à la tentation... Elle songea qu'elle avait été imprudente en mettant continuellement Lilas entre elle et son homme :

— Sûr que c'était pas à faire ! soupirait-elle... Il aurait fallu trouver un meilleur truc.

Elle résistait, pourtant ; il y avait des heures où elle grinçait des dents en songeant qu'il avait été jusqu'à poursuivre Marthe avec un couteau : c'était trop pour un simple caprice ! Si Lilas avait voulu, cependant ? Il aurait filé avec elle. Et alors, serait-il revenu ? Ne revenait-il que parce qu'il avait été chassé, comme un caniche, sans avoir seulement reçu un os ?

Céline, se regardant dans la glace, voyait une petite silhouette basanée et sèche, un nez dur, des yeux étroits et sans grâce : ah ! ça ne pouvait pas se comparer à Marthe !

Un soir, elle aperçut Alfred sous le Métro. Il était auprès d'une pile, ne se montrant qu'à demi, l'air craintif et pauvre. Cette vision la remua extraordinairement, elle se rappela tant de bons jours, la douceur du « grand chien », ses paroles tendres et sa manière d'embrasser... Sûrement, il embrassait bien ! Et comme la pauvre petite était sensuelle, elle se souvint d'autre chose encore, qui la secouait des pieds à la tête...

Depuis, il reparut fréquemment : il suivait, de très loin, les deux femmes. Microbe serrait les lèvres, son cœur vacillait ou sonnait par coupetées, et Marthe se sentait devenir toute froide. Elles ne parlaient pas de lui, Céline se l'étant défendu, et l'ayant défendu à sa compagne, mais il s'insinuait entre elles, à toute heure. Elles ne pouvaient plus causer, elles mangeaient furtivement et se promenaient en silence. Microbe devint très maigre, son teint était bis, ses lèvres violâtres, elle avait des irritations pleines de brusquerie et de caprice. Comme elle était juste, ces irritations ne s'exerçaient pas contre Lilas, mais contre les objets ou encore contre les absents : la patronne, des compagnes, un type qui l'avait accostée.

Marthe n'était pas moins désolée : elle devinait qu'il y avait entre elles quelque chose de brisé qui ne se raccommoderait jamais. La tendre intimité était morte, une étrange contrainte les séparait, comme si elles eussent soudain été de races ou de castes différentes. Lilas songeait :

« Je suis de trop ! Si elle osait, elle me mettrait à la porte. »

Déjà, elle se voyait seule, déjà les hommes recommençaient à la terrifier et, malgré son appétit, elle ne prenait plus goût aux aliments.

Elle ne se trompait point : si Microbe aimait

ncore Marthe, elle aspirait à vivre seule, elle ne
e sentait plus chez elle ; il lui était pénible
l'avoir à cacher ses faiblesses et de retenir cons-
amment le nom d'Alfred qui lui palpitait aux
èvres. Ce fut pire lorsqu'il lui eut parlé...

Un midi, au retour de l'atelier, Microbe suivait,
oute morne, la rue Dareau, lorsqu'il surgit dou-
ement, le visage suppliant et craintif, de la
orte d'un dépôt de charbons. Elle crut que son
œur allait lui sortir de la poitrine ; elle flottait
t chavirait.

Pourtant, elle détourna la tête :

— Microbe ! s'exclama-t-il d'un ton plaintif.
'en peux plus !

A présent, on eût dit que des roseaux arrê-
aient les jambes de Microbe. Il la suivait, bal-
utiant :

— Tu ne sais pas, non ! Je suis plus un homme,
e suis une loque. Ne file pas comme ça, dis-moi
n mot. On a eu de bons moments ensemble, tu
e peux pas l'avoir oublié !

Ah ! non, elle ne l'avait pas oublié. La voix
uque de l'amant faisait se lever la multitude
es vieux souvenirs ; c'était l'automne et le prin-
mps dans l'âme de Céline : il y avait les feuilles
ousses d'aujourd'hui et les feuilles tendres de
dis, les fleurs flétries et les roses naissantes !...
t peut-être que, si elle disait un seul mot, tout
viendrait, on serait au chaud de l'amour...

Ce mot, elle ne pouvait pas le dire : encore enve-
ppée de sa résolution, elle ne voulait pas trom-
er la confiance de Lilas ; et aussi, par intervalles,
vitriol de la jalousie brûlait sa poitrine. Il sem-
lait deviner ses pensées :

— Je ne te demande pas de se remettre tout de
ite ensemble... Mais qu'on se cause seulement !
e pense bien que tu as encore de la colère, et puis
e la méfiance. Faudra du temps pour que ça
arte. Mais tu verras... tu verras bien que je n'ai
mé que toi !

Ces paroles enchantaient le mal de la jeune
mme. Ah ! si elle pouvait être sûre ! S'il n'avait
u qu'une toquade pour l'autre ! Tout serait
ublié...

Il était maintenant à quelques centimètres
'elle, et c'était une sensation poignante :

— Dis seulement qu'on se reverra ! soupi-
ait-il.

Tout à coup, sa main toucha le bras de Céline.
lors, grisée, le cœur en feu, elle s'arrêta et il lui
llut un effort immense pour dire :

— Aujourd'hui, je ne veux rien entendre.

C'était une demi-promesse : il le comprit, il bal-
utia un mot tendre et disparut.

Deux jours après, il revint : elle eut encore le
ourage de le renvoyer. Il revint encore, si bien
u'elle faiblit. Ce ne furent d'abord que des pa-
oles vagues, qui cachaient une fatalité très pré-
ise. A chaque syllabe, le passé et le présent se
onfondaient davantage.

Microbe fut prisonnière le jour où elle fit des
reproches.

Il accepta tout sans réserve ; il se dénigra avec
énergie et s'accabla d'invectives ; mais il revenait
toujours à l'affirmation qu'il n'aimait et n'avait
aimé qu'elle. C'est ce qu'elle voulait entendre.
Plus il le répétait, plus la faute devenait légère,
et l'heure sonna où il sut qu'elle avait pardonné,
et l'heure plus décisive où leurs lèvres se rencon-
trèrent. C'était dans la rue Broussais, entre le
mur énorme de Sainte-Anne et la ligne de chemin
de fer. Ils étaient seuls. Il la pressait de toutes ses
forces, il la soulevait contre sa poitrine, il buvait
sa bouche à grandes goulées.

Ensuite, elle demeura pensive. Que faire ? Où se
revoir ? Comment vivre ensemble ?... Car, enfin,
elle ne pouvait mettre Marthe à la porte...

Il la laissa longtemps irrésolue, feignant de
l'être autant qu'elle ; puis il dit :

— Pourquoi qu'on se remettrait pas tout simplement rue Ferrus ? Lilas est une bonne fille...
J'y demanderai pardon, et, comme tout ça est
enterré, elle n'y pensera pas plus que nous n'y
penserons nous-mêmes.

A l'idée qu'il serait de nouveau devant Marthe,
elle blêmit, un tison de jalousie rougeoya sous la
cendre pâle.

— Non ! fit-elle avec âpreté ; c'est pas possible.

Il n'insista pas ce jour-là, mais, le lendemain, il
revint sournoisement à la charge. Alors, elle se
fâcha, elle tourna vers lui un visage presque
féroce :

— Jamais... tu entends !... Je ne veux pas, je ne
peux pas ! De vous voir ensemble, ça m'empoi-
sonnerait les sangs !

Il se le tint pour dit, et, parce qu'elle avait été
intraitable sur ce point, elle accepta un rendez-
vous dans le garni d'Alfred. Dès que leurs chairs
se furent reconnues, elle lui rendit tout son
amour.

Alors, la vie devint sournoise et pénible ; continuellement Céline passait des soirées dehors.
En se taisant elles évitaient le mensonge, mais la
contrainte pesait, asphyxiante, car Lilas devinait tout. Elle le devinait d'autant mieux qu'il
ne venait plus de lettres et qu'on n'apercevait
plus la silhouette d'Alfred pendant les promenades. Microbe, sachant que son secret n'en était
pas un, gardait de longs silences et Marthe avait
le cœur amer :

« Je suis de trop, songeait-elle. Je suis entre
eux... et c'est pas mon droit. Bien sûr qu'à sa
place je ne serais pas retournée... mais c'est pas
mes affaires. Faudra partir. »

Elle ne s'y décidait point. Chaque jour, elle
comptait et recomptait ses économies (elle avait
près de cent francs) et lorsqu'elle se croyait résolue, tout son être défaillait. C'était de l'épouvante, c'était aussi son amour pour Microbe : elle
concevait que le jour où elles seraient séparées, il

y aurait entre elles un grand trou noir que rien ne
comblerait :

« J'aurai tous les torts... Elle finira par croire
que j'ai aguiché son homme... »

Céline ressentait l'ennui de n'être pas chez elle.
Jour par jour, Marthe devenait l'intruse et, si
Microbe en avait encore pitié, cette pitié était
pleine d'agacement et d'impatience :

« A sa place, je sais bien ce qui me resterait à
faire !... Ça ne traînerait pas !... »

L'atmosphère devint si misérable que Marthe
se décida. Elle dit, un soir que Microbe était
rentrée avec un visage d'ombre :

— Ecoute, Céline, faut pas m'en vouloir ! Y a
longtemps que j'aurais dû te débarrasser... Je
déménagerai jeudi prochain.

Microbe sursauta. Elles se regardèrent, pareil-
lement troublées, avec une brusque flambée de
tendresse.

— Qu'est-ce que tu dis? s'exclama Céline.
Pourquoi que tu me gênerais?

Une minute, Marthe hésita, prise au piège des
paroles, et si désireuse et de s'y laisser prendre !
Mais elle savait trop bien que ça ne durerait
point, et, d'un grand effort :

— C'est pas la peine ! soupira-t-elle... Tu es gentille de parler comme ça... et tu as été bien bonne
pour moi. Il vaut mieux être franches. Puisque
tu t'es remise avec Alfred, c'est juste que tu
soyes maîtresse chez toi...

— Moi ! se récria Céline...

Elle n'eut pas le courage de mentir, elle dit,
bien bas :

— Ben oui ! je me suis remise avec Alfred... Je
l'avais dans le sang, et puis, je crois qu'il a été
louf un moment, mais qu'y ne recommencera
plus. C'est pas un mauvais type.

— Je n'en sais rien. Tu le connais mieux que
moi. Et quand même qu'y serait un mauvais type,
tu es ta maîtresse et tu sais te conduire toi-même.
Seulement, je suis de trop...

— Ah ! cria Céline avec chagrin, quel dommage
que ça se soye passé comme ça ! On aurait pu être
si gentiment ensemble.

— Faut croire que c'est comme pour l'âge, fit
Marthe avec amertume, ça ne peut pas être et
avoir été.

Elle se roidit et se montra plus courageuse que
l'énergique Céline.

— A quoi bon des cachotteries ! Puisque ça
doit finir, autant qu'on se dise tout. Pour sûr, tu
voudrais vivre avec Alfred.

— Je ne dis pas non ! fit tristement Microbe.
Mais je voudrais aussi vivre avec toi. Avec les
deux, c'est pas possible, je crèverais de jalousie !

— Oui, mais comme tu ne peux pas passer
ta vie avec moi, il n'y a pas... faut que je file !

Céline se jeta sur elle et l'embrassa avec une
sorte de colère. Marthe lui rendit tendrement son
baiser. Mais elle voyait clair, elle savait que c'é-
tait la fin d'une chose délicieuse, qui ne reviendrait jamais plus, et déjà, elle était toute seule ;
déjà la vie cruelle s'appesantissait sur sa nuque.
Au delà des vitres, dans les pénombres féroces
du faubourg, elle voyait grouiller les mâles.

IV

Marthe avait loué une petite chambre, tout au
haut d'une bâtisse de la rue de Gergovie. C'était
un long couloir, encore neuf et déjà ruineux, où
coulait une lumière de sépulcre. Six petits loge-
ments alternaient avec quatre chambres : l'endroit sentait, nuit et jour, la graisse cuite, l'oignon, l'urine et la bête. Elle aurait pu y être
heureuse : elle avait une chambre et un cabinet.

La chambre, par une fenêtre maigrelette, re-
cevait la figure du faubourg, des fortifications et
de la banlieue. Un rouge-gorge se répétait, tous
les deux centimètres, sur le papier de tenture, où
l'on apercevait aussi des œillets et des feuilles ;
plafond pourrissait doucement, le plancher cédait
sous les pieds avec une petite plainte aigre. Quant
au cabinet, on y pouvait introduire un lit de fer.

Microbe avait exigé que la jeune fille emporte
tous les meubles qu'elle utilisait rue Ferrus.

— Tu prendras même la Singer... je te la prête
jusqu'à ce que tu aies amassé de quoi t'en
acheter une d'occasion.

Ainsi Lilas entrait en guerre avec des armes et
de l'argent ; bien plus, elle gardait son travail.

Céline aida au déménagement et ne se retira
que lorsque le mobilier fut placé. Ensuite, elle
dit :

— Je suis toujours là ! Quand tu auras besoin
de moi, y n'y a qu'à me le laisser savoir.

C'était vrai. Elle gardait encore, au tréfond,
une tendresse à son amie ; elle lui aurait même
prêté de l'argent.

Quand Lilas se trouva seule, le crépuscule descendait sur la banlieue. C'était un soir de la fin
d'automne, l'atmosphère était dure, un vent
rugueux frottait les toits.

Marthe disposa sur sa petite table le dîner
froid qu'elle avait acheté chez le charcutier, le
boulanger et la crémière : une tranche de foie de
porc, un petit suisse, une demi-livre de pain et du
lait. Il ne lui en fallait pas plus pour trouver la
vie bonne. Elle mangea avec appétit et tristement ; puis elle alla regarder les maisons grises,
les terrains vagues où coulait une lumière cuivre,
lilas et hyacinthe, et le pays de l'Illusion creusé
dans les grands nuages. Des gouttes de sueur per-
laient aux façades ; dans le couloir et les loge-
ments on entendait des pas, des frôlements et
des paroles. Lilas avait les yeux pleins de
larmes.

— Ah ! murmura-t-elle, s'il n'y avait pas ces
crapules d'hommes !

Elle sortit très peu, et elle reportait son ou-vage le matin, ou du moins tôt dans l'après-midi. Malgré cela, elle ne pouvait éviter les mâles. Quelles que fussent sa célérité et sa prudence, il en surgissait toujours. La plupart, il est vrai, se contentaient d'un regard ou d'une exclamation ; d'autres s'obstinaient, dont la timidité rassurait la jeune fille, mais quelques-uns lui adressaient hardiment la parole. Qu'elle les détestait ! Comme elle aurait voulu être la plus forte et leur donner un coup de pied dans le ventre ! Elle tâtait la boîte de poivre que lui avait donnée Céline, elle s'encourageait à en menacer ceux qui montre-raient trop d'audace.

Jusqu'en décembre, il n'y eut cependant aucun péril. Comme elle sortait à des heures irrégulières et prenait divers chemins, aucun individu ne se retrouva plus de deux ou trois fois sur sa route. En décembre, la menace commença : il y avait un vague mécanicien qui l'avait accostée rue de Tol-biac, et qui vint habiter dans la même rue qu'elle. C'était un citoyen bistre, aux yeux crapuleux, à la pomme d'Adam énorme. Il ricanait, avec un tangage, et en faisant, de ses mains aux os mas-sifs, un geste de lutteur. Quand il rencontra Marthe, il s'esclaffa en se tapant sur les lombes et cria :

— Mince, c'est la môme de la rue de Tolbiac !

Elle hâta le pas, silencieuse et roide ; mais il ne se découragea point. D'humeur joviale, il essayait de la faire rire et, au passage des rues, il faisait mine d'arrêter les chariots, les fiacres ou les omni-bus, d'un geste de sergent de ville. Elle réussit pourtant à lui faire abandonner la piste ce jour-là. Ce n'était que partie remise. Il reparut les jours suivants, et, de sa voix gouailleuse, il offrait des bocks, des champoreaux, deux sous de violettes. Lorsqu'il avait épuisé les propos ai-mables, il disait :

— C'est pas malin ! Une jolie fille ne peut pas vivre seule. C'est bon pour le pape. Ou bien que t'aurais un type au régiment !

Bientôt des camarades l'accompagnèrent. Ils la guettaient par deux, par trois, même par qua-tre, l'entouraient et s'offraient à tour de rôle. Aussi la vie de Marthe redevint intolérable. Tou-tefois, ils n'étaient pas brutaux ; à peine si, en par-tant, l'un ou l'autre tentait de l'embrasser. Un geste vif les faisait renoncer à leur attaque et elle ne répondait jamais un seul mot ; elle savait que c'était la seule tactique raisonnable ; qu'elle se fâchât ou qu'elle suppliât, qu'elle usât de l'ironie ou de l'invective, toute parole ne servirait qu'à enhardir leur espérance et à accroître leur fami-liarité.

Un après-midi qu'elle passait par la rue des Plantes, il en parut quatre. C'était devant l'hôpi-tal du Bon-Secours ; la rue était déserte ; un train de Ceinture sifflait dans sa tranchée, et les drilles avaient l'humeur plus joyeuse que d'ordinaire, à cause de quelques perroquets étranglés sur le zinc.

A la vue de Marthe, ils se frappèrent tous en-semble sur la cuisse, puis ils esquissèrent un ban. L'un d'eux, ficelle, les pieds plats et flasques comme des crêpes, chantonna d'une voix de pot :

> *L'amour est menteur,*
> *Garde ton cœur.*
> *Garde-le, ma jolie Madeleine,*
> *Quand le bonheur a fui,*
> *Tout est fini.*
> *Garde-le, garde-le, Madeleine !*

Ensuite, il déclara :

— On a décidé que tu boulotterais avec nous. Après on tirera à la courte paille pour voir qui te raccompagnera. Et comme j'ai plus de veine que dix pendus, c'est moi que je tirerai la bonne.

— Allons licher un petit noir ! ajouta le méca-nicien à la pomme d'Adam, en passant son bras sous celui de Marthe.

Elle se dégagea vivement et continua sa route. Ils s'esclaffèrent et la suivirent en repre-nant la chanson :

> *Garde-le, garde-le, Madeleine !*

Elle fila par la rue Auguste-Cain ; ils la sui-virent. Elle songea qu'elle pourrait peut-être se sauver en prenant le trolley de Saint-Germain-des-Prés et elle se hâta. Mais, comme elle débou-chait dans l'avenue de Châtillon, son cœur s'ar-rêta ; elle sentit ses chevilles devenir aussi molles que du beurre. Un grand escogriffe, le poteau de Rouge, arrivait à sa rencontre. Il ne l'aperçut pas d'abord ; il marchait d'un air vague, avec un petit sifflotement. Soudain, il ouvrit ses mains sales, ses yeux s'arrondirent, et il gloussa :

— Ah ! ben... ah ! ben... on peut dire !

Il ne trouvait ni ne cherchait d'autres paroles, tout heureux d'être stupéfait. Mais sa mimique était éloquente ; les quatre compagnons le consi-déraient avec défiance et hostilités. Cependant. Marthe essayait de passer entre lui et les façades. Il lui barra le chemin :

— Faudrait voir à reconnaître les aminches. grasseya-t-il.

Elle fit demi-tour et passa la chaussée. Les quatre hommes emboîtèrent le pas.

— C'est-y que vous la suivez ? grogna le ban-dit d'une voix équivoque.

— Oui, mon petit, répliqua le personnage aux pieds flasques. Même qu'on était avant toi, y a pas d'erreur, et tu connais le proverbe : la terre, elle est au premier occupant.

— Ah ! bien, ricana sinistrement l'autre, mais alorss. c'est nous le premier occupant. Tu peux me croire. On pourrait mettre un écriteau sur cette gonzesse : tu y lirais sans mettre de lunettes qu'elle est à mon poteau Rouge, le meg des Corbeaux. Moi j'suis Brivat Double-Pince. Si tu veux jouer du lingue, on sera icigo à ce souèr.

Ces paroles ne laissèrent pas d'inquiéter les drilles. Quoiqu'ils eussent tous un poil dans la main, des ardoises chez les bistros et dans les gargotes, et qu'aucun ne reculât devant une bonne carotte, ils n'avaient jamais franchi le fil léger qui les séparait des malfaiteurs. La bravoure, par surcroît, ne les surchargeait point.

Cependant, vu leur nombre, ils gardèrent une bonne contenance. Le mécanicien répondit même avec noblesse :

— On s'fout de vos eustaches. Tant qu'à vos droits, faudrait les prouver.

— T'as qu'à mirer la môme, t'as bien vu qu'on est de vieilles connaissances.

Il fit le geste de chercher quelque chose dans sa poche ; l'homme aux pieds flasques, qui se connaissait peu d'équilibre et des muscles avachis, prit un ton conciliant.

— Du moment que t'es le premier...

— Seu'ment, prends garde qu'on est pas des feignants, et que si t'étais pas le premier, on te casserait la gueule ! remarqua le mécanicien, en qui survivait un reflet d'héroïsme.

Double-Pince ne tenait pas à rabattre sa jactance : il lui suffisait d'avoir partie gagnée. Pour en finir plus vite, il consentit à des paroles apaisantes.

— Bien sûr ! Si qu'elle était à toi, j'serais le premier à me retirer ; mais, du moment qu'elle est à Rouge, y aurait moyen de la lui souffler qu'au lingue et au rigolo !

Ayant ainsi parlé, il s'élança sur les traces de Lilas. Il la rejoignit avant qu'elle eût tourné le coin.

— Tu sais, lui souffla-t-il dans la nuque, si tu veux essayer l'coup du tramway, te gêne pas... même, je t'y autorise, vu que je voudrais voir si que tu le réussirais encore aussi bien !

La voix venait à Marthe comme une émanation des trottoirs, des maisons, des voitures, de toute la ville et de toute la vie : elle y reconnaissait l'Inévitable, une chose qui devait s'être répétée depuis qu'il y a des hommes ; elle se sentait étrangement usée et vieille. Sa tête bourdonnait. Il faisait froid dans son cœur. Elle n'avait pas la force d'avoir peur : c'était pire. En passant devant une charcuterie, elle eut envie d'y entrer et de voler un jambonneau. On l'arrêterait, elle serait dans une cage solide, à l'abri de tous les pièges et de tous les désirs. Ce fut si obsédant qu'elle s'arrêta, qu'elle fit un pas sur le seuil.

L'instinct de la race Baraquin la tira en arrière et elle songea aussi qu'en prison il devait y avoir des hommes — des chefs, des inspecteurs... et alors ?

Ainsi, la geôle même apparaissait menaçante. Elle se remit en marche, portant son paquet

et son destin ; par intervalles, Double-Pince la rejoignait, lui rappelait sa présence avec un rire croassant ou un jet de salive qu'il lançait devant lui, très loin, avec l'orgueil de cracher si bien.

Elle arriva chez la patronne, remit son travail et en reprit d'autre. Quand elle ressortit, le malandrin était toujours là.

Il imita le trille d'un merle et dit :

— Cor une minute et j'entrais te reprendre.

Elle le traîna ainsi derrière elle, comme un étrange fardeau, rentra rue de Gergovie, et là, tombée sur une chaise, elle médita lugubrement.

Le soir, elle acheta du pain, du fruit et de la charcuterie pour deux jours, puis elle se claquemura. Elle ne savait si elle espérait quelque chose, elle se terrait comme se terre une bête des champs, retournant des images de ruse et de fuite. Elles lui vinrent d'abord en grand nombre, mais, à mesure, elle les reconnaissait impraticables. Ensuite, elles se répétèrent ; après un moment, elle les reconnaissait, avec un sourire triste, et les congédiait.

Elle se coucha de bonne heure, projetant de réfléchir dans son lit. Mais elle sentit venir le sommeil et c'était si bon qu'elle n'opposa aucune résistance. Ce sommeil fut réparateur : il lui mit de l'optimisme dans le sang. Au lever, elle s'imagina qu'elle trouverait bien un truc, comme l'autre saison, quand elle avait grimpé chez Microbe. Et tout le matin, elle retourna son idée. Elle revenait toujours à la péripétie de sa première fuite. Chaque fois, elle se répétait que Double-Pince ne s'y laisserait plus prendre. Puis, l'image d'un déguisement devint prépondérante. Elle s'y était appliquée chez Céline ; elle gardait des poudres, des pâtes, des crayons, des vêtements déformés. Elle pouvait se brunir le visage, se noircir les sourcils, aplatir sa chevelure sous un béguin noir et assombrir les mèches qui dépassaient. Avec un gros chapeau et une voilette, une robe sordide, des bottines éculées, en se passant une serviette dans le dos, en se tenant courbée et marchant à petits pas, et pourvu qu'elle sortît le soir, personne sans doute ne la reconnaîtrait. Il lui restait de quoi vivre quelques semaines, elle fuirait n'importe où, elle quitterait même Paris.

Ce rêve l'exalta. Elle déjeuna presque joyeusement d'un petit pain, de saucisson de Bretagne et d'une pomme. Puis elle combina les détails de son évasion, examinant les nippes qu'elle allait mettre, y faisant des retouches à l'aiguille. Elle eut même une idée qui l'enchanta : elle mettrait un morceau de bois dans une de ses bottines, de manière à boiter naturellement.

Tandis qu'elle méditait à ces choses, elle entendit un remue-ménage dans le corridor ; elle se rendit bientôt compte que quelqu'un emménageait dans une chambre vacante, au fond. Elle se préoccupa un moment, avec la facile inquiétude des créatures traquées, puis elle reprit son rêve. A la fin, le bruit cessa; il y eut un long silence, puis on frappa doucement à la porte de Marthe. Elle en fut contrariée, elle hésita avant de dire :

— Qui est là ?

Une voix grasse et crapuleuse répondit :

— C'est mézigue.

— Ah ! fit-elle.

Elle s'appuya contre la muraille; son cœur, après un sursaut énorme, s'arrêta et elle demeura comme évanouie. Elle ne ressentait aucun étonnement; c'était une chose toute naturelle et elle ne concevait plus qu'elle eût pu la croire évitable. Après une longue pause, la voix reprit :

— T'aurais-t'y pas compris? C'est mézigue, Huraud... Rouge... qui vient ed' devenir ton voisin. Fais pas la bête, ouvre !

Elle s'était détachée de la muraille; elle marcha en chancelant vers la fenêtre et jeta un long regard sur la rue, les maisons, le firmament. Tout son être suppliait, la vie roulait en elle avec le retentissement d'un torrent. Mais la rue, les maisons et le firmament ne feraient rien pour elle pas plus que pour le petit chien qu'on mène à la fourrière. Elle était toute seule dans sa destinée. Alors, elle se détacha de la fenêtre, elle s'assit en se cachant le visage.

La voix se fit sarcastique :

— Va bien ! Tu préfères que ça soye le soir. Moi, j'suis pas pressé. Ça fait que tu as jusque vers les dix ou onze plombes.

Un pas s'entendit dans l'escalier, une serrure grinça dans le couloir, Huraud rentra dans sa chambre. Et Marthe demeura longtemps le visage enseveli dans ses poings. Puis elle poussa sa petite armoire contre la porte, et, dans un rêve effrayant, l'ombre vint, l'ombre s'épaissit, dix heures sonnèrent aux tours du quartier... Elle entendit craquer le plancher du couloir... On frappa deux petits coups sur la porte. Le feu et la glace passèrent sur sa nuque : appuyée contre son lit, dans la lueur étamée de la lune, elle fixait devant elle des yeux dilatés et convulsifs.

Comme elle gardait le silence, Rouge susurra par le trou de la serrure :

— Ouvre, c'est moi... Si t'ouvres pas, aussi vrai que je suis Huraud, je te bute (1).

Elle voulut se lever, avec une vague envie de se précipiter par la fenêtre, mais ses jambes étaient presque paralysées.

— Je compte jusqu'à dix! reprit la voix. Puis, tant pire pour toi !

Il compta jusqu'à dix. Quoique la terreur de Lilas fût encore accrue, son cœur et ses muscles s'habituaient à la crise; elle respirait mieux et elle put se lever : en voyant le verrou et l'armoire poussée contre la porte, elle eut un élan de con-

(1) Buter, tuer.

fiance. Et quand il eut fini de compter, elle répondit d'une voix si lointaine qu'elle semblait venir de la rue :

— Si vous ne partez pas, je crie.

Elle avait ouvert la fenêtre; la chaussée était déserte, toutes les vitres éteintes, et l'on n'apercevait qu'un seul passant, à grande distance, qui s'éloignait.

— J'm'en fous ! chuchota le bandit. D'abord, y viendra personne. Ensuite, si tu cries, tu avaleras mon lingue par le ventre !

Il y eut une brusque pesée de pince. Lilas alla prendre sa boîte de poivre, puis se pencha sur l'allège, prête à crier. Elle sentait qu'elle aurait dû appeler tout de suite, mais elle eut peur que cela ne rendît l'homme plus furieux; tout au fond de sa détresse, une espérance s'obstinait.

Brusquement, le bois craqua, le verrou et la serrure sautèrent, l'armoire vacilla. Alors, elle poussa une longue clameur, mais la voix sortait rauque, étrange et mince, une voix de cauchemar. Personne ne bougea; l'armoire s'écarta et bascula; Rouge était dans la chambre. Tout de suite, il se jetait sur Marthe et la retirait de la fenêtre :

— Ferme ta malle !

Il sembla qu'elle eût moins peur, maintenant que la brute avait mis la main sur elle : la réalité même de l'aventure lui ôtait quelque chose de sa hideur. Lilas cria :

— Au meurtre ! Au meurtre !

Il la frappa violemment au visage :

— Ah ! vache... ah ! salope...

Elle avait jeté son poivre, au hasard. Il vit le geste, ferma les yeux et détourna la tête, puis, saisissant Marthe à la gorge, il la terrassa sur le lit et lui couvrit la bouche de sa large main gluante :

— Sale rosse... tu voulais me brûler les châsses... tu vas voir quelle purge !...

Cependant, dans les chambres voisines, on entendit craquer des lits et des planchers; même, un pas ébranla le corridor, une voix hésitante s'exclama :

— Ousqu'on appelle?

— Ça ne te regarde pas ! cria Rouge avec colère... On a une petite explication, ma môme et moi... qu'on me foute la paix, ou ça fera du vilain.

Lilas fit un effort désespéré et parvint à pousser un cri sourd.

— Tais-toi ! hurla Rouge en lui refourrant le coussin sur la tête... *Plus souvent que je vas te donner toute ma galette...*

Il y eut un long silence, durant lequel Huraud continuait à peser sur l'oreiller... A la fin, il se leva brusquement, frappa du poing sur le front de Lilas et, tandis qu'elle s'immobilisait, il triompha.

Quand elle reprit conscience, elle savait qu'il

était trop tard : les yeux clos, elle pleurait en silence; les larmes coulaient longuement entre ses cils et Rouge, près d'elle, discourait :

— Ben ? C'était la peine de faire tant de giries ? C'est sans douleur, on peut dire, et y a qu'à continuer. Moi ou un autre, faut bien qu'une fumelle ait son homme. Tu vas pas sanger le monde, peut-être ? Tant qu'à chialer, ça fait mal à la tête, et y a pas de quoi; vaut mieux rigoler. D'abord, je suis un chic type... tu verras bien, et les autres crèveront de jalousie !

Il avait ôté ses savates; il sentait puissamment de la mâchoire et des orteils. Elle écoutait, dans une nausée où se mêlait une étrange et lamentable quiétude. Le péril était passé, il n'y avait plus de solitude, plus de pas dans le corridor, plus de bandit embusqué derrière la porte, plus de pince-monseigneur faisant craquer la serrure comme une dent arrachée... et demain, il n'y aurait plus de mâle la poursuivant au long des rues. Quelque chose s'était accompli qui la souillait et qui la tranquillisait. L'homme qui suait auprès d'elle abolissait la peur au prix du dégoût et de l'esclavage... Et, très lasse, elle ne faisait pas l'effort de penser; sa révolte était, sinon éteinte, du moins assoupie; elle avait hâte d'entrer dans le sommeil ainsi qu'elle serait entrée dans le néant.

— T'entends ? fit-il en grondant à son oreille. Pourquoi que tu ne réponds pas ?

— Je suis fatiguée, murmura-t-elle.

Il eut un rire bas.

— Ah ! ben ça, c'est une raison. Tu veux faire dodo, moi, je ne dis pas non. Ferme tes mirettes, demain y fera jour...

Il posa ses lèvres rances sur la bouche fraîche; elle crut qu'il allait la torturer encore et, le cœur levé, elle s'y résigna. Mais il avait son content; il allongea ses jambes sales et ce fut lui qui s'endormit tout d'abord.

V

Au matin, elle s'éveilla la première et sentit Huraud couché contre elle, la cuisse visqueuse; puis elle vit la face livide et cynique d'où s'échappait un souffle fort. Son cœur battit de honte et de misère; il s'éleva en elle une inextinguible rancune, et c'était moins l'homme qu'elle détestait que le monde obscur et sinistre. Son intelligence, où l'idée n'était venue que par les feuilletons, définissait mal son pessimisme.

Elle en avait un sens aussi inexprimable que précis : dans la vie des pauvres filles, les hommes arrivent au hasard comme l'automobile qui vous broie ou la maladie qui vous ronge; on meurt d'une blessure, d'un cancer, d'une fièvre typhoïde... pourquoi ne mourrait-on pas et ne souffrirait-on pas par des mâles ?

A voir Huraud près d'elle, à se souvenir de la nuit terrifique, cela lui paraissait une chose presque naturelle... Tout ce qui nous arrive devient par là même normal. Il faut bien que le bossu porte sa bosse, que l'aveugle ne voie pas, que l'estropié boite, que Marthe Baraquin supporte Huraud, dit Rouge, qui l'a conquise et violée... Oui, cela lui paraissait presque naturel. Tout de même, elle ne s'y résignait pas, elle rêvait déjà sa fuite — sans toutefois la concevoir immédiate : elle ne supporterait pas de quelque temps la terreur qu'elle avait supportée ! Elle resterait donc avec son vainqueur cette semaine, peut-être la suivante. De songer à quel prix, son estomac se retournait, la nausée lui remontait à la gorge. Mais quoi, comme il le disait naguère : « elle y avait passé, elle y repasserait ».

La répétition est la loi des choses, des bêtes et des hommes; les vivants s'y soumettent au même titre que les minéraux. Le cheval qui a râlé entre les genoux du dompteur ou le guerrier cimbre vendu sur les marchés de Rome, ayant obéi, obéiront : la petite Lilas fera comme le cheval et le guerrier cimbre. Rouge est la force; il a l'audace, la férocité et le couteau; s'il tuait Marthe, la faible société le mettrait en face de douze imbéciles qui ne le condamneraient pas même à mort...

Elle réfléchit un moment, puis elle eut hâte de fuir le contact, et elle se glissait hors des draps, lorsque l'homme ouvrit la paupière. Il s'éveillait comme les sauvages, tout de suite prêt à l'action. A la vue des cheveux étincelants, il eut son rire de triomphe, l'instinct agita ses vertèbres, il ricana :

— Minute !... On n'est pas pressé...

Il le prouva brutalement.

— Ça va mieux... Maintenant y fait faim. On va briffer. Qu'est-ce que la gosse va servir à son petit homme ? Moi, y m'faut du caoua ben noir, de la miche chaude et du beurre salé...

Marthe, allumant le feu avec rage et soumission, fit le café. Puis elle se disposa à aller chercher du pain.

— Non, ma biche ! fit-il en enfilant son pantalon... T'es pas encore assez apprivoisée... Pour c'te fois, ce sera mézigue.

Il déjeuna de bon appétit, grivois, insoucieux et assaisonnant la vie d'une opinion excellente sur sa personne :

— Je suis mariolle... et puis moelleux... Y en a qui roulent des pommes de terre au haut de leurs bras... c'est pas mon genre : je fous la savate et puis le lingue, je canerais pas devant Pons ni Raoul... C'est pour dire que je suis-t-un gonze qui n'flanche pas. Ben alors, quand on m'a mis travailler chez un goffeur, sais-tu ce que je me suis dit ? Je me suis dit que c'était rien dégoûtant. D'abord, j'ai été apprenti, et qu'est-ce que je rapportais ? Peau de balle et balai de crin !

Puis, pour soixante ronds, fallait m'écorcher les pattes dix plombes pas jour ! Et quand j'aurerais le truc, on me promettait six ou sept balles, à condition que je turbine ferme et que je connaisse la serrure à fond. Avec des chômages et de la casse ! Je m'ai mis à reluquer... j'ai vu qu'y avait des types qui fumaient des cigarettes à vingt ronds, qui foutaient rien et qui se payaient de bath femelles... Est-ce qu'y valaient mieux que mézigue ? Y z'auraient renâclé devant un lingue, et pour sûr que Raoul n'aurait eu qu'à leur montrer le bout de ses godillots pour les faire se cavaler... Ah ! que j'ai pensé, y n'en foutent pas une datte. Ben, c'est un chouette métier ! D'abord, j'ai la vocation... j'suis un bon lézard. De n'rien faire, c'est juste ce qui me botte. Et faudrait que je soye une gourde et un lainé pour me noircir les pinces chez le goffeur. Ben sûr que mon vieux a oubelié de me laisser le sac... c'est à mézigue à se tirer des pattes... Et j'en demande pas tant. Avec deux londrès à trois sous, la verte du mannzingue, un garno de trente balles par mois, des frusques, le fricot, une môme gironde, j'ai mon compte... et quelques tournées, avec le caf'conce et le théâtre deux ou trois fois par semaine. Pour le reste, je demande qu'à faire le lézard... Comme ça, j'ferai pas de concurrence à ceusses qui serchent de l'ouvrage... Du jour où je m'ai parlé comme ça, j'ai pas lambiné... j'ai lâché le goffeur... et j'ai manqué de rien, ni de fricot, ni de fumelles... Y avait que toi qui t'avais payé ma gueule... Mais, comme tu vois, j'en suis venu à bout comme du reste, et si t'es gentille, j'en garderai pas rancune...

Après le petit déjeuner, elle voulut se mettre à l'ouvrage. Il ne le permit pas :

— Pas aujourd'hui... c'est dimanche... c'est not' jour de noces. D'abord, qu'est-ce que ça rapporte ?

Quand elle lui eut répondu, il se mit à rire, avec un geste obscène :

— C'est rien salaud !... Tu vas me lâcher ça. C'est moi qui réglerai le turbin. On est deux, faut compter deux belles thunes par journée, avec un sigue de supplément quelquefois. Tant que les affaires elles marcheront, c'est mézigue qui rapporte. Mais dame ! lorsqu'y aura dèche, faudra que t'aille faire ton petit quart... Je te montrerai de bons coins...

Elle écoutait avec un dégoût mou, sinistre et résigné. Tout cela n'était pas pire que le reste. Violée, elle ne pouvait éprouver d'émotions qui dépassassent la première : au pire, quelque parole soulignait la défaite. Elle bougeait à peine, la tête tournée vers la fenêtre ; elle oubliait le plus souvent d'écouter, et son âme était extrêmement monotone : aucun projet ne la soulevait, aucune image d'avenir, aucune espérance.

— T'es pas bavarde ! remarqua-t-il... Ça m'est égal : j'tiens pas à ce que les fumelles causent.

Seulement, faudra voir à ne pas toujours avoir cet air d'enterrement ; j'aime qu'on rigole de temps à autre. C'est vrai que tu es encore estomaquée, tu t'attendais pas à ce que ça aille si rondement. Ben ! faut te faire une raison. Y a du bon, t'apprendras à t'en servir !

Il y eut des soirs et des matins ; la vie de Lilas coulait boueuse ; elle subissait l'homme, elle rêvait « pauvrement » à la fuite. Mais la fuite semblait lointaine : Huraud et ses amis l'épiaient avec soin et vigilance. Elle attendait aussi qu'elle eût meilleur courage, car elle se rendait compte que la défaillance de tout son être lui ferait commettre de grandes maladresses.

Elle se soumettait donc au vainqueur crapuleux et fétide, sans d'ailleurs s'y accoutumer. Même, ses odeurs lui étaient plus insupportables : il ne se lavait jamais les pieds ; à peine s'il les frottait de-ci de-là d'une serviette sale ; il ignorait l'usage des brosses à dents, et c'était pur hasard lorsqu'il se récurait la bouche avec le bout brûlé d'une allumette ou avec l'ongle du petit doigt : des viandes pourrissaient entre ses molaires, où l'effluve animalisé de tabac ajoutait une senteur pénétrante ; et il crachait naturellement sur le parquet, ayant plaisir à allonger le jet des salives, puis il avait une sueur particulièrement sale, qui collait comme la gomme des absinthes ou le sucre fondu au fond des mazagrans.

Rouge la forçait à sortir. A cette époque, il avait la « baguenaude ronflante ». Une bonne affaire, une affaire de tout repos, comme il disait (le sac d'une villa déserte), lui avait procuré plusieurs fafiots de cent francs. Il n'était pas avare : il dépensait au gré des circonstances et de sa fantaisie. Même, il força Marthe à choisir une robe de vingt-deux francs cinquante, une chemise et un pantalon, une paire d'escarpins. Puis il mit les objets sur la planche supérieure du placard, disant :

— Pour se balader ensemble, tes frusques sont encore bonnes. Mais faut de la prévoyance. Si le pognon vient à manquer, ben, t'auras de quoi aguicher les pantes !...

Il l'avait présentée à des camarades et à leurs marmites ; elle assistait à leurs conciliabules, chez quelque petit bistro de la Gare, ou des Gobelins.

Ils jugèrent la môme gironde et ceux qui n'étaient pas les poteaux immédiats de Rouge la couvraient de regards véhéments. Il s'en apercevait avec orgueil :

— C'est la gosse à Rouge ! criait-il en se tapant sur le sternum... Çui qui me la soufflerait ferait bien de se barrer dans un autre patelin. Mais y a pas de danger. C'est Bibi seul qu'elle gobe !

Il finissait par le croire. La tristesse de Lilas et sa taciturnité ne lui semblaient plus que des défauts de caractère :

— Elle tient sa bavarde au chaud ! ricanait-il. C'est une bonne gonzesse tout de même ! On s'embête pas !...

Il l'embrassait brutalement, devant les autres. Marthe, avec stupeur, regardait par la vitrine un sergent de ville qui déambulait sur le trottoir. Qui sait, cependant ! Si elle l'appelait ? Peut-être y avait-il tout de même une force bienfaisante parmi les hommes ?

Une scène la dissuada.

C'était un soir, au Petit Noir, un bistro de l'avenue de Choisy. Une dispute s'était engagée entre Mimi l'Oignon et son amant, Gusto l'Ebénisse. Mimi l'Oignon était une fille mafflue, aux bras en gigot, qui faisait la retape au boulevard de la Gare. Elle n'avait pas choisi l'Ebénisse, il l'avait prise d'autorité, après le lâchage du Jésus d'Austerlitz et, depuis, il la forçait à travailler ferme. Elle détestait, ayant la jambe paresseuse, de marcher pendant des heures et aurait voulu entrer en maison, attendre le visiteur au lieu de le pourchasser par la chaleur et le mauvais temps. Ce soir-là, ayant gagné six francs, elle jugeait avoir droit au repos. Ce n'était pas l'avis de Gusto ; il gueulait :

— Six balles ! Quand on refile la comète ! Rien qu'à ce souer on a briffé pour soixante ronds, et puis quarante de consommes ! et le garno ? Et le déjeuner ? Et les frusques ? Non ! tu me prends pour un meulard !

— T'as qu'à gagner quèque chose toi-même ! riposta Mimi l'Oignon avec aigreur. J'ai les guibolles qui me rentrent dans le ventre... et les fentes qui me brûlent. Pour ce soir, j'marche plus.

— Tu marches plus ! Ah ! bien... Moi j'dis qu'y faut encore trois balles. C'est pourtant raisonnable. De quoi ! il est pas ménuit... c'est le moment oùs qu'y passe le plus d'amateurs. Marche ! ou tu sauras comment j'attige les bourins.

— J'peux pas ! geignit la fille.

L'Ebénisse frappa sur sa veste et dit froidement :

— Si tu t'es pas cavalée dans cinq minutes, je te colle mon lingue dans le derrière. Ça te servira d'éperon.

Mimi l'Oignon se révolta :

— Ben ! essaie voir ! Aussi vrai que v'là mes accrocs; j'appelle les flics... J'en ai assez d'être ta marmite... J'voulais pas... tu m'as forcée. Si tu m'embêtes, j'te donne.

Gusto se leva d'un air sinistre et alla se placer près de la porte, tandis qu'un autre souteneur, Bour, dit Mérinos, s'approchait de la pierreuse :

— Y a pas d'erreur, déclara l'Ebénisse avec une froideur implacable... si jamais tu me donnes, tu seras butée.

— Et si t'étais pas présent, appuya Mérinos, c'est le surin à Bibi qui ferait l'affaire.

Mimi l'Oignon les regarda l'un et l'autre avec

tremblement ; elle chuchota, blême et résignée :

— Y a pas de justice !

Et elle se leva pour aller à son travail.

Peu à peu, quelque espérance et quelque énergie rentraient en Marthe. Elle n'acceptait plus sa défaite, et sa soumission lui parut monstrueuse. L'âme du père Baraquin revenait en elle, courageuse, « régulière », sociale. Selon les nuances de sa colère et de son indignation, elle rêvait à sa fuite ou à d'obscures vengeances. Parfois, l'idée de tuer Rouge lui jetait du sang plein le cœur ou plein les tempes, surtout lorsqu'il venait de la tourmenter ou lorsqu'elle ne pouvait s'endormir le soir et que des pensées phosphoraient en elle. Au fond de son âme se déposait je ne sais quelle métaphysique de sacrifiée, quelles conceptions bizarres, tronquées, fuligineuses et obsédantes. Elle sentait qu'elle était tombée dans une autre race — où tous les individus se rapprochaient plus de la bête que même la mère Baraquin ou que l'immonde Camouche. On ne pouvait, en quelque sorte, dire qu'ils étaient mauvais; ils rôdaient dans leur vie comme le chien errant dans la sienne; ils ne pensaient pas à comparer leurs actes à ceux des pantes, pas plus qu'un chacal ne penserait à chasser comme chasse l'épervier. Lilas aurait presque admis cela, mais elle ne pouvait concevoir qu'elle, la fille du père Baraquin, fût entre leurs mains.

Que Mimi l'Oignon écumât le trottoir pour l'Ebénisse, que tous dévalisassent des boutiques, des villas, des passants attardés et vécussent de proxénétisme, c'était naturel, mais non que Marthe vécût côte à côte avec Victor Huraud et lui servît de femelle.

Elle tournait et retournait cette idée sans jamais en voir la fin : à peine aurait-elle été plus étonnée d'appartenir à un singe ou à un molosse. Cette surprise inextinguible définissait sa qualité sociale aussi sûrement que son visage, le grain de sa peau et la texture fine de ses cheveux la proclamaient de race aryenne...

Aussi, maintenant que l'énergie était revenue, décida-t-elle de mourir plutôt que d'accepter ce servage. Seulement, elle ne prétendait mourir qu'après avoir épuisé toutes ressources et elle voulait aussi, instinctivement, mettre les chances de son côté... Il fallait donc attendre — attendre que la vigilance de Rouge et des poteaux fût amortie.

Le souteneur sortait rarement seul et, lorsqu'il sortait, il y avait toujours quelque complice embusqué dans la rue Barrault, où il avait emmené Marthe. Une tentative maladroite attirerait des représailles et un redoublement de vigilance.

Marthe se contraignit à la ruse, dissimulant ses rages et son horreur, soumise aux ordres du bandit; et Rouge, avec son instinct sauvage, voyait dans cette passivité et cette obéissance la preuve que sa prisonnière était domptée.

— N'y a qu'à leur faire prendre le pli !... disait-il aux camarades. Elles sont toutes faites avec la même viande... On me donnerait l'impératrice de Russie, au bout d'un mois je la ferais filer doux... et elle me goberait !

Quand elle était seule, Lilas s'abandonnait à sa fureur, à sa détresse et à des espoirs frénétiques. Assise devant la fenêtre, elle considérait l'ignoble faubourg, étendu jusqu'aux fortifications, plaqué de terrains vagues, raviné de chantiers et d'excavations. Ninive croissait, sinistre et chaotique : des îles de maisons blêmes ou de cahutes pourries se profilaient autour de la chaussée de Tolbiac, avivée par l'artère des tramways électriques ; on discernait les fumées vénéneuses des usines, l'église Sainte-Anne, couleur de schiste, des végétaux opiniâtres et faméliques, des chiens rongés de pelade, des travailleurs roux de terre ou noirs de limaille. Les nuages s'avançaient tous ensemble ou se disloquaient mélancoliquement au fond du ciel.

Avec un grand frisson, Lilas, mêlant son espoir et son désespoir aux choses, suivait la route flottante des nuées, des fumerolles et des pigeons ; elle était une petite forme grelottante, épouvantée et souillée de semences impures ; elle connaissait la royauté du hasard et des circonstances mieux que le scribe amer de Judée ou l'aigre philosophe de Francfort ; elle suppliait confusément une force, un être, un fétiche, toute palpitante d'un mysticisme où se mêlait un grain de foi à de vastes craintes. Il restait en elle des loques religieuses, des lambeaux de catéchisme et de prière, avec des préceptes de romanciers populaires et de journalistes.

De bonne heure, elle s'était méfiée : elle se souvenait d'un curé, jaune et fauve, que le quartier accusait d'avoir couché avec une dame Capelle, pâtissière bigle, à qui manquait un bout de narine ; le père Baraquin racontait l'histoire d'un pape empoisonneur qui se nommait Borgia, et hurlait des accusations terribles contre les mangeurs de testaments ; il traitait couramment sainte Marie de salope, saint Joseph de jobard et rigolait du Saint-Esprit.

Quant aux préceptes, Lilas n'avait constaté nulle part leur réalisation. Toutefois, elle se plaignait aux choses, elle élevait cette supplication des vaincus qui est peut-être la véritable origine des cultes, et, quand une cloche pleurait sur les maisons humides, elle pensait aux gens qui font brûler un cierge, ainsi que les esclaves de jadis devaient penser à ceux qui offraient aux dieux la graisse fumante des victimes.

Si elle avait pu croire à l'amour, sans doute aurait-elle rêvé le mâle qui délivre, mais l'amour lui apparaissant la plus cruelle et la plus lâche des turpitudes, son idéal ne dépassait pas la vie enclose, avec d'autres femmes : c'était un instinct d'abeille ouvrière qui, tout naturellement, lui aurait fait chérir le cloître.

Une fois de plus le printemps parut. Il étincela dans les averses rapides, tira des feuilles aux giroflées des murailles, verdit la populace des plantes, aux terrains vagues, et les souteneurs assommèrent le pante avec plus d'enthousiasme. La race des alcooliques et des tuberculeux sema frénétiquement sa graine, les filles vierges s'affolèrent, il y eut d'horrifiques bagarres et la Butte-aux-Cailles, les îles de Tolbiac, les chantiers boueux connurent l'espérance furieuse et la fièvre courte des bonheurs...

Huraud, cependant, gardait sa vigilance. La jalousie des camarades excitait sans relâche le goût qu'il avait de Marthe : aux premiers jours tièdes, elle subit des étreintes abominables.

Puis, Rouge devint pensif : il avait dépensé beaucoup d'argent ; coup sur coup, des cambriolages ratèrent. Un après-midi, après une sortie avec son poteau Double-Pince, il entra d'un air grave et, ouvrant le placard, il en tira la chemise, le pantalon, le costume à 22 fr. 50, en déclarant :

— La môme, y a plus de beurre. J'ai fait ce qu'y faut, mais on n'a pas tous les jours la veine. Pour le moment, la rousse est collante. Vaut mieux qu'on se repose un peu, mézigue, Double-Pince et l'Enrhumé. Chaque son tour. Je t'ai encore rien demandé, tu peux pas dire le contraire. Y va falloir que tu turbines.

Il secouait les vêtements ; il clignait de l'œil d'un air sinistre :

— Tu vas mettre ça... avec tes meilleurs escarpins, et on ira faire un tour du côté de Lyon ou du Montparno. T'as rien à dégoiser ?

Elle se taisait, elle ne discernait pas exactement son impression. Peut-être était-elle révoltée, mais tout lui semblait moins dégoûtant que de servir à Rouge. D'ailleurs, un espoir s'élevait en elle : durant une des sorties, qui sait si elle ne pourrait pas prendre la fuite, ou bien un homme — un homme de *sa* race — lui viendrait en aide.

— Tu réponds rien ? fit Rouge. Faut répondre.

— J'ai rien à répondre.

— C'est-y que ça va ?

— Ça sera comme vous voudrez.

Ils dînèrent d'un morceau de brie, de quatre sous de pain et d'une chopine, puis elle s'habilla. Quand elle mit sur sa tête un petit chapeau gris qu'elle avait gardé avec soin, il dit :

— Avec un casque comme le tien, vaudrait mieux pas se fiche des galurins...

Elle tenait passionnément au chapeau : c'était, à son avis, le moyen d'éviter les brutes.

— Sans chapeau, je serai remarquée par les flics, fit-elle.

Il haussa les épaules et, songeant que la clientête, plus lente à venir, serait sans doute plus lucrative, il déclara :

— Tu demanderas un demi-sigue !

Ensuite il donna ses instructions : ils iraient à la gare Montparnasse, elle flânerait, tantôt autour de la place, tantôt jusqu'à la rue Saint-Placide.

— Y passe parfois des types calés, à la descente des trains...

Et il fit allusion à l'aventure de sa précédente même avec un riche marchand de volailles :

— Turellement, j'aurai l'œil, acheva-t-il... Faudrait pas qu'on te manque de respect...

Si les vêtements ne s'ajustaient pas avec exactitude, si leur coupe manquait d'allure, l'éclat de Marthe y remédiait et, plus encore que naguère, la mystérieuse séduction de chair et de mouvement qui attise l'imagination, émanait de sa personne.

La gare Montparnasse, les lueurs entre-choquées des cafés, des lanternes et des fanaux de tramways furent un spectacle presque enivrant pour la jeune femme. Dans sa robe neuve, au milieu de ces créatures d'une autre espèce que Rouge, Double-Pince, l'Enrhumé, l'Ebénisse, Bour, dit Mérinos, et l'Oignon, elle eut un ravissement de délivrance; l'humanité ne lui parut plus si dure ni si indifférente, il lui sembla qu'elle allait appeler au secours et que tout le monde accourrait... La silhouette torve du souteneur la rappelait au réel, un jet de glace fusait le long de ses vertèbres et elle marchait, entre la griserie et la peur, à petits pas, souhaitant pour la première fois qu'un homme l'accostât. Car elle le souhaitait. Ce serait une douceur singulière d'entendre une voix et même de subir une caresse qui ne fussent ni la voix ni la caresse d'un bandit.

Trois fois déjà, elle était remontée de la rue Saint-Placide à la gare Montparnasse. Des regards sournois, violents, câlins, curieux se posaient sur elle. Plusieurs hommes firent mine de lui adresser la parole, et justement parce qu'on la sentait consentante, les volontés se perdaient, se diluaient, se fondaient en esquisses, s'évanouissaient en attitudes. Eût-elle fui, ils l'eussent suivie. Mais elle s'arrêtait, elle attendait : inquiets, ils s'effaçaient, ils la devançaient pour réfléchir, ils supputaient le danger de la contagion ou l'imprévu de la dépense; les timides auraient voulu qu'elle leur parlât la première, quittes à se dérober au son de sa voix.

Près de la rue Littré, un jeune homme la heurta et, s'excusant, il dardait un regard sur elle, il s'attardait.

Pour n'avoir rien prévu, sa résolution se trouva vite prise. Il murmura :

— Voulez-vous que je vous accompagne ?

Elle dit oui, bien bas. Il se mit à marcher près d'elle.

C'était un grand garçon, à la barbe enfumée, au regard flasque, de structure longue, pauvre en muscles. Il n'était point timide, il parlait avec lenteur, d'une voix qui s'éteignait et se rallumait, comme une lampe où l'huile baisse. Le costume était net, précis, bien ajusté; l'homme portait une émeraude à l'annulaire, une petite chaîne d'or, épaisse, sortait de son gousset. Et, ayant proféré les choses les plus vagues que se disent les gens des villes, il conclut avec brusquerie :

— Si ça ne vous fait rien, nous irons nous reposer à l'hôtel de Quimper et de Lorient... C'est à deux pas... Il y fait propre...

Elle acquiesça d'un signe de tête. Le cœur lui battait terriblement, elle était pâle; l'espérance lui venait qu'il serait tendre et l'encouragerait à raconter ses peines... Il avait des gestes frigides, une face lointaine, ne questionnait guère et, lorsqu'ils furent à l'hôtel, il la tutoya avec dédain :

— Tu es jolie ! dit-il. Si tu savais t'y prendre, tu gagnerais beaucoup d'argent. Mais la gare Montparnasse et la rue de Rennes sont un pauvre terrain de chasse.

La bougie jetait une clarté propre et indigente. On apercevait un lit de noyer, sous une couverture violacée; le lavabo était maigre et fort mélancolique, une table ovale tremblotait sur ses roulettes; le plafond, grillé par les fumées, roussi par des infiltrations, s'écaillait comme l'écorce d'un platane.

Après un silence, il demanda :

— Tu n'es pas malade?

Une crainte passait sur sa bouche mince, il ôtait ses bottines avec un vague dégoût :

— Non ? répondit-elle, frissonnante et pleine de honte.

— Tu en es sûre, au moins? Ne crains pas d'être franche... je ne t'en voudrais pas et je te ferais un petit cadeau tout de même.

Et il insista :

— Tu n'as rien ?

— Je n'ai rien !

Elle savait maintenant qu'il ne serait ni doux ni tendre et qu'il n'éprouverait que de l'ennui si elle tentait de lui faire une confidence. Alors, les yeux pleins de larmes, elle se déshabilla avec une hâte chagrine.

— Tu es jolie ! répéta-t-il... et bien faite. Si tu veux suivre un bon conseil, ne reste pas à Montparnasse. Il y en a beaucoup qui se sont enrichies et qui ne te valaient pas. Seulement, voilà ! Il faut savoir faire sa marque ou avoir une chance énorme... un lanceur !

Il lui donna un baiser furtif et, après une pause, il consomma. C'était un homme sans force et sans chaleur, dont l'amour fut misérable.

Ensuite, il ne s'attarda point : débilité, morne,

avec un regret qui le reprenait à chaque sacrifice, il s'habilla et donna douze francs.

— Les deux francs, c'est pour un fiacre ! dit-il avec un froid sourire... Je te précède ! Bonsoir.

Il avait disparu.

Elle demeura transie. La petite brise d'espoir était morte. Le contact du jeune bourgeois avait à peine été moins ignoble que le contact du souteneur. Elle eut horreur de l'argent qui luisait, sur la table de nuit, dans le papillotement de la bougie charbonneuse.

Après s'être lavée avec une minutie chagrine, elle demeura assise au fond d'un vieux fauteuil rongé par les termites ; elle aurait voulu s'endormir et ne se réveiller jamais plus. Mais l'inquiétude veillait au fond d'elle, comme un soldat brutal. Huraud attendait, et ce n'était pas l'heure où elle pouvait lui échapper. Elle se leva avec une faible plainte et descendit dans la rue.

Tout de suite, il fut là ; sa voix crapuleuse demandait :

— J'espère que tu ne t'es pas laissé poser un lapin ?

Elle tendit, en silence, la pièce d'or et la pièce d'argent, il se mit à rire, d'un rire court, joyeux, presque enfantin :

— Eh bien, la gosse ! t'as de la malice...

Il jeta un coup d'œil circulaire sur la gare Montparnasse et la place encore ruisselante de lueurs, vibrante de foule :

— Y n'est pas encore onze plombes... Autant faire une deuxième tournée, et si elle est bonne, on fichera une bonne flemme demain...

Elle eut un léger mouvement de révolte. Ce fut bref. L'espérance de naguère revenait :

— Seulement, continuait Huraud, en cas que les flics t'auraient reluquée, vaudra mieux descendre vers le boul' Germ' et le boul' Mich. Entrons dans cette mécanique. .

Le tramway les conduisit à Saint-Germain-des-Prés, et Marthe se remit à marcher, lentement, tandis que Rouge veillait sur l'autre trottoir. Elle regardait les hommes discrètement, hypnotisée par son rêve.

Un vieillard l'aborda, joues violettes et nez en truffe, avec une affreuse lippe pendante. Elle se déroba. Il la suivait, avec des bégayements :

— Voulez-vous souper ? Voulez-vous des écrevisses... du champagne ?

Elle continuait à fuir, non qu'il lui parût plus ignoble que Rouge, mais il tuait son espérance. Après avoir prononcé beaucoup de paroles, il se découragea. Alors, Huraud, qui avait suivi la scène, survint avec fureur et ronchonna :

— Spèce de rosse, pourquoi que tu l'as laissé partir... y sue la galette... va le repêcher.

Elle ne répondit pas, elle marchait vivement et comme un gentleman pointait, d'apparence élégante, il remit à plus tard sa colère. D'ailleurs, passant, un homme à la dégaine britannique,

ne regarda pas même Marthe, mais au moment où elle approchait de la rue Sarrazin, un personnage trapu, aux gros yeux joyeux, à la barbe de goudron, se planta devant elle et la regarda :

— La belle fille ! s'exclamait-il d'une voix de cuivre... On dirait un bec Auer !...

Et se plaçant à côté d'elle :

— C'est bien imprudent de se promener seule à ces heures-ci, quand on est faite ainsi.

Son ton devenait câlin ; une bienveillance heureuse s'exhalait de sa personne :

— Laissez-moi vous servir d'escorte. Vrai, après les avaries qui trôlent au Panthéon et au d'Harcourt, ça fait plaisir de voir de la vraie chair, de vrais yeux, et cette chevelure, ah ! mademoiselle, la fabuleuse flambée.

Elle l'écoutait avec faveur, séduite par une rondeur chaleureuse, dont elle ne discernait pas la faiblesse ni la versatilité. Qu'importait, au reste ? Il matérialisait cette douceur des honnêtes gens, qu'elle avait tant souhaitée ; elle se grisait un peu, l'espérance rougeoyait sous la cendre grise.

Il parla quelque temps au hasard, répandant l'encens des louanges et des épithètes caressantes. Puis, glissant le bras de Marthe sous le sien :

— Etes-vous libre ? Ne voulez-vous pas souper avec moi ?

Elle se sentit brusquement pareille à une jeune fille ; son oui s'éleva presque imperceptible.

— Savez-vous quoi ? dit-il. Au lieu d'aller en cabinet particulier, nous prendrons le souper nous-mêmes. Je ne sais si vous êtes comme moi, les garçons de restaurant « m'insupportent ».

Il savait bien qu'elle ferait comme il voudrait, mais ça lui plaisait de la traiter en demoiselle. Et tout en achetant des croissants chauds, du pâté, de la pâtisserie et du champagne, il continuait à bourdonner des choses gentilles et respectueuses.

— Hop ! un taxi, s'écria-t-il. Rue de Vaugirard, 51 *bis*.

Elle se trouva dans une chambre tiède où flambait un feu de gaz. Un divan profond, des fauteuils de tapisserie, une table de chêne, un grand tapis sourd... Lilas se sentit tout imbibée de bien-être. L'homme dénichait une nappe, des assiettes, servait avec prestesse. Puis, à genoux devant elle, très doucement, il lui mit un baiser sur la cheville.

— Que vous êtes fraîche, jeune et brillante ! répétait-il. La tête me tourne, c'est comme si je vous aimais, et, en y pensant, mais oui, ce trouble est trop grand pour n'être pas de l'amour... Oh ! ma jolie torche, je vous aime !

Il ne mentait point : ivre au contact de la chair jeune et du visage étincelant, il était de ces hommes qui s'exaltent de leur propre verbe. Elle eut elle-même un grand élan, comme elle n'en avait jamais eu pour personne. Ses seins se gonflaient dans une palpitation, tandis que les lèvres de cet inconnu se posaient sur sa cheville...

Il n'était plus très jeune : des poils gris traînassaient dans sa moustache, ses paupières se gaufraient et son teint était grisaille, mais elle, éperdue par ses gestes et par ses paroles, le trouvait charmant.

— Soupons, dit-il.

Il la servait avec une tendre politesse. Le champagne la remplit de rêve et d'oubli, et quand il lui prit un baiser sur la bouche, elle cacha se tête contre sa poitrine : c'était le premier baiser où elle n'avait pas senti le fleur d'une haleine équivoque.

— Je vous aime, chuchotait-il, oui, oui, personne encore ne m'a donné cette émotion-là, si neuve... si neuve !

Il l'entraînait à pas lents et, la déshabillant avec religion, à chaque geste, il poussait un cri de ravissement.

— Oh ! dites que vous m'aimez un peu vous-même ! balbutia-t-il, tout ivre.

Ensuite, il l'interrogea. Par bribes, elle dit son ignoble destinée. Il l'écoutait, plein de pitié et avec un frisson de crainte, car il redoutait toute lutte, s'effarait de toute menace. A l'idée du souteneur et du couteau, ses omoplates gelaient. Tantôt il croyait fermement Lilas, tantôt il avait des doutes. Mais foi, doute ou frayeur, il la chérissait dans la chambre tiède, il la pressait contre lui avec passion et compassion, il goûtait une volupté incomparable.

— Ce n'est pas possible ! s'exclamait-il, c'est la vie des fauves, c'est immonde et féroce, comme une fillette dévorée vive par un lion. Il faut qu'on vous délivre ! Savez-vous quoi ? Nous quitterons Paris ensemble, nous irons dans le Midi.

Elle soupirait de joie et d'espérance, confiante dans la parole de cet homme aux gestes fervents, aux paroles rapides. Son éternelle inquiétude se dissolvait, s'évaporait. Ce fut lui qui s'inquiéta lorsque deux heures sonnèrent.

— Il ne doit plus vous attendre ? fit-il.

— Oh ! si, répondit-elle, il m'attendrait toute la nuit.

— Le fiacre a dû le dépister.

— Il a sûrement filé le fiacre !

L'homme se leva, alla mettre le front contre une vitre et aperçut, marchant le long des grilles du Luxembourg, un voyou vermiforme, dont la tête se projetait crapuleusement :

— C'est celui-là ?

Marthe s'était levée aussi. Avec un frémissement des épaules, elle reconnut Huraud.

— C'est bien lui ! soupira-t-elle.

— Ah ! sacrebleu ! Si j'étais le bon tyran, en voilà un que je ferais vivement trancher en deux parties inégales.

Mais il était soucieux.

— Ecoutez, dit-il après un silence, il faut le mettre dedans ! Vous comprenez que notre voyage serait une misère si nous étions suivis par ce sale type. Voilà ce qu'il faut faire : vous irez le rejoindre. Demain soir, nous nous retrouverons, au coin du boulevard Saint-Michel et de la rue des Ecoles, à dix heures. Seulement, cette fois, j'aurai loué une automobile qui filera comme un zèbre et nous conduira, après des détours, à la gare de Lyon.

Elle le regardait, soudain toute froide, avec une petite sueur d'angoisse aux tempes. Elle avait bu l'illusion à pleine coupe, elle se croyait déjà séparée du bandit : à l'idée de le rejoindre, toute la vie hideuse se rabattait comme une volée de vautours. Cependant, elle croyait à la parole de son compagnon et ne songeait pas qu'il aurait pu organiser autrement la fuite.

Lui, maintenant qu'il avait vu le souteneur, avait hâte d'en finir. Avec des mots câlins, il la décida à se vêtir. Lorsqu'elle fut prête, il tira cinq louis de sa bourse, et dit :

— A demain !

Et l'attirant, il lui donna un grand baiser, où il y avait de la passion, de la tendresse, du regret, de la bonté; ses yeux étaient pleins de larmes.

— Oui, oui, à demain ! répétait-il, vous serez heureuse, je veux que vous soyez heureuse, vous verrez le Midi, Cannes, Nice, la lumière, la beauté.

Son ton était sincère, et peut-être son cœur; à peine s'il eût pu le dire lui-même.

Marthe descendit dans la rue.

— T'es restée bien longtemps ! grogna Rouge avec fureur.

Elle n'eut pas le courage de répondre. L'enchantement de naguère, l'horreur du présent la remplissaient de vertige. Elle se borna à tendre les louis; la joie du souteneur fut excessive :

— C'est une autre musique ! ricanait-il. C'est donc Léopold ou Edouard ? Ben ! ma gosse, t'as qu'à continuer : on aurerait vite de quoi s'acheter une piaule à la campagne.

Elle vécut la fièvre d'attente, un même rêve qui recommençait à l'infini, se rompait en fragments, se diluait, s'évanouissait dans un halo, puis reparaissait, se consolidait, se ressoudait. La journée dura comme plusieurs semaines. Elle voyait s'agiter Rouge et ses compagnons; leur présence était à la fois terrible et lointaine; heureusement, le bandit se montrait d'humeur joviale, rasséréné par la boustifaille et un flot d'espérances. Le soir, il ne parla pas le premier de « sortir », mais il approuva la sagesse de Marthe lorsqu'elle proposa une promenade au boulevard Saint-Germain et au boulevard Saint-Michel.

— Peut-être que je rencontrerai le même, fit-elle.

— C'est rare qu'on prend deux fois le même

oisson, ricana-t-il, mais pour une môme gionde, tout est possible.

— C'est qu'il me l'a presque promis.

— Moi, je demande pas mieux.

Il n'eut pas de méfiance, ayant convenu avec oi-même qu'il avait complètement acclimaté Marthe.

A dix heures, elle était au coin du boulevard aint-Michel et de la rue des Ecoles. Rouge avait dmis qu'elle refuserait d'abord du monde. Elle rrivait bouillante de certitude, et le regard u'elle jeta autour d'elle dévorait déjà l'image ttendue. Elle ne vit personne, elle fut un peu éçue. Puis elle imagina qu'il épiait du fond d'un afé. Qand deux ou trois minutes se furent coulées, une faible inquiétude commença de aître. Elle s'accrut avec une rapidité fouroyante, elle détermina une certitude inverse à elle de l'arrivée. Les jambes de Lilas ployèrent, es éblouissements lui piquaient les pupilles. 'lusieurs hommes lui parlèrent; elle les repousait d'un geste mou et froid, avec un tel air de ssitude qu'ils n'insistaient point. La demie onna : Rouge, comme du fond d'une brume, rriva sur elle et fit un signe énergique, en murnurant :

— Assez de poireau ! Au turbin !

Il disparut. Et tout de suite, un homme court, ux pattes épaisses, surgissait :

— Bonsoir, mademoiselle Eugénie !

Elle répondit d'instinct :

— Je ne m'appelle pas Eugénie.

L'homme eut un petit hennissement :

—Y a erreur sur la personne, je le reconnais. ugénie vous ressemble, mais elle n'est pas si olie, il s'en faut de plusieurs longueurs.

Il dardait sur elle deux globes sinoples, un peu illants, vifs, audacieux et gais. D'énormes noustaches jaunes, terminées en fourches, dévoraient ses lèvres ; son sourire avait quelque chose 'enfantin, son menton pointait hardiment et out l'homme respirait un certain goût de l'imrévu et de l'aventure dont Marthe eut consience.

— Je ne regrette pas ma méprise, continua-t-il, uisque ça me donne le plaisir de faire votre conaissance. Si vous n'avez rien de mieux à faire, oulez-vous accepter une coupe de champagne ?

Elle l'enveloppa d'un regard rapide, un regard e désespoir, de résolution et d'amère fatalité :

— Oui, dans un endroit où il n'y aurait pas de monde.

Elle avait parlé d'une manière fébrile, presque ranchante ; il cilla :

— J'ai votre affaire !

Au café où il l'emmena, de rares consommaeurs se livraient à des somnolences ; un garçon nontra sa face bouillie, aux yeux mangés par la lépharite.

— Le cabinet, fit l'homme, et une bouteille de champagne.

Le cabinet était un réduit vague où se voyait, outre la table et quatre chaises, un calamiteux divan.

—Ne faites pas attention ! Ou j'ai mal compris ou vous aviez envie de me dire quelque chose.

L'œil vif, parcourant en tous sens la jeune femme, l'évaluait et la détaillait ; à mesure s'y approfondissait la flamme hasardeuse qui, depuis le commencement du monde, éclaire les combats, les désirs, les joies et les douleurs de l'homme.

Marthe réfléchissait.

— Est-ce que je me suis trompé ? reprit-il.

— Non, fit-elle, mais c'est sérieux.

Une légère défiance passa sur le hardi visage et le front dur :

— Question d'argent ?

Et de nouveau, il l'évaluait :

— Non, fit-elle vivement, mais peut-être un petit risque à courir.

Il parut considérer au dedans de lui cette « aventure » pour laquelle son âme était faite. Ça lui était égal de courir un danger, il y aurait même pris plaisir, mais songeant que ce serait peut-être quelque sale affaire, il se renfrogna :

— J'ai joué cent fois ma vie ! riposta-t-il avec dédain. Ce n'est donc pas ça qui me ferait reculer. Seulement, il y a risque et risque...

Elle trouva brusquement les paroles utiles :

— Je veux échapper à un sale type qui m'a mis la main dessus. Il est là, dans la rue, il me force à faire le trottoir.

— Il est seul ?

— Oui, monsieur.

L'interlocuteur haussa les épaules. Puis tapant successivement sur deux poches de son pardessus :

— Là, j'ai un revolver et là un coup de poing américain. Avec ça, je ne crains ni Dieu ni diable !

Il se tut : le garçon apportait le champagne. Lorsqu'ils furent de nouveau seuls, l'homme vida d'un trait sa coupe et reprit avec un rire étrange :

— Alors, vous voulez que je vous tire des pattes d'un salaud, et vous croyez peut-être que c'est difficile ? Vous allez voir !

Il vida une deuxième coupe, en exhortant Marthe à l'imiter, puis il rappela le garçon :

— Quelqu'un peut-il aller jusqu'à la prochaine station de fiacres ?

— Oui, monsieur, il y a le gamin...

— Envoyez-le-moi.

Trois minutes plus tard, un garçonnet rachitique, au poil de caniche, entrait dans le cabinet.

— Ecoute, dit l'homme, tu vas aller à la prochaine station de fiacres et tu prendras un taxiauto — tu entends bien, un taxi-auto ! S'il n'y en avait pas, tu iras à la station suivante. Tu le ramèneras devant la petite entrée. Et tu auras vingt sous. Est-ce compris ?

— Je vous crois que c’est compris ! fit le gamin en clignant de l’œil.

Quand l’enfant eut disparu, l’homme se remit à boire. Par intervalles, il reprenait l’examen de Marthe ; il finit par dire :

— On peut vous regarder, vous. Ce n’est pas du vieux pneu. Aucun arrangement, aucun truc, le contraire, plutôt. C’est insensé. Sûrement, il n’y a pas longtemps que vous faites des... affaires !

Du rouge flua aux tempes de Lilas et, avec un petit tremblement, tout bas :

— C’est d’hier seulement qu’il m’y a forcée !

Le visage du compagnon exprima une sensualité soudaine et presque convulsive :

— Non ?

— Je le jure, monsieur !

Son ton sonnait juste, mais il fut surtout enclin à la croire à cause de la maladresse, de la naïveté des ajustements.

— Alors, avant qu’il vous y eût contrainte, vous étiez seulement sa maîtresse ?

— Non, monsieur.

Il leva les sourcils d’un air perplexe et soupçonneux :

— Cependant ?

Elle n’eut pas le temps de répondre, le gamin ouvrit la porte :

— Le taxi-auto est devant la petite entrée.

— Bon ça. Voilà tes vingt sous !

L’homme trapu, ayant payé le champagne, invita Marthe à le suivre. Ils passèrent au fond de la grande salle, traversèrent un couloir, ensuite une cour, puis un nouveau couloir et sortirent à près de vingt mètres plus haut que le café. L’auto attendait. L’homme ouvrit vivement la portière, installa Marthe et s’installa lui-même, tout en disant au chauffeur :

— Rue du Val-de-Grâce ! Et démarrons vivement.

L’auto fila à grande allure et l’homme, après un coup d’œil dans la rue, goguenarda :

— Le truc réussit toujours ! Comme de juste le serin surveillait le café ; il ne nous a pas même vus sortir.

Avant qu’ils ne fussent au Val-de-Grâce, l’inconnu donna une nouvelle adresse au chauffeur. La machine passa par le boulevard des Invalides, par l’Esplanade, par le pont, l’avenue d’Antin, Saint-Philippe-du-Roule, et s’arrêta place Saint-Augustin. Ensuite, le voyageur emmena Marthe vers la gare Saint-Lazare :

— Quoiqu’il n’y ait aucun danger, j’ai voulu prévoir l’impossible. Nous allons prendre une nouvelle voiture.

Il se contenta du premier fiacre en maraude :

— 190, rue George-Sand !

Après un silence :

— Cette fois, mon enfant, l’ombre même d’un danger a disparu. Vous voilà libre. Nous pouvons causer paisiblement. Vous disiez tantôt cette chose surprenante que vous n’aviez jamais été la maîtresse de votre immonde tourmenteur. Cependant, vous viviez avec lui ?

— Il m’y obligeait.

— J’entends bien ! Mais avant qu’il vous y eût forcée, il s’était passé quelque chose ?

— Il m’avait violée.

L’inconnu secoua la tête : l’histoire avait trop servi. Toutefois, il s’abstint de sourire :

— Il vous avait violée, bon. Naturellement, il vous avait fait d’abord la cour, vous aviez accepté un rendez-vous, et c’est alors qu’il a... abusé de vous.

— Non, monsieur, je ne l’ai jamais écouté et je n’ai jamais accepté de rendez-vous. Il m’a poursuivie, il m’a menacée, même que je me suis sauvée dans un autre quartier où j’ai habité avec une amie ; à la fin, il m’a retrouvée, il a enfoncé ma porte, et c’est alors...

— Ah ! c’est alors ? susurra l’homme avec une ironie discrète. Ça se passait donc dans une maison déserte ?

Elle sentit confusément qu’il ne la croyait pas. Et elle murmura, découragée :

— La maison était pleine de monde, au contraire.

— Vous n’avez pas crié ?

— Pardon, monsieur, j’ai crié. J’avais tellement peur que ma voix ne sortait pas. Il m’a à moitié étranglée.

— Tout s’explique.

Il bâilla, avec un léger agacement, car la fable imaginée par la jolie fille lui déplaisait. Si elle s’était bornée à dire qu’elle avait été séduite, voire un peu violentée, puis battue et envoyée au trottoir, cela lui eût paru vraisemblable. Elle le séduisait étrangement, il se serait réjoui de la croire à peu près sincère.

— Et depuis, il vous a tourmentée... jusqu’à ce que vous ayez accepté de gagner son absinthe quotidienne ?

— Il ne me l’a demandé qu’hier, monsieur.

— Vous avez été indignée... Vous n’avez pas voulu.

Elle ne répondit pas ; elle comprenait très bien son scepticisme et qu’elle n’avait aucun moyen de le dissiper.

— Eh bien ! insista-t-il, surpris de son silence.

— Qu’est-ce que ça pouvait me faire ! s’exclama-t-elle avec amertume. Est-ce que rien pouvait être pire ?

— Ah ! fit-il surpris. En somme, vous n’avez pas refusé.

— Mais non. Pourquoi que j’aurais refusé ?

— C’est juste, pourquoi ? Et depuis hier, vous n’avez rencontré personne ?

— Si bien, monsieur.

— Et ça ne vous a rien fait ?

De nouveau, elle se tut, humiliée. Il conjectura que la question la gênait et approuva sa réserve. Après une pause :

— Au bout du compte, vous voilà libre. Qu'est-ce que vous comptez faire?

— Je compte chercher du travail.

Elle avait répondu si nettement qu'il faillit la croire :

— Vraiment? C'est tout à fait sérieux?

— Mais oui, monsieur.

— C'est que ce n'est pas commode.

— Des fois. Mais avant j'avais jamais mangé que de ce pain-là. Pourquoi que je ne pourrais pas continuer?

— Avez-vous de l'argent?

— Je n'ai rien.

— Alors quoi? Vous ne trouveriez pas seulement un lit pour vous reposer. Pas pratique ! C'est vrai que je ne vais pas vous laisser partir ainsi. Vous passerez d'abord la nuit avec moi.

— C'est comme vous voudrez.

— Je voudrai, mon enfant. Ça me fera même grand plaisir. Et je ne vous renverrai certainement pas sans quelques petites ressources.

Elle secoua la tête, d'un air doux, résigné et opiniâtre :

— Je ne prendrai pas d'argent, monsieur.

— Comment, vous ne prendrez pas d'argent ! s'exclama-t-il avec une satisfaction sourde. Vous voulez rire?

— Pourquoi que je voudrais rire?

— Parce que ça n'est pas sérieux. Il n'y a aucune raison pour que vous vous donniez à moi.

— Je ne me donne pas.

Il se mit à rire, sèchement :

— Vous ne vous donnez pas ! Alors, nous passerions la nuit comme frère et sœur?

— J'ai déjà dit que ce sera comme vous voudrez.

— Pourquoi comme je voudrai?

— Puisque vous m'avez tiré de *ses* pattes.

— Tout à fait bien, ma petite; c'est par reconnaissance ! Et j'en suis vraiment touché. Mais ça va vous ennuyer.

— Je ne sais pas.

— En tout cas, ce sera sans plaisir? Voyons à, franchement, qu'est-ce que vous préféreriez? Dormir seule?

— Bien sûr, monsieur.

Il darda vers elle le même regard brusque et sensuel que naguère. Et il allait poser de nouvelles questions, lorsque le fiacre s'arrêta.

— Nous sommes chez moi ! dit-il.

On apercevait un petit hôtel derrière la tête ronde d'un marronnier. L'inconnu renvoya le fiacre, ouvrit une porte grillée, fit traverser une vague pelouse à Lilas et l'introduisit dans un vestibule pâle. On entendit grincer une serrure, l apparut un vieil homme en livrée :

— Vous nous servirez du thé, fit le compagnon de Marthe, tandis que le valet de chambre ouvrait une porte à double battant. Lilas fut conduite dans un petit salon argent et merise, fastueux et de mauvais goût. D'ignobles portraits tapissaient les murailles, et surtout le portrait de l'hôte : on l'y voyait en maillot noir et soufre, penché sur le guidon d'une bicyclette; on l'apercevait dans un groupe de coureurs ou juché sur la cime d'un break; il pilotait une auto ou enfourchait un long cheval aux flancs cadavériques. Il jeta un coup d'œil sur ses divers simulacres et, avec emphase :

— Je suis un homme de sports. Peut-être avez-vous entendu parler de Jacques Bailleul?

Elle fit un signe de timide ignorance.

— C'est juste ! murmura-t-il avec compassion, vous ne devez pas savoir. Pourtant je suis un roi de la route et même de l'auto, car j'ai failli gagner le circuit des Ardennes. Oui, j'ai eu beaucoup de gloire !

Il dilata ses pectoraux et savoura ses souvenirs :

— D'ailleurs, je ne renonce pas ! Je veux une première place en auto, comme j'ai eu des premières places à bicyclette ! Ensuite seulement, je me reposerai et je compléterai ma fortune. Car, ajouta-t-il en soufflant avec puissance, je gagne beaucoup d'argent en plaçant des automobiles.

Il demeura deux minutes perdu dans ses rêves, puis il murmura :

— *Hoc probato concilio, magnum ac difficile opus aggreditur...* C'est du latin. Je suis bachelier, mademoiselle. Mais parlons de vous. Vous avez dit que vous vouliez dormir seule?

— J'aimerais mieux, monsieur.

— Ça vous ennuierait avec moi?

Elle fit un geste résigné et morne.

— Je vous déplais? insista-t-il.

Elle leva les yeux sur lui avec surprise et bonne volonté. Et elle s'interrogea obscurément. Non, il ne lui déplaisait pas. Il ne lui plaisait pas non plus. Ses prunelles étaient trop audacieuses pour son goût et son visage trop autoritaire. Mais il semblait loyal et pas méchant, quoique porté au dédain.

Elle répondit :

— Pourquoi que vous me déplairiez?

Il se rapprocha avec une subite ardeur aux pommettes. Le visage inquiet l'arrêta : il conçut la vérité, avec un dépit qui se nuançait d'une faible estime :

— On dirait que vous êtes une créature sincère ! remarqua-t-il avec son sourire restrictif. Comme je le voudrais ! C'est si bon la femme qui se montre telle qu'elle est. Eh bien ! vous ferez comme vous voudrez. Seulement, demain matin, j'exigerai, vous entendez bien, j'exigerai que vous emportiez un billet de cent francs. Car si vous n'emportez rien, vous tomberez au fond de la prostitution comme une pierre au fond d'un étang.

Elle écoute attendrie, elle décide qu'il est bon; il y a par tout son être un frémissement très doux, le retour de la confiance au monde. Et tout bas :

— Vous me donnerez cent francs, même si...

— Même si vous ne couchez pas avec moi, oui, interrompt-il avec une brutalité cordiale. Et je le veux !

Elle se recoquille, elle va dans un songe, un des vieux songes de son adolescence, où passaient tant de figures secourables. Est-ce le sauveur? Faut-il l'aimer? Le pourra-t-elle, et lui l'aimerait-il? Elle en doute, elle soupire, et elle redescend à la réalité qui, après tout, est déjà douce. Puisqu'il aime la sincérité, elle voudrait dire ce qu'elle pense; mais elle sait que c'est impossible : les choses vont en elle, s'entre-croisent et s'entre-choquent sans qu'elle puisse y accrocher des mots; elle ne peut que balbutier un remerciement qui chevrote. Il l'écoute, il sent à peu près l'émotion qui est en elle; lui-même subit cet attendrissement équivoque qui naît de la proximité des femmes. Alors, il ricane :

— De rien, mon enfant ! Ça m'embêterait de vous renvoyer aux souteneurs. Je vous donne une chance, voilà. Cent francs, je les gagne en une heure.

Il se rengorge, il fait un geste de bravoure et de largesse triviale; il y a une longue pause, tandis que le valet de chambre au poil d'argent sert du thé, des petits fours, des biscottes.

Quand il a disparu, Jacques Bailleul insiste :

— Donc, vous êtes libre... je n'existe pas ! Faut-il vous faire préparer une chambre?

— Si vous voulez bien, monsieur.

— C'est entendu.

Il boit du thé à fortes rasades, avec une crispation des joues, et ses yeux s'attachent sur Lilas, fixes, comme ils devaient s'attacher sur la piste quand il disputait les championnats. Une impatience est en lui, un désir qui s'accroît de la solitude et de ce qu'il a tout remis à la volonté de Marthe. Par éclairs, le rapace triomphe, la bête qui fond sur la proie et il se juge idiot de ne pas tout simplement en prendre pour son plaisir. Ne l'a-t-il pas ramassée sur le trottoir, simple marmite en mal de souteneur? Et quant aux histoires qu'elle a servies, il n'est pourtant pas une poire ! Tout de même, les affirmations de Marthe l'enveloppent et l'étreignent, il s'hypnotise aussi à l'éclat croissant de la belle fille.

— Buvez donc votre tasse de thé ! ordonne-t-il d'une voix presque menaçante.

Elle obéit, elle boit à petits coups; il s'excite aux lèvres écarlates, au cou qui frissonne et se renfle. Le silence s'élargit, à peine coupé du tintement de quelque phrase courte; une torpeur plane et le désir s'installe en Jacques Bailleul; il songe combien ce sera stupide s'il ne possède pas la fille qui fut au marlou... Une bizarre jalousie lui pique la chair; il demande soudain, d'un accent dont la raucité le surprend lui-même :

— C'est vrai que vous avez toujours détesté cet individu?

— Oh ! fait-elle, je le verrais guillotiner avec plaisir !

— Voyons ! reprend-il d'un air bonhomme, puisque vous êtes libre, vous pouvez bien me dire toute la vérité : il ne vous a pas toujours déplu?

Elle tourne vers lui une face où houle le dégoût, elle crie avec une sincérité si évidente qu'il en tressaille :

— Toujours, monsieur ! Il m'a fait peur tout de suite, il a une tête d'assassin !

— Bah ! il y en a qui aiment ça.

— Pas moi, alors, et puis, vous ne savez pas comme il est laid; on dirait qu'y sort de la Morgue, et puis encore y pue, y pue de partout !

— Ah ! il pue? fait Bailleul avec une avidité puérile.

— S'il pue?... Du bec et puis de la peau; sa bouche est pourrie. Rien que de le sentir qui m'approchait, ça me tournait le cœur.

Le recordman pousse un soupir de fauve. Ce détail physique le persuade; il y a dans tout son être une poussée de sève, de bataille et de beauté. Et pendant de longues minutes, il oublie le « mec », le trottoir, la populace où a mariné Lilas; il ne voit plus que le luxe, la lumière, le rythme et la jeunesse de la femme. S'il s'écoutait, il serait assis par terre, sa tête appuyée sur la pauvre jupe de confection. Mais une timidité mystérieuse l'immobilise, et la promesse qu'il a faite. Voyant qu'elle a vidé sa tasse de thé et qu'elle attend, il sonne le vieux domestique :

— Vous préparerez la petite chambre tout de suite.

— Elle est prête, monsieur.

— Sans doute, mais vous la préparerez tout de même. Ouste !

Le vieux s'éloigne avec une face morte, et Bailleul se rapproche un peu de Marthe; il dit, presque avec tendresse :

— Avant cette crapule, étiez-vous malheureuse?

— Ça dépend. Y avait à boire et à manger. Sûr que j'ai jamais été heureuse qu'avec Céline.

Il a levé les sourcils, effaré :

— Avec Céline?

— C'était mon amie, monsieur. Quand *il* m'a menacée de son couteau, c'est chez elle que je suis allée, et ç'a été le bon temps.

— Vous l'aimiez beaucoup?

— Oh ! je vous crois !

Il se crispe, un nouveau soupçon lui mordille la poitrine, moins acide pourtant, car une histoire de « femme et femme » lui serait, après tout, assez indifférente :

— Elle aussi vous aimait?

— Elle l'a bien prouvé en me gardant avec elle.

Il claque son pouce contre son médius, avec un peu d'embarras, mais comme il n'a qu'un tact rudimentaire, il finit par dire, avec son singulier hennissement :

— Peut-être bien qu'elle était un peu amoureuse de vous?

— Pour ça, non ! riposte vivement Marthe. Si vous la voyiez seulement, c'est des idées qui ne pourraient pas vous venir. D'ailleurs, elle aimait son homme.

— Elle avait un homme?

Le mordillement devient une morsure.

Lilas répond d'un ton morne :

— Oui, monsieur.

— Il habitait avec elle?

— Oui.

— Et il vous a fait la cour? crie-t-il avec explosion.

Mais il a conscience de son ridicule; il comprime sa voix, il murmure en secouant les épaules :

— Puisque vous viviez tous les trois ensemble ! Et ça vous amusait?

— C'est-à-dire que j'aurais fait couper ma main pour que ça n'arrive pas !

— Il était donc affreux, lui aussi?

— C'était l'homme de Céline ! fit Marthe avec énergie. Il aurait pu être beau comme un Jésus que ça m'aurait été égal.

L'indignation la soulevait; elle regardait Bailleul en face, avec des yeux pleins de larmes et de feu. Alors, il reprit son calme et même il eut un sourire :

— Vous avez bien dit ça !

Le valet de chambre reparut pour annoncer que la chambre était prête.

— Vous y conduirez madame ! fit Bailleul.

Il tendit la main à Lilas d'un air magnanime :

— Bonne nuit ! Bons rêves !

Un moment plus tard, elle se trouvait seule, dans une chambre menue, très claire et confortable. Elle jeta un long regard autour d'elle, heureuse d'être délivrée du joug, résolue à mourir plutôt que d'y retomber. Une vaste inquiétude était dans son âme; tout semblait confus, papillotant, provisoire. Elle accepterait les cent francs, louerait une chambre et trouverait de l'ouvrage.

Elle commença de défaire son corsage. Parfois, le visage immonde de Rouge surgissait aux carrefours de la mémoire, ou bien c'était Céline, la mère Baraquin, quelque recoin du faubourg Saint-Jacques. Elle avait de courts frissons, un sursaut de crainte, mais sa jeunesse était là, prête à l'oubli...

Ses beaux bras frais illuminèrent et elle levait les mains vers sa grande chevelure lorsque la porte s'ouvrit lentement.

— C'est moi ! fit une voix rauque et défaillante.

Bailleul se mit à genoux et saisit Lilas aux hanches. Il semblait un vainqueur et un vaincu, un fauve et une bête câline, il bégayait précipitamment :

— Ah ! je n'en puis plus... je vous aime, vous serez riche, vous serez heureuse.

D'autres paroles se perdaient, s'amalgamaient dans un halètement de désir et il promenait une bouche vorace sur sa jupe. Puis il souleva Marthe, il l'emporta vers le sacrifice, tandis qu'elle se résignait, la tête penchante et pâle, sachant qu'il était juste de ne pas se défendre.

VI

La vie de Marthe fut alors singulière et déconcertante. Elle ne savait pas du tout si elle était rassurée ou inquiète, et moins encore si elle était heureuse. Elle ignorait surtout si elle aimait Jacques Bailleul. Il y avait en lui des choses qui lui plaisaient beaucoup, d'autres qui lui donnaient de la crainte ou la surprenaient désagréablement. Ainsi, elle goûtait la spontanéité de ses actes, sa générosité naturelle et même ses accès un peu spasmodiques de tendresse ou de passion. Mais elle ne pouvait s'habituer à ce regard qui phosphorait soudain et rapprochait les yeux, ou bien les arrondissait bizarrement, ni à ses défiances sans cause, ni à ses mines ombrageuses et presque outrageantes. Cependant, elle avait vers lui de vrais élans qui, à son propre cœur, simulaient l'amour; elle partageait parfois ses ivresses. Sa mentalité était trop sommaire pour qu'elle déterminât ou situât ses impressions; c'est dans l'instinct ou plutôt dans ce que nos philosophes nomment le « subconscient » que se formait une suite d'images troubles.

Il l'étourdissait de bien-être et de luxe, il la faisait vêtir avec élégance; des autos les menaient vertigineusement à travers la forêt, l'emblave ou la prairie; elle connut les baignoires des théâtres du boulevard; ils dînèrent au café de Paris, à Armenonville, au Pré-Catelan, à Versailles, à Fontainebleau.

Elle trouvait à ces sorties plus d'ahurissement que de joie, elle avait honte d'elle-même aux lumières et parmi des gens dont le chic la terrorisait. Seule, la tranquillité du home la satisfaisait : elle n'osait pas le montrer et encore moins le dire. Au total, elle acceptait sa vie nouvelle comme une fatalité supérieure. De ce que Jacques Bailleul l'avait tirée des griffes de Rouge, elle lui reconnaissait des droits indiscutables.

Tant qu'il la tiendrait avec lui, elle obéirait.

Au tréfonds, l'espoir fut la dominante de cette période. Elle espérait qu'elle s'habituerait à Jacques, elle espérait que l'existence deviendrait moins fiévreuse; elle espérait qu'il aurait à la fin confiance en elle; elle espérait qu'elle l'aimerait de tout son cœur; et elle espérait aussi les mille choses confuses, insaisissables, furtives, qui sont le rêve terrible des créatures.

Quant à lui, Jacques Bailleul, il connaissait une crise sauvage. Cette fille, ramassée sur le trottoir, était la chair la plus troublante qu'il eût maniée. Elle correspondait à son impétuosité un peu brute, elle satisfaisait son idéal de blondeur et de blancheur, elle arrivait à l'une de ces époques où l'homme est préparé pour la fête profonde des sens. Il aima sincèrement Marthe, d'un amour qui n'engageait rien, comme le cerf aime à l'automne, et il passait continuellement d'une sorte de confiance à une méfiance aiguë. C'était, par toutes ses fibres, un individu glorieux, d'une vanité agressive, innombrable, continue, sans frein. Il lui était impossible de passer dix minutes sans parler de lui-même : sa mémoire grésillait de ses prouesses, il apercevait jusqu'au fond de son enfance des motifs de s'honorer, il annonçait avec fièvre ce qu'il projetait pour acquérir une renommée plus haute ou pour se payer des luxes qui éblouiraient les inconnus, écraseraient ses rivaux, lui vaudraient l'admiration des domestiques, des restaurateurs et des cochers. Par là, il donnait prise à l'exploitation et au fumisme, et Marthe en eût pu faire son profit. Son côté Baraquin s'y opposait; elle n'en eut pas même la prescience. Elle se bornait à supporter, avec beaucoup de patience, les vanteries, tantôt énormes, tantôt méticuleuses de son amant. Même, elle le croyait volontiers, elle l'approuvait avec une bonne volonté inlassable.

Les jours passèrent, et il s'habituait à elle. D'abord, l'habitude lui fit découvrir des séductions plus nombreuses, et la jalousie du passé aidait à rendre l'aventure aiguë.

Il avait une imagination grossière et lancinante; il faisait des scènes subites, posait des questions âpres, ricanait aux réponses ou montrait cruellement son incrédulité. Sa psychologie était opaque, faite de gros matériaux, et il l'obscurcissait encore par la volonté de n'être « ni un veau, ni une poire ».

L'instinct aurait pu le guider : il semblait qu'il l'eût épuisé à l'entraînement et sur la route; il ne lui en restait plus pour d'autres usages. Une femme truqueuse le trompait avec une facilité dérisoire; il suffisait de connaître les deux ou trois pièges puérils qu'il tendait fatalement et d'y faire les réponses qu'il estimait décisives. La sincérité, au contraire, rebondissait sur lui; il avait presque un flair à rebours, qui le portait à croire en raison inverse de la réalité. Aussi, Marthe ne « la lui faisait pas; il savait bien qu'elle avait dû y mettre du sien, et d'ailleurs c'était naturel ! » Loin qu'elle gagnât à ne lui rien dissimuler, il lui fit une légende de roublardise et lui attribua des amants innombrables. Il était sûr aussi qu'elle connaissait la prostitution de longue date.

Ainsi la déchiquetait-il miette à miette, et à travers le paroxysme même de la passion, préparait-il la rupture. Comme c'était un homme aux violences courtes, au bout de quelques semaines, il commença à connaître la lassitude. Dès lors, sa méfiance s'accrut. Il estima chaque jour davantage qu'elle l'avait roulé. Et il la prit, tout doucement, en grippe.

Les courses en auto s'espacèrent; il ne la menait plus au théâtre, moins encore dans les restaurants de luxe. Il s'en allait seul, demeurait absent des journées entières, rentrait tard, avec une mine roide ou hostile, et concevait mal que cette femme pêchée au ruisseau encombrât sa demeure. Elle le gênait dans ses habitudes et plus encore dans ses manies; elle semblait obstruer son avenir, même lui porter malechance.

A mesure qu'il accroissait les tares de Marthe, il se jugeait prodigieusement tourte, convaincu que l'unique sagesse était de la mettre à la porte, avec quelques billets de cent francs. Mais ses promesses le liaient et il avait des retours de fringale sensuelle. Ils devinrent plus rares, presque nuls; le souvenir des promesses s'estompa. Alors, il se décida.

Ce fut un matin. Il s'était levé tard, ayant la veille dîné avec ampleur et passé quelques heures dans une maison de rendez-vous. La tête blême et « bloquée », la prunelle sans phosphore, la peau fripée comme un mouchoir de femme nerveuse, il songeait avec ennui à la somme considérable qui avait passé de ses mains dans celles d'une personne que la tenancière du lieu lui avait servie. Il ne doutait pas, d'ailleurs, de la qualité de cette personne. Elle montrait un chiffre de comtesse sur son linge, elle tapait sur le piano d'une façon étourdissante et savait prendre un tel air de mépris que Bailleul n'osa rabattre sur la somme qu'elle avait nonchalemment fixée. Au reste, elle exposait une structure dont les plénitudes n'excluaient pas l'élégance, et si son visage décelait quelque lassitude, il gardait un éclat rehaussé par d'ingénieux artifices. Néanmoins, le recordman regrettait une dépense excessive; écrasé de fatigue, il dénigrait toute la femme et tout l'amour. Cette humeur lui rendit la présence de Marthe intolérable. Il la considérait avec son œil de bouderie; il réfléchissait qu'elle aussi avait coûté cher et qu'elle continuait à grever son existence. Alors, il se trouva si poire que les résolutions, jusqu'alors ébauchées, prirent une figure précise et se décelèrent urgentes. Il chercha des transitions en buvant du thé et beurrant des rôties, mais la transition n'étant pas son fait, il renonça à se ratisser la cervelle.

Il dit, entre deux bouchées :

— Ma chère Marthe, j'ai quelque chose à vous dire.

Son visage se couvrit d'une honte nuancée de rancune :

— Nous nous sommes trompés ! continua-t-il, en simulant un soupir. Et quand on s'est trompé, il vaut mieux l'avouer en temps utile. Oui, nous nous sommes trompés. Nous ne sommes pas faits l'un pour l'autre !

Elle ne s'étonna point. Depuis plusieurs semaines, elle connaissait que la situation était insable. Ses espérances s'émiettaient, elle constatait une fois de plus l'infidélité et la grossièreté du mâle. Résignée et chagrine cependant, elle se remémorait des heures où elle croyait aimer Bailleul. C'était un homme au corps sain, à l'haleine fraîche, à qui elle devait la révélation vraie de la volupté. Mais quoi? elle n'avait pas lieu de se plaindre, il l'avait trouvée dans la rue, il allait l'y remettre et, après tout, il restait son libérateur.

— A quoi bon se battre les flancs? continuait-il. Nous ne nous sommes pas faits nous-mêmes, n'est-ce pas, nous ne pouvons pas nous changer. Alors, je ne vois qu'une chose à faire... et vous la devinez !

— Oui, répondit-elle en courbant la tête.

— N'est-ce pas? reprit-il avec une sorte d'enthousiasme Nous allons nous séparer. Voilà ce que nous allons faire. Et ce sera sans cris et sans cries. A quoi bon? Après tout, nous aurons eu quelques bons moments.

Il se leva, il tourna sur lui-même, puis, croyant qu'elle allait répondre, il l'interrompit du geste.

— Bien entendu, vous ne serez pas dans la rue; vous aurez vos vêtements, le bracelet, la broche et le pendentif, puis de quoi vous retourner. Voyons, franchement, il y en a de plus à plaindre?

— C'est sûr, acquiesça-t-elle.

— Je ne suis pas un mauvais bougre, mais qu'est-ce que vous voulez? C'est la vie, parbleu. On ne peut rien contre la vie. Elle vous prend, elle vous lâche.

Elle serra les mâchoires; du fond de sa poitrine un sanglot montait qu'elle mordit et refoula. Il eut un attendrissement brusque, il s'avança vers elle et la baisa sur les lèvres. Mais il ne s'attarda point, redoutant un piège de la chair, malgré sa lassitude, et il tira son portefeuille, où il prit cinq billets de cent francs.

Elle les repoussa d'un geste triste.

— Ah ! non, s'exclama-t-il. Il faut les prendre. Je ne veux pas qu'une femme qui a vécu avec moi ne puisse pas voir venir les événements.

Il lui mit de force les billets dans la main. Et elle accepta, sentant qu'en ce moment cela n'avait aucune importance, désireuse aussi d'éviter un débat.

— A la bonne heure, dit-il. On se quitte bons amis... Et pourquoi se quitterait-on autrement? Ce serait idiot.

Elle ne répondit pas. Une peine insondable était en elle, profonde comme l'étendue, insaisissable comme le temps, et qui l'éloignait de cet homme comme si elle ne l'avait jamais connu.

Il craignit la crise de larmes, il s'y déroba avec prestesse :

— Voilà ! Vous êtes libre, ma chère Marthe. Moi, j'ai un rendez-vous, un grand rendez-vous d'affaires. Je ne rentrerai pas de toute la journée. Vous choisirez votre heure, et ce sera mieux ainsi, ce sera beaucoup mieux.

Il se sauva.

Elle demeura seule, et, alors seulement, les larmes se mirent à couler, inépuisables.

VII

De nouveau, elle se trouvait seule devant les êtres et devant la vie. Elle lutta au hasard, comme luttent les faibles et comme luttent aussi les forts. Le mécanisme incohérent de l'humanité tantôt lui barrait le passage et tantôt le lui ouvrait. Elle ramassait un peu d'ouvrage, puis chômait, puis découvrait d'autres besognes.

Le quartier la déconcertait. Il était plein de gens oisifs ou pourvus de bonnes prébendes; les plébéiens y exerçaient préférablement des fonctions serviles, femmes de chambre, cuisinières ou larbins, et les pauvres libres y rôdaient à travers des tâches mal organisées et confuses.

Lilas n'osait point aller vers les faubourgs terribles ni vers la ville. Une superstition la cramponnait sur le territoire d'Auteuil et de Passy : partout ailleurs, il lui semblait qu'elle retomberait sous la patte de Victor Huraud. Nichée dans une minuscule chambre meublée, elle attendait l'avenir. Les jours ébréchaient son pécule; elle en vit la fin. Alors, elle se débarrassa avec peine et à bas prix de ses bijoux : au fond, ils valaient peu de chose. Et elle commençait à craindre la misère, lorsqu'un matin elle rencontra une bonne à tout faire qui se nommait Marie Trèfle.

Elle la connaissait vaguement pour avoir échangé des sourires et même quelques douzaines de paroles. Marie Trèfle jugea ce matin-là qu'il était temps d'élargir les relations, ou peut-être céda-t-elle simplement à l'irrésistible besoin qui pousse les bonnes à user du langage articulé. Elle aborda Lilas et lui fit part de sa science sur les actes de la charcutière et du boucher. Puis, elle interrogea abondamment. Quand elle sut que Marthe craignait des jours sombres, elle vanta la sécurité de sa profession.

Marthe avoua que cette sécurité lui faisait envie :

— Ça se trouve bien, si vous n'êtes pas difficile sur les gages, fit Marie Trèfle. Y a justement Mme Brouz qui cherche une bonne pas cher pour aider à sa vieille. On peut toujours essayer... C'est *7 bis*, rue de l'Yvette.

— Oui, répéta Marthe, on peut toujours essayer.

Elle était sûre de ne pas réussir du coup, mais la seule possibilité d'un emploi la sortait du vague.

— Allons-y tout de suite, reprit Marie Trèfle, dont le caractère était impulsif. Faut savoir que Mme Brouz ne veut pas se séparer de sa vieille, à cause qu'elle a ses idées sur le sel, la moutarde, le vinaigre. Seulement la vieille Anne a les pattes malades. Elle veut de l'aide, et Mme Brouz a pris les femmes de ménage en grippe, depuis qu'elle a attrapé la Victorine à mettre du sucre et du café dans sa poche, une poche grande comme un garde-manger.

Elles enjambèrent la rue George-Sand, la rue Mozart et se trouvèrent dans la rue de l'Yvette. Le 7 *bis* était un petit hôtel de briques saumon et de moellons beurre. Un chien du voisinage jappa aigrement; il apparut une servante torse, aux mains géantes, au visage de brebis, dont les yeux étaient fades, méfiants et honnêtes; elle parla sans bienveillance :

— Qu'est-ce que vous voulez?

— C'est mademoiselle qui cherche une place de bonne, fit Marthe Trèfle d'un air agréable.

La vieille domestique considéra Marthe avec animosité :

— Y a pas gras, déclara-t-elle. C'est tout juste si on peut donner vingt francs par mois. Et si ça vous embête d'obéir, c'est pas la peine, vu que vous serez à mon service autant et plus qu'à celui de Madame.

Ce discours revêche ne déplut pas à Marthe. Puisqu'on commençait par lui prédire des difficultés, c'est qu'il y avait une espérance.

— Ça ne m'embêtera pas du tout, répondit-elle. Je ferai ce que vous me direz de faire. Je dois seulement vous avertir, mademoiselle, que je ne sais pas faire grand'chose.

La vieille, par un sourire roide, montra qu'elle goûtait cette réponse :

— Avec de la bonne volonté, on se tire des pattes ! Etes-vous solide?

— Je me porte bien.

— Vous n'êtes pas trop sur votre bouche?

— Je mangerai ce qu'on me donnera...

— Vous n'aurez qu'une sortie par quinzaine.

— Je ne tiens pas à sortir.

Les yeux fades exprimèrent un surprise vague et presque amicale :

— Vous n'avez jamais servi?

— Non, mademoiselle.

— Qu'est-ce que vous faisiez?

— De mon métier, je suis lingère.

— C'est un bon métier. Pourquoi que vous le quittez? Vous ne l'aimez donc pas?

Si Marthe avait prévu la question, peut-être eût-elle cru devoir se prémunir d'un mensonge. Elle en chercha un à tout hasard, mais n'en trouvant aucun qui ne fût absurde ou baroque, elle résolut de dire la vérité sur les points où c'était possible.

Ainsi, elle ne se couperait pas.

— Je l'aime beaucoup, répondit-elle, seulement je suis fatiguée de vivre seule; y a trop de sales types qui vous font des misères.

— C'est rien que pour ça?

— Oui, mademoiselle.

La vieille Anne, que l'éclat de Marthe avait d'abord choquée, approuva d'un double signe de tête. Elle cessa de tenir les visiteuses à la porte elle les conduisit jusqu'à la cuisine. Cette pièce était propre, mais désordonnée, assez grande pour admettre, outre l'armoire de bois blanc, une petite table, deux chaises, une boîte à charbon.

— Faudra un certificat comme quoi vous êtes honnête, remarqua la cuisinière.

Marthe gardait un certificat, déjà ancien, où l'on certifiait son honnêteté. Anne y jeta un regard bourru.

— Ah ! bon, du moment qu'y a écrit honnête, on peut essayer. Allons voir Madame.

— Moi, je serais de trop, fit Marie Trèfle.

Madame mit des lunettes rondes pour examiner Marthe. Son corps frileux frissonnait sous une tête plaintive, aux joues de mastic et aux yeux en entonnoir. Sa lèvre se retroussait sur deux canines déchaussées, qui semblaient les défenses d'une bête falote.

— Madame, dit la vieille Anne, v'là une fille qui voudrait servir.

Madame fit une grimace amère et déclara :

— Elle tournera mal avec le garçon boucher.

— Non, madame, riposta la cuisinière, vu qu'elle veut servir parce qu'elle est seule et que les hommes l'embêtent.

Mais Madame eut un sourire dérisoire :

— C'est elle qui le dit ! D'ailleurs, je m'en lave les mains, si elle travaille et ne chaparde pas.

— Y a sur son certificat qu'elle est honnête.

— Il y a tout ce qu'on veut sur les certificats, repartit dédaigneusement la dame. Je saurai bien ce qu'elle est : j'ai une âme de détective. En attendant, c'est vous que ça regarde : vous pouvez toujours la prendre à l'essai. On vous dit, ma fille, que je ne veux payer que vingt francs? Ça vous convient?

— Oui, madame, ça me convient !

— C'est votre affaire. J'avoue que c'est parcimonieux. Mais j'ai pour principe de ne me donner qu'une domestique; il n'en faut pas plus pour servir une femme qui ne pèse pas cinquante kilos. Alors, c'est comme si Anne et vous étiez une seule personne.

Elle parlait d'une voix désenchantée, pleine de rancune, puis elle soupira :

— Enfin, puisque Anne a mal aux jambes et que sa vue baisse... Vous pouvez venir quand vous voudrez.

Marthe emménagea le soir même, et le lendemain matin, elle commençait son apprentissage. La vieille Anne donnait ses ordres avec une volupté tatillonne. Elle aimait à s'entendre ronchonner et à vérifier la docilité de Marthe; elle n'était pas exigeante pour le travail même. Il suffisait que la chambre à coucher de Madame et la salle à manger fussent faites d'une façon sommaire; une fois par quinzaine, on les astiquait. Quant au salon, on recommandait un maigre époussetage et un balayage furtif, car Madame y gardait des meubles, des tentures, des tapis vétustes, auxquels elle vouait un culte et qu'elle craignait de voir usés par le frottement. Pour le surplus, Lilas devait cirer les bottines, polir les vitres, éplucher les légumes, laver la vaisselle. En toutes choses, la vieille Anne aidait mollement, par manie et pour garder l'impression de son utilité. Elle fabriquait en outre une cuisine dont toute épice était prohibée, où le beurre devait être ajouté après la cuisson. Un tableau fixait les plats de la semaine. C'étaient des soupes d'orge, de sagou, de riz ou de verdure, des pommes de terre en purée ou en robe de chambre, des haricots verts, des pois frais, du macaroni, des nouilles, de la bouillie d'avoine, guère de viandes, des marmelades, jamais de laitage, Mme Brouz l'accusant de brûler l'estomac et de dévaster les intestins. La nourriture était rationnée, sauf le pain et les pommes de terre.

Au bout de la quinzaine, Lilas connut chaque manie d'Anne et de sa maîtresse. Elle s'y pliait avec scrupule, s'assurant ainsi une vie exempte de contradictions et, d'autre part, elle apprit à faire mécaniquement son travail. Elle eut plus de peine à s'accoutumer au bavardage de la vieille dont la langue manœuvrait éperdument et avec un prodigieux désordre. Les anecdotes et les souvenirs s'échappaient en tronçons, se poursuivaient en sautelant, se heurtaient, s'accrochaient ou se disjoignaient au gré d'une mémoire trouée d'amnésies. Si on l'écoutait mal, elle en gardait rancune et se vengeait par des paroles corrosives ou de sournoises menaces.

Marthe se résigna. Elle se satura des propos de sa compagne, pluies d'automne, giboulées d'avril, orages, averses, rafales. La vieille la pourchassait de chambre en chambre, la traquait dans les encoignures, fondait sur elle dans le corridor ou l'interpellait mystérieusement lorsque, juchée sur un marchepied, Marthe promenait la peau de chamois au long des vitres. Ce verbe intarissable la rongeait; il la pénétrait d'une torpeur fade et d'une étrange inquiétude; parfois, c'était presque un vertige, parfois encore un dégoût plat, morne, spongieux, palustre. Elle s'y aguerrit pourtant, elle connut les tours et les détours de ce verbiage, et saisissant au vol les souvenirs et les regrets, les victoires et les malice , les silhouettes et les lieux qui s'entre-croisaient sur les

lèvres gercées d'Anne, elle donnait la réplique attendue, peignait, par le mouvement de ses joues ou de ses paupières, la surprise, la sympathie ou l'approbation. Quelle que fût sa distraction, elle ne perdait jamais le fil conducteur, tel un piéton que le seul instinct mène au long d'une route connue.

Alors, elle goûta le vrai repos. Pour une autre, ce repos eût été misérable et agaçant; mais après les poursuites et les curées, Marthe y voyait la figure du bonheur. Elle se terrait dans cette maison morose, derrière les grilles pointues du jardinet; elle n'apercevait que le facteur, le laitier, le garçon boucher, parfois les garçons de l'épicerie proche. Tous esquissèrent quelque gaudriole galante, mais comme elle ne répondait rien, la face murée, ils se désistèrent, aucun n'étant d'humeur opiniâtre. La brièveté des courses la mettait à l'abri des suiveurs. Et Madame, au bout d'un mois, dit en lui remettant ses gages :

— Vous n'avez pas encore mal tourné avec le garçon boucher, c'est étonnant !

Elle fit une lippe misanthropique :

— Ce n'est sans doute pas l'envie qui vous en manque ! Ou alors, vous n'aimez pas les garçons bouchers, ce qui est rare dans votre race. Enfin, tant mieux, car Anne est contente de vous !

Le printemps passa, l'été traîna ses robes somptueuses dans les crépuscules et Marthe commençait à croire qu'il y a des abris contre la convoitise des hommes. Quelquefois, Anne l'entraînait jusqu'au bord du fleuve ou dans le jardin du Trocadéro. Quoiqu'elle se tînt mal sur ses jambes, sa présence éloignait les galants : elle tournait vers eux une face rogue et, d'un seul mot, les rabrouait.

Lilas s'ouvrait aux songes. Etait-ce même des songes? A peine s'ils avaient une forme. Rien que la tendance obscure qui pousse les êtres vers l'illusion, mêlée aux grands nuages gorgés de feu, au firmament éclairé de beaux mensonges, à la respiration du soir veloutée sur les flots ou fécondée par les pistils. Marthe aurait pourtant voulu aimer une créature et en être aimée. Oh ! pas un homme... une amie, jeune ou vieille, n'importe, quelqu'une avec qui il serait si doux de causer sur la berge ou dans l'ombre des platanes ! Comme elle avait été heureuse auprès de Céline ! Que les jours de la rue Ferrus apparaissaient tendres et secourables ! En songeant aux promenades qu'elle faisait le soir, auprès de la petite femme maigre et intrépide, les larmes lui jaillissaient des paupières... Mais le mâle veillait qui avait tout écrasé !

Lilas, avec une palpitation chagrine, considérait Anne clopinant dans le crépuscule. Le visage de brebis oscillait caricaturalement, les mains géantes ballaient, la pourpre ou l'améthyste d'un nuage se reflétait sur les cheveux fades ou tirait une étincelle des yeux stagnants, et les lèvres

distillaient des paroles sans fin. Même l'affection
de cette vieille eût été bonne. Mais Anne, depuis
un quart de siècle, avait perdu la faculté d'atta-
chement. Les êtres défilaient devant elle comme
des objets morts ou des fantômes. Elle ne concevait d'autre réalité vivante qu'elle-même, elle
s'aimait éperdument. A peine si elle manifestait
un penchant confus pour quelques meubles, les
plus vieux meubles de la maison. Et elle eût vu
mourir sans souci tous les habitants de Paris
pourvu que sa vie demeurât assurée.

Marthe sollicita la faveur d'élever un chien
ou un chat. Anne ne s'y opposait point. Mme Brouz
accueillit la demande avec fureur :

— Et les puces? grinçait-elle. Vous ne savez
donc pas, ignorante, que les puces propagent la
peste et le choléra? Il n'entrera ici ni chien ni
chat avant l'heure de ma mort.

Marthe acheta secrètement une serine, car un
serin se fût dénoncé par ses roucoulades. C'était
une bestiole inerte, au plumage beurre et paille.
Elle mangeait avec délicatesse et malpropreté,
prenait volontiers un bain, tournait bizarrement
la tête pour écouter les vocalises d'un congénère,
captif dans une villa voisine, et, pendant quelque
temps, elle fit mine de construire un nid. Elle
connaissait vaguement sa maîtresse, elle consentait à picoter le mouron qu'on lui tendait, mais
il était impossible de discerner aucune expression
sur ce visage emplumé. Néanmoins, Marthe l'aimait bien. Elle la retrouvait avec un plaisir
tendre, la soignait passionnément et, au matin,
son premier regard était pour elle. Ainsi le
temps s'écoulait. Les jours s'entassaient l'un sur
l'autre, les jours dont chacun représente le tour
d'un monde; ils continuaient à user la vieille
Anne, à ronger la chair triste de Mme Brouz.
Marthe ne les comptait point; ils étaient devant
elle comme une fortune intarissable et, à l'abri
des hommes, elle recommençait à croire aux promesses de la vie.

Et l'automne montra sa tête grise dans les
rues; il fit monter les eaux du fleuve, ouvrit l'espace aux vents, arracha les feuilles, massacra les
insectes innombrables dans les fentes de la terre,
les troncs des arbres et parmi les herbes indi-
gentes. Puis, un matin, Mme Brouz reçut une
lettre. Elle venait de Tunisie, où son fils, le sieur
Michel Brouz, défrichait la terre, plantait des
vignes, exploitait des oliveraies. C'était un
homme tenace, passionné d'argent et plein de
ruse. Il avait déjà triplé son patrimoine; il prétendait continuer et se classer dans la race des
milliardaires yankees, ou, pour le moins, des
grands millionnaires français. Il ne s'accordait
des vacances que tous les quatre ans, mais alors
il prenait un bon trimestre.

C'était la dernière créature qui intéressât
Madame. Elle accumulait autour de son fils les
restes d'une imagination falote. Par lui, il y avait

encore des événements et des actes, des désirs et
des espérances; pour lui, elle jetait du fond de
son entonnoir un regard effaré sur les êtres. Elle
ne cessa plus de combiner avec Anne le cérémo-
nial de l'hospitalité. La maison revit des épices,
du café, des vins de race et de puissants alcools,
car le sieur Brouz dédaignait l'hygiène et
croyait à la vertu des excitants.

Il arriva peu après l'équinoxe, tandis que le
cyclone hurlait sur les toitures et tordait les réverbères au bord de la Seine. Marthe vit un
homme spacieux, aux pattes brèves, dont les yeux
figuraient deux élytres de hanneton enchâssées
dans l'agate sale. Il exhibait des mains trapues,
où foisonnait le même poil tabac qui enveloppait
ses mâchoires. Son regard vous mesurait lentement, avec soin et certitude; son nez ouvrait aux
effluves deux ailes apoplectiques et sensuelles; il
avait des mâchoires de dogue, courtes, opiniâtres,
sans pitié, et son sourire manquait de franchise.

Il observa d'abord Lilas en dessous, avec une
petite secousse de l'épaule, comme s'il relevait
un fardeau. A la fin, il renifla et dit à sa mère :

— Où as-tu déniché cette belle fille?

— Je ne l'ai pas dénichée, répondit la mère,
c'est elle qui est venue. Ce qu'il y a d'étonnant,
c'est qu'elle n'ait été séduite ni par le garçon
boucher, ni par le facteur, ni par un militaire...

—Tant mieux! ricana le fils. Ce n'est pas de
la marchandise pour des galapiats.

Ces paroles déplurent à Marthe. Elle redouta
le nez en feu et la bouche carnivore. Pourtant,
il n'insista pas. Les jours qui suivirent, c'est à
peine s'il adressa la parole à la jeune fille. Il
faisait des sorties régulières, lisait dix journaux,
buvait du porto blanc le matin, du porto rouge
l'après-midi, dévorait de la viande sanglante,
avalait trois tasses de café après chaque repas,
avec du kirsch, du marc, de la fine champagne
ou du whisky. Ce rude régime n'accélérait ni
n'alourdissait ses gestes. Toutefois, il digérait
avec quelque lenteur, et, poussant un souffle fort,
il déclarait :

— Je cuis ma viande,
comme les Arabes disent des lions. Pendant
quinze jours, il parut se désintéresser de Lilas.
Il visitait des maisons dont il connaissait la
bonne marchandise ou ramassait quelque fille
savoureuse dans les casinos. Mais il savait ce
qu'il voulait, et le voulait depuis la première
heure. Seulement, ayant cru sentir de la résistance, et pressé de faire ce qu'il faisait toujours à
Paris, il différait l'aventure. Au surplus, il ne lui
déplaisait pas d'attendre : il étudiait sournoisement les gestes de la jeune fille, il comptait choisir la bonne heure et la tactique favorable.

D'abord, il lui adressa à peine la parole; puis
il lui arriva de poser des questions, d'un air bonhomme, lorsque Lilas apportait son porto ou
quelque ustensile. Elle répondait vite et se déro-

bait. Il feignit de ne pas s'en apercevoir. Un après-midi, il se mit à rire.

— Halte ! On dirait que vous avez un léopard à vos trousses.

Elle s'arrêta, le visage droit et les yeux lointains. La scène se passait au fond du corridor, dans une chambre où s'apercevait un bureau vétuste, une table ronde plaquée d'acajou, un vaste fauteuil rouge, des tableaux baroques. Le fils Brouz cuisait sa viande, reniflait à cause d'un coryza et songeait que le temps était venu de goûter à cette fille fraîche.

— Je suppose que c'est moi le léopard ! reprit-il, avec bénévolence. Eh bien ! vous savez, je suis un léopard apprivoisé.

Elle fit l'effort de sourire et se remit en route vers la porte.

— Mais non ! Mais non ! s'exclama le gros homme. Une parole vaut une parole. Il faut répondre. Est-ce que vous avez peur de moi ?

— Pourquoi aurais-je peur de vous ? fit Lilas d'une voix blanche.

— A la bonne heure ! Oui, voilà. Pourquoi ? Ce serait ridicule. Qu'est-ce que je suis ? Un brave homme, qui aime à causer.

Elle attendait, contractée, espérant qu'il s'en tiendrait à des paroles, mais redoutant cet œil qui tournoyait, opaque, hypocrite et brillant :

— J'aime à causer parce que je suis curieux comme ça, sans conséquence. Savez-vous ce qui m'intrigue ? C'est de vous voir dans ce trou rasant, où les gages sont bigrement maigres. Voyons, franchement, qu'est-ce que vous y fichez ?

— Monsieur sait bien ce que je fais.

— Oui, sans doute, vous travaillez, vous aidez à cette vieille couenne d'Anne. Mais ça n'a pas de bon sens ! C'est un métier de paysanne ou d'idiote. Il y a des motifs, voyons ? Car, enfin, vous n'avez pas été rentière, avant d'être bonne ? Vous faisiez autre chose.

— J'étais lingère.

— Et ça vous dégoûtait ?

— Non, monsieur.

— Vous ne gagniez pas votre vie ?

— Si..

— Alors, vous avez eu une sale affaire ?

Marthe avait répondu machinalement. La dernière question la troubla. Ses lèvres frissonnèrent. Elle se crut d'abord prise au piège, mais une intuition lui révéla que, au contraire, l'homme lui offrait un excellent moyen de défense :

— Je me suis placée, dit-elle avec véhémence, pour en finir avec les hommes.

— Oh ! oh ! fit-il en clapant de la langue. Et qu'est-ce qu'ils vous faisaient, les hommes ?

— Ils m'embêtaient !

Elle avait parlé d'une voix dure, pleine de rancune. Il en demeurait ahuri.

— Très bien ! Parfait ! articula-t-il, après une

pause... Ils ne voulaient pas vous ficher la paix ? Avec cette figure-là, rien d'étonnant ! Après tout, est-ce donc si désagréable ?

Elle haussa les épaules ; les souvenirs affluèrent, pleins d'effroi et de laideur :

— C'est-à-dire que c'est dégoûtant. On ne peut pas faire un pas, et ça ne serait rien encore, mais y en a qui sont prêts à vous massacrer.

— Je commence à comprendre. Vous viviez dans un faubourg, et vous avez été poursuivie par des brutes et par des apaches. Evidemment, les rues de faubourg ne sont pas propres, et surtout pas faites pour une belle fille comme vous. Vous avez vu le mauvais côté de l'amour. Mais, ma pauvre enfant, c'est que ce n'est pas ça du tout ! Ça n'y ressemble pas ! Au milieu des faubourgs, il y a Paris, et Paris, c'est le paradis des jolies femmes. Vous serez riche quand vous le voudrez : le tout est de savoir se grouiller !

Elle secoua la tête et reprit le chemin de la porte :

— Non, restez ! dit-il impérieusement. Cette conversation ne doit pas en rester là.

Il s'était levé, il barrait la sortie.

— Il faut que j'aille aider à Anne, dit Marthe avec roideur.

— Du tout, ma belle. Nous supposerons que vous mettez un peu d'ordre ici, sur ma demande. Je tiens à vous faire de la morale, car c'est trop bête ! Une bonne, voyons ! C'est sale, c'est grossier, ça enlaidit, on est une esclave, il faut obéir à des tourtes de femmes qui devraient, au contraire, vous servir. Non ! ça me dégoûte. J'en ai assez pour vous, il faut que je vous en sorte. Je vous louerai deux jolies chambres meublées, dans une rue chic, je vous donnerai six cents francs par mois, avec une ou deux toilettes convenables. Ça durera deux, trois mois, pendant lesquels la manucure vous refera des mains. A mon départ, je vous laisserai un bon billet de mille, et les chambres payées pour un trimestre. Vous serez devenue maligne, vous aurez les extrémités à peu près en ordre, il n'y aura qu'à trouver un nouveau type. Je vous y aiderai, parbleu, et je suis un roublard !

Elle l'écoutait, résignée. Ce discours n'évoquait que des choses obscures, répugnantes et mensongères. Elle ne pouvait rien se figurer, sinon qu'après ce gros homme, bas sur pattes, qui proclamait d'avance qu'il l'abandonnerait, il faudrait aller à la chasse d'hommes semblables. Ce serait plus triste de leur servir son corps que de nettoyer les chambres ou d'éplucher les légumes ; puis chacun s'en irait à son tour. Et la plupart, sans doute, la floueraient : pourquoi celui-ci même ne la flouerait-il pas ?

— Ça m'ennuierait, répondit-elle avec une gravité douce.

— Vous répondez comme une dinde, mon enfant. D'abord ça n'est pas ennuyeux, et ça prend

si peu de temps ! Vous n'avez pas l'air plus godiche qu'une autre ! Si vous aviez de l'ordre, vous
ramasseriez de petites rentes en quatre ou cinq
ans; je ne vois pas, sacrebleu ! pourquoi vous
n'auriez pas d'ordre?

— C'est égal, ça m'ennuierait.

Il la regarda longuement, avec un regard de
maquignon, il observa de plus près le grain de
la peau, l'écarlate des lèvres, l'orient des yeux,
la flamme des cheveux et toute la ligne du corps
dessinée sous les vêtements misérables. Et il décida que c'était un animal de prix. Sa résistance
lui donnait plus de valeur encore. Il calcula que
ce serait aussi excitant de l'avoir que d'avoir
Julienne d'Arles ou Simone de Rouchy, qui se
cotent vingt et trente mille francs par mois.
Pourtant, il ne lui vint pas à l'esprit qu'elle pût
prétendre à une telle somme : il admettait pleinement les surenchères de la célébrité et de la
réclame.

—Je vais voir si vous n'êtes décidément pas
une crétine, reprit-il. Vous aurez mille francs par
mois. Ah !

Elle secouait mélancoliquement la tête.

— Mais si ! mais si ! Vous allez accepter tout
de suite ! ordonna-t-il. N'est-ce pas?

— Non, monsieur.

Il scruta ce visage fermé et ne put rencontrer
le regard. Alors, il jura et différa la partie :

— Ça vous gêne de répondre tout de suite. Eh
bien ! ma petite, réfléchissez, j'attendrai deux
ou trois jours.

Il cessa de lui barrer le chemin.

Elle passa deux jours misérables. Les temps
de l'homme étaient revenus; toute sécurité
s'était évanouie. Et elle courut par la maison
comme jadis dans la rue, avec, entre les deux
épaules, le sentiment d'une mauvaise présence.
Avant de se coucher, elle revivait ce soir sinistre
où Huraud l'interpellait par le trou de la serrure;
elle barricadait la porte et rapprochait du lit la
cage de la serine. A voir près d'elle cette petite
chose jaune qui, un instant, dressait la tête,
entr'ouvrait son œil de jais, elle se sentait moins
seule.

Cependant, Michel Brouz la laissait tranquille.
Même lorsqu'elle lui portait son vin, il ne faisait
aucune allusion : on eût pu croire qu'il avait
renoncé à ses projets, mais elle voyait distincte-
ment l'hypocrisie sur ses joues épaisses; au jour
dit, il reparlerait.

Elle ne se trompait point. Comme il est naturel
aux hommes, et peut-être aux bêtes, son désir
s'accroissait par la difficulté. Depuis qu'elle avait
fait une défense si tranquille et si nette, il l'évaluait plus cher d'heure en heure. Homme de
chiffres, il faisait l'estimation par sommes d'argent et par échéances. Il se disait :

« Elle vaut bien cinq mille... dix mille francs.
Ce serait la peine de la garder trois mois... six
mois... un an... si je pouvais rester à Paris, mais
je ne peux pas, et l'emmener en Tunisie, ce serait
grave. »

Il supputait aussi ce que les soins des spécia-
listes lui ajouteraient de charme.

« Les mains ne sont pas encore déformées, et
petites; elles peuvent devenir jolies : c'est l'affaire d'un trimestre. Elle est souple, elle peut ap-
prendre à marcher et à gesticuler convenable-
ment. Alors, avec ce teint et ces cheveux, oui,
elle aurait une valeur sérieuse... *On ne serait pas
volé.* »

Ces réflexions d'ordre commercial nourrissaient sa luxure; il guettait les mouvements de
Lilas, il se livrait à des hypothèses excitantes;
il faisait serment qu'elle ne lui échapperait
point.

Le vendredi, il trouva moyen de faire sortir
Mᵐᵉ Brouz et d'envoyer la vieille Anne à la re-
cherche de nourritures coloniales, chez Olida.
Ensuite, ayant clos la porte du corridor, résolu
à tenter tous les moyens, depuis les plus doux
jusqu'aux plus violents, il marcha au but.

Lilas, qui époussetait le vieux salon, le trouva
soudain devant elle :

—C'est vendredi, fit-il avec un sourire de coin,
vous avez eu le temps de réfléchir.

— C'était réfléchi ! répondit-elle.

Elle était calme et très triste. Quoiqu'elle eût
vu sortir Mᵐᵉ Brouz et Anne, elle n'avait fait
aucun effort pour éviter l'entrevue; elle ne la
redoutait pas, elle voulait la subir comme une
épreuve nécessaire.

— Ne parlez pas ainsi, dit-il avec une gravité
aimable. Vous avez réfléchi sans aucun doute et
j'espère que vous avez compris votre intérêt.

— Je n'ai pas changé.

— Comme c'est intelligent ! Alors, vous préférez pourrir dans une peau de bonne à tout faire
plutôt que d'être servie vous-même et de vivre
une existence libre?

— Oh ! libre?...

— Oui, libre. Il suffit de savoir s'arranger. Une
fille adroite fait des hommes ce qu'elle veut...

— Après avoir fait ce qu'ils veulent !

— Sans doute. Mais pas plus qu'une femme
mariée, moins même. Est-ce que vous considérez
une femme mariée comme une esclave?

Cet argument embarrassa Marthe; elle tourna
la question :

— Une femme mariée est une honnête femme.

Il eut un gros rire.

— Vous savez bien que ça n'a aucun rapport !
cria-t-il. Une Parigote comme vous apprend vite
qu'une femme mariée peut être pire qu'une rou-
leuse. Quand elle est bien laide, il lui arrive de
ne pas tromper son mari... Mais autrement ! Allons, vous avez dit une bêtise. Et puis, l'honnêteté,

a ne se met pas là ! A qui feriez-vous du tort ?
Même, si c'est dans vos goûts, vous pourriez aimer de pauvres diablesses, ce qui serait rudement plus honnête que de vous abrutir avec la vieille Anne. Au fond, savez-vous ce que je pense ? Je pense que c'est criminel, quand on est jolie comme vous, de rester enterrée. Vous êtes au monde pour plaire, pour égayer la vue des gens, pour rendre la vie plus belle et plus agréable, et tout cela, vous le pourrez d'autant mieux que vous serez environnée de plus de luxe. Finissons-en. Je vous offre toujours mille francs par mois, trois costumes, du linge, un beau petit appartement meublé et, le jour de mon départ, je vous laisse cinq mille francs; vous entendez bien : cinq mille francs. Hein ? C'est oui !

— C'est non.

Il devint rouge; la contrariété et le désir rentrèrent son œil méchant; il se persuada que Marthe céderait plutôt à l'action qu'à des paroles : comme elle reculait, il en prit plus d'ardeur et de confiance. Son regard chavirait, sa bouche lançait un souffle rapide et bruyant; elle le crut capable d'une action décisive et, la peur conduisant son geste, elle lui griffa la face, elle le poussa avec une impétuosité sauvage. Maladroit et pesant, il chancela. Son indignation fut violente :

— A la porte, salope ! A la porte, crapule !

Avec le sang qui lui striait la joue, il avait l'air grotesque mais terrible. Elle s'enfuit du salon, monta à sa chambre dans un délire, jeta ses nippes dans sa malle, décrocha la cage de sa seine et traîna ce bagage jusqu'à la porte du jardin.

Lui, cependant, s'était tamponné la face; sa colère demeurait, pleine de rancune, et n'aurait pu être apaisée que par la reddition de Marthe. Il parut au seuil de la maison, au moment où elle atteignait le grillage, et dit à mi-voix :

— Il est temps encore, si vous voulez bien, ce sera comme j'ai dit. Sinon, vous n'aurez pas même de certificat.

Elle était déjà dans la rue et, cinq minutes plus tard, elle ramenait un fiacre.

Plusieurs mois passèrent. Elle n'avait pas osé reparaître devant Mme Brouz et la vieille Anne. Sans certificat, elle désespéra de trouver une place de servante; d'ailleurs, cette profession se révélait aussi périlleuse que les autres. Elle vécut selon le hasard et les circonstances; il y eut des semaines de travail et des semaines de chômage; elle rencontra des patronnes presque bénévolentes; d'autres acerbes ou méticuleuses, chagrines ou d'une avidité cruelle; la ville et les êtres se dressaient pleins d'énigmes; elle cherchait sa picorée à travers autant d'embûches que les moineaux ou les chiens errants. Comme la prévoyance lui était venue, elle prélevait sur ses salaires une dîme pour les mauvais jours. Au total, les gains étaient faibles, elle fut mal nourrie, mal logée, chichement vêtue; dans les temps d'abondance, elle envoyait un bon de poste à sa mère. Et les hommes continuaient à troubler sa sécurité et à empoisonner ses joies dérisoires.

Plus que par les privations, elle était rongée par la solitude. Aucune amie n'avait remplacé Céline : deux ébauches de liaison s'étaient dénouées par des départs, une troisième par une dispute, et il y eut encore l'aventure de Zélie qui avait volé le porte-monnaie de Marthe. Ces échecs alimentèrent la défiance de l'ouvrière; ses dernières illusions s'effritaient; elle conçut que la mort peut être désirable et, à la lueur de la petite lampe de veillée, elle y songeait souvent dans une tristesse aride. Aucune lecture ne la consolait. Elle entrevoyait le vide des aventures, elle ne pleurait plus de joie lorsque le sauveteur délivrait l'orpheline et ne s'exaltait plus à la force du héros. La négation s'enracinait en elle, plus amère dans sa simplicité que la négation complexe des philosophes; elle voyait aussi clairement le désordre, l'injustice, l'inutilité des choses que si elle avait conçu l'*Ecclésiaste* ou *Candide*. Jamais le sentiment du vide ne fut plus profond qu'après sa rencontre avec Céline et sa visite à la mère Baraquin.

C'est au sortir des ateliers, à midi, qu'elle chercha Microbe. Des vapeurs frêles, en flèches et en esquifs, fendaient le ciel avec une rapidité inconcevable, sous de gros nuages nickelés. La tempête soufflait là-haut, mais, à ras de terre, il faisait mou et gras, un temps de rêve, un temps de souvenirs. Marthe, pétrie dans cette atmosphère, si obsédée d'images tendres qu'elle en aurait pleuré, jeta d'abord un long regard sur la rue Ferrus, les boulevards Saint-Jacques et Blanqui, le Métropolitain où les « rames » passaient avec un bruit plus léger et plus joyeux que les trains pesants du chemin de fer.

La petite rue Ferrus évoqua tout le bonheur terrestre, et Sainte-Anne, avec ses larges murs sinistres, prenait une figure consolante. Tout de même !... Elle avait été là... elle avait vécu dans cette maison grise, c'était si bon, si doux, si chaud ! Et sans l'autre, sans l'homme, elle y serait encore, elle se promènerait le soir avec Céline, on irait le dimanche à Clamart, à Gentilly, à Fontenay-aux-Roses, à Robinson. Ces images simples remplissaient son cœur d'infini. Un plat de frites, une jatte de café, une saucisse, un quignon de pain chaud, et c'est l'essentiel de la sensualité humaine, un roman-feuilleton, c'est toute la littérature, le gazon pelé des banlieues, c'est la poésie et l'invitation au voyage, et la petite Céline, c'est l'amitié, la protection familiale, tout l'instinct social...

Elle passa cinq ou six fois devant la rue Ferrus avant de se décider à repartir. Mais elle n'était pas triste : elle allait voir Microbe ! Quand elle fut près des ateliers, elle eut pourtant un petit frisson — froid au cœur, incertitude, inquiétude. Qu'est-ce qu'elles vont se dire ? Est-ce qu'elle sera bien accueillie ? Cependant, la confiance dominait : elle ne venait rien demander, elle se contenterait d'une petite promenade, elle ferait savoir tout de suite qu'elle ne comptait ni maintenant, ni jamais, mettre les pieds dans le logis de Céline.

Comme elle rêvassait, les ouvrières surgirent. Elles avaient ce petit air las et chaud qu'on a au sortir des pièces trop peuplées où l'on brûle du coke. Elles soufflaient en regardant la couleur du temps ; il y en avait qui guettaient le trottoir, cherchant l'homme ; d'autres qui se repassaient des paroles avec des rires ; la plupart portaient sans gaieté un sort qu'elles n'aimaient point et une laideur fade. Deux grandes bringues reconnurent Lilas pour l'avoir vue avec Microbe, et comme si la rencontre était comique, elles s'esclaffèrent :

— Ah ! bien, cria l'une, t'as été aux bains de mer ?

L'autre ajouta :

— T'as toujours tes cheveux, c'est bon signe.

Au fond, elles voulaient être aimables, leur rire avait de la cordialité. Marthe le comprit ainsi et leur rendit un sourire. Tout à coup, elle pâlit, car Céline venait de paraître, menue, noiraude et résolue. Elle marchait seule, à son habitude, l'air terriblement sérieux, et quand ses yeux découvrirent Marthe, elle ne se dérida point :

— C'est toi ! fit-elle d'une voix blanche.

Elle donna une poignée de main rigide et courte. Lilas, la considérant avec avidité, répétait :

— Ah ! comme je suis contente de te revoir !

— Moi aussi, répliqua froidement la petite femme.

Marthe vit bien que cet accueil était sans ressemblance avec les accueils du temps passé. Un petit froid souffla sur sa nuque. Les souvenirs qu'elle apportait, avec un flot de paroles, se ternissaient, reculaient, devenaient insaisissables ; elle avait la langue sèche et le cerveau roidi. La petite femme, volontiers taciturne, ne s'occupa guère du silence qui suivit. Pourtant, à la longue, elle crut devoir dire :

— T'as besoin de rien ?

— Non, fit Marthe, c'est seulement pour se voir et pour causer.

— Bien sûr, reprit Céline. Alors, tu fais tes affaires ?

— Pour le moment, ça marche malgré quelques jours de chômage.

Le silence retomba. Elles ne se connaissaient plus ; leur passé commun était mort et ne pouvait pas plus revivre qu'un cadavre. Rien ne s'émouvait en Céline des jours où elle prenait tant plai-

sir à voir Marthe, où elle la protégeait passionnément. Elle s'était fait une vérité amère et sèche où Marthe avait définitivement tort contre Alfred. Il n'avait pas eu à l'exciter. Même, elle ne l'eût pas toléré, pleine de mépris et même de haine pour les explications. C'est au fond de son âme que, goutte à goutte, la fable se déposa. Elle convint que sa compagne n'avait pas mené un jeu franc, qu'elle avait dupé à la fois l'homme et la femme. Peut-être Lilas ne voulait-elle pas aller jusqu'au bout. Céline n'en savait rien encore... mais enfin, ce n'était pas chouette. Alfred était un homme, tous les hommes sont faibles devant une belle fille, et Marthe devait mieux le savoir qu'une autre : il fallait lui faire comprendre qu'il n'y aurait jamais rien entre eux. Avec un type molasse et même froussard comme lui, cela aurait suffi. Elle ne l'avait pas fait ; elle s'était fait reluire ; alors, il devait arriver des histoires.

Comme Microbe avait peu d'imagination et beaucoup d'énergie, cette thèse simple revint toujours identique à elle-même, se classa avec précision et s'ancra. Elle était devenue indestructible. Céline la retrouverait jusqu'à sa mort. Par esprit de justice, elle réussit à ne pas détester Lilas, mais elle préférait ne pas songer à elle, et lorsqu'elle y songeait, c'était avec un petit sursaut désagréable.

A présent, les souvenirs revenaient en force. Rudes, précis et odieux, ils creusaient jusqu'au fond de la mémoire, ils ramenaient tous les fantômes que Microbe chassait avec tant d'opiniâtreté. Elle revoyait la scène du terrain vague où Gaufre pourchassait la rivale ; elle revivait les semaines de la rupture, triste de ne plus frôler son amant, le cœur aigre et plein d'une fureur qui l'éveillait au milieu de la nuit. Sa souffrance s'attisait à la présence de celle que convoitait Alfred : la lumière des grands cheveux l'agaçait, la peau fraîche semblait une injure, l'amitié de Marthe une traîtrise... Et de voir ses propres cheveux durs comme du métal, sa peau frottée de poix et truffée, ses gestes secs et sa petite taille, la jalousie brûlait en elle comme une fournaise.

— Alors, reprit-elle d'une voix rauque, t'es tout de même sûre que t'avais rien à me demander ?

— Te demander ! fit Lilas avec accablement. Ça ne serait pas à faire... t'as déjà trop fait pour moi !

— C'est vrai que j'ai pas été mauvaise, même que ça ne m'a pas profité !

Elle avançait son menton carré avec rudesse, puis, estimant qu'elle pouvait penser ainsi, mais qu'il ne fallait pas le dire, elle reprit :

— C'est pas pour te reprocher !

Marthe avait reçu le coup, elle en sentait le retentissement jusqu'à la plante des pieds :

— C'est vrai, Microbe, ça ne t'a pas porté chance, répondit-elle avec humilité.

Le ton aurait peut-être adouci la petite femme, mais son orgueil se choqua de la phrase même :

— Oh ! tu sais, j'en suis pas plus malheureuse. Il a été plus bête que méchant. A présent, il se couperait le poing de sa bêtise, et puis, j'en fais ce que je veux, si je lui disais de se fiche à l'eau, il le ferait !

— Il a bien raison de t'aimer, tu le mérites, va.

— Je l'entends pas comme ça, fit aigrement Microbe. C'est pas une affaire de tort ni de raison, et tant qu'à mon mérite, je m'en fous. Y m'aime parce qu'y m'aime, et si je devenais mauvaise comme une rogne, c'est pas encore ça qui le changerait.

Elles étaient au bout de la rue de la Tombe-Issoire, devant la place Saint-Jacques. Céline s'arrêta, elle enveloppa Marthe d'un regard, une vague douceur passa dans son œil couleur d'anthracite, et même elle ébauchait un geste amical. Mais un mauvais souvenir dut l'étreindre car, serrant les lèvres, elle reprit :

— Aujourd'hui, j'ai pas beaucoup de temps. Justement, il est à la maison. Tout de même, je suis contente de t'avoir vue, et si ça te dit, t'as qu'à venir une fois que tu passeras dans le quartier, pas le soir, par exemple, le soir j'suis jamais libre, mais des fois, à midi, on pourrait faire une petite balade.

Les mots jaillissaient ternes et lointains ; tout le petit corps marquait l'impatience. Lilas chercha quelque réponse, ne trouva rien et se laissa donner une poignée de main hâtive :

— A bientôt ! faisait Microbe.

Marthe répéta, ayant laissé toute espérance :

— A bientôt !

Elle vit décroître la petite silhouette, deux trains passèrent là-haut, sur le Métropolitain, des ouvriers et des ouvrières filaient vers le déjeuner. Marthe avait froid aux mains et son cœur cessait de battre. Le paysage se noya dans une lueur blafarde, il fut triste comme la fin de tout ; il ne s'en élevait plus aucun souvenir :

— Ah ! bien... Ah ! bien... murmura la pauvre fille.

Et ces paroles semblaient la pousser, la remettre en route. Elle marcha confusément, au hasard du corps, avec un brouillard dans la tête, hors du monde et des êtres, et c'était aussi triste que si elle avait suivi l'enterrement des dernières créatures humaines. Elle continua à marcher par delà de la Seine, par delà Passy et les Ternes, avec des jambes qu'elle ne sentait pas, des pieds qui étaient sur le sol comme sur de l'eau, un goût fade dans la bouche et le froid qui, des mains, lui montait par les épaules et dans le creux du dos.

C'est un mois plus tard qu'elle fit visite à sa mère. Durant trois semaines de bon travail, elle avait mangé à sa faim et le bien-être la portait à quelque confiance. Un soir, l'image maussade d'Antoinette prit de la douceur. Marthe se figura qu'il serait bon de la revoir ; elle crut à ces mirages que forme le souvenir des absents et qui nous invitent à refaire la vie. Tirant deux pièces de cinq francs sur les trois qu'elle avait économisées, elle s'en alla prendre l'omnibus. Il était trop tard, lorsqu'elle arriva près du canal ; il soufflait un vent pointu qui bousculait l'eau et en tirait une odeur de fièvre. La mémoire obsédée par Rouge, Lilas haletait tristement, mais l'image de sa mère chassa celle du bandit. Elle monta vite la rue Grange-aux-Belles, elle se trouva dans le couloir, devant la porte couleur de cendre. Une voix grasse répondit au coup de timbre. Antoinette montra sa silhouette obèse et cahotante, ses yeux noyés d'eau :

— Pas possible ! grommela-t-elle. Y a le feu au canal !

Elle considérait sa fille avec méfiance et cautèle, et comme Lilas se jetait à son cou, elle rendit un baiser vague. Ensuite, devant une vieille lampe rousse, elles se considérèrent.

Marthe songea que sa mère avait beaucoup vieilli et qu'elle était devenue plus laide. Elle se trompait : Antoinette avait peu changé. A peine si la paupière droite s'affaissait davantage. Pour le demeurant, elle montrait la même face de mastic, crapuleuse, aux veines fortes et au nez bulbeux, la même lèvre couleur de foie, et ces yeux pulpe de pruneau qui distillaient, selon l'heure, des larmes ou de la cire. Elle clopinait du même pas lourd de varices, d'œils de perdrix et de cors aux pieds. Peut-être même était-elle mieux vêtue et l'on devinait qu'elle avait dû se coiffer dans le cours de l'après-midi.

De la pauvreté du costume, Antoinette conclut que sa fille n'avait pas cessé d'être poire, mais elle estima que c'était toujours une belle marchandise, dont l'exploitation serait commode et fructueuse. Elle grommela :

— J'aurais pondu un œuf que ça ne m'étonnerait pas plus que de te voir !

— C'est que je n'osais pas venir, tu sais bien, rapport aux types de la bande.

— Quels types ? La bande à Rouge qui te suivait ? Ben ! ma vieille ; tu lis donc pas les journaux ? Y a neuf mois qu'il est au bloc... et ça ne fait que la moitié de la rue Michel (1).

Cette révélation réjouit le cœur de Lilas ; et quoique, depuis longtemps, sa vie n'eût pas été entravée par le souteneur, le monde lui parut plus large et moins implacable.

— C'est vrai que je passe quelquefois quinze jours sans rien lire, fit Marthe. Enfin, j'avais la frousse, le quartier est tout plein de ses cama-

(1) La moitié du compte.

rades, sans compter que j'ai eu des ennuis.

— Ah ! t'as eu des ennuis ! fit la mère Baraquin avec un coup d'œil en coin. Peut-êt' ben que t'en as encore ?

La méfiance, plus hostile, s'accentuait sur le morne visage. Marthe tâtait ses deux pièces de cent sous. Elle savait que leur vue adoucirait extraordinairement l'entrevue, mais l'envie de connaître les sentiments véritables d'Antoinette la retint :

— C'est sûr que c'est pas tous les jours fête ! répliqua-t-elle. On passe des sales quarts d'heure.

— Quand on est une bête ! Tant qu'à toi, y a pas à avoir de bons sentiments, avec cette gueule-là, si t'as pas de veine, c'est que tu veux pas en avoir.

La voix est rogue ; les yeux distillent cette lueur de lucre et de ruse cruelle que Lilas connaît depuis son enfance. Ce qu'elle a apporté d'illusions s'écrase et tombe en miettes comme ces verres trempés qu'on nomme des larmes bataviques. Marthe conçoit que la mère Baraquin est encore plus loin d'elle que Céline. Les souvenirs truqués qui l'ont ramenée se métamorphosent ; elle se remémore les injures et les coups, jusqu'à ce qu'elle soit assez forte pour arrêter la main qui frappe, puis les discours de la mère qui rêve d'être proxénète, l'âpre poursuite à l'argent, les poches vidées, les petites économies raflées, les perfidies basses, les pièges et les avanies. Les images se suivent, se hâtent, déferlent. Elles sont ternes et bourrues, aucune ne révèle une action affectueuse, toutes accusent ou se lamentent.

Marthe répond :

— Tu sais bien que je ne peux pas !

— Alors, de quoi te plains-tu ? Quand on fait sa propre misère, on fout la paix aux autres et on crève dans sa cambuse !

Lilas regarde baver les lèvres couleur de foie, et, songeant qu'elle a eu l'idée de revivre avec sa mère, tout se crispe et se ratatine au fond d'elle ; elle sent que cette solitude à deux serait plus horrible que l'autre ; l'ennemi ne serait plus seulement au dehors, il vivrait avec elle, il la traquerait derrière les portes closes.

Brusquement, une sorte de triomphe éclaire la face blette. Antoinette s'écrie :

— T'es bien de la graine de cette moule de Baraquin. Sûr que tu te crois honnête. Moi, je dis que ce qui est honnête, c'est de se tirer des pattes ! T'es une feignante, v'là tout ! Puis, tu vas peut-êt' pas cracher sur ta mère. Moi, je me vante d'avoir ramassé ce que j'ai pu. Dommage que je m'y sois prise trop tard, sinon j'aurais mon sac et je me ficherais du tiers et du quart. Et tout de même, faudrait pas croire, je trouve encore moyen de faire mon beurre.

Elle s'interrompit d'un rire de graillon, les yeux presque allumés et pleins d'un soudain esprit de vantardise :

— Oui, grosse tourte, j'en ai encore décroché un qui me fait soixante balles par mois, soixante balles, que je dis. Et pis qu'on ne s'embête pas tous deux. Alors, tu vois !

Marthe écoutait, passive. Mais, avant de s'en aller, elle désira, du moins, voir un sourire sur cette face qui se mêlait à tant de jours passés. Montrant une des deux pièces de cent sous, elle murmura :

— C'est pour que tu t'achètes ce qui te fera plaisir.

La gouaille et la vantardise tombèrent du vieux masque. D'un geste avide, Antoinette happa la pièce d'argent et la fit disparaître :

— T'es pourtant pas mauvaise, au fond, déclara-t-elle. T'oublies pas ta mère. Ça te portera chance...

Un attendrissement pareil à celui des ivrognes gonflait sa langue ; elle secouait une tête prophétique. Et elle convint :

— On a chacun ses idées, pas ? Et ça ne doit pas empêcher de s'entendre, surtout mère et fille. J'avais peut-êt' pas l'air, mais ça me fait plaisir de te revoir, et si je gronde, c'est que c'est dans ma nature, et puis, c'est pour ton bien ! Veux-tu une tasse de café ou une petite goutte de kirsch ? Justement on m'en a donné un demi-litre qui est rudement chouette.

Quoiqu'elle sût trop bien que les cent sous seuls suscitaient ce discours, qu'elle vît clairement la vieille femme dure et cupide derrière le sourire, Lilas écoutait avec une satisfaction mélancolique. Et, voulant partir sur cette bonne impression, elle dit :

— Je demeure loin, m'man, faut que j'attrape l'omnibus.

— Non, tu vas goûter mon kirsch ! répliqua Antoinette, et tu m'as pas dit ce que tu faisais.

— Toujours la même chose : je travaille.

— T'as de l'ouvrage ?

— J'en ai pour le moment.

— Et où que tu demeures ?

— Aux Batignolles. Seulement, j'vas déménager ; je t'enverrai ma nouvelle adresse.

La ruse renaissait sur les joues molles ; Marthe eut hâte d'être sortie. La vieille s'en aperçut, une colère agita ses artères fragiles : elle s'en voulait d'avoir dit des choses qui empêcheraient peut-être des envois d'argent ; elle en voulait plus encore à Lilas de n'avoir pas tout de suite donné le cent sous. Mais il fallait cacher son humeur comme la bête puante cache sa trace :

— Ben ! n'oublie pas, au moins. Ça m'a beaucoup chagrinée de ne pas savoir où demeure ma fille ! Allons, tu vas encore rester un p'tit moment ?

Marthe n'en avait pas le courage ; il lui semblait impossible d'échanger de nouvelles paroles avec la vieille.

— J'ai peur des mauvaises rencontres ! fit-elle.

Elle embrassa sa mère qui, cette fois, répondit par un gros baiser gluant ; Lilas aurait presque préféré une gifle.

Elle se retrouva au bord du canal, plus accablée de sa visite que d'une mauvaise nouvelle. Sans doute la désillusion était moins vive qu'après la rencontre avec Céline ; Marthe n'avait pas espéré un accueil tendre, mais du moins un sourire d'accueil, quelque phrase à peu près douce, un vague échange de souvenirs... Les deux mécomptes pesaient ensemble. Et elle allait dans le vent qui rebroussait l'eau grasse, elle levait la tête vers un grand trou creusé parmi les nuages. Une lune d'agate y sillait, parmi les petites perles des étoiles, et le canal répétait la scène, un peu ternie, lointaine, dansante et verdie. Une lueur denacre se faufilait entre les toitures, mordait les façades, retombait en longues traînes sur le quai, sur les bateaux et les étranges marchandises étalées, pâlissait l'œil clignotant des lanternes, puis s'alanguissait, mourait dans les pénombres. Le spectacle pouvait être émouvant et plein de rêves ; le voyage était là, évoqué par la route d'eau, précisé par les barques, par les hublots de conte et d'aventure.

Mais pour une âme vaincue, tout décelait la vie souffreteuse et l'embuscade. L'équivoque misère sourdait des pavés bitumeux, de l'arche d'un pont pleine de fantastiques cavernes, des maisons sillonnées de lumières rousses, des hommes couleur de cendre, couleur de mortier, couleur de fer, des rôdeuses au casque tassé, aux attitudes de guet ou de morne poursuite.

Marthe s'était déjà sentie aussi triste et plus désespérée : elle avait ignoré cette impression de ruine et d'effondrement. Les épaves, les barriques moisies, l'odeur de marécage, les murailles galeuses, les vêtements flétris des passants se mêlaient à l'image usée de sa mère, aux pièges du sort, et dans le fond de son instinct elle percevait quelque chose d'innommablement vieux, quelque chose qui durait depuis tous les temps, qui ne cessait pas de souffrir et de mourir, qui était en elle et hors d'elle, affreusement. Elle n'avait plus même la force de s'épouvanter ; elle marchait le long de ce canal avec des sensations fumeuses, vides d'espérance et d'une insupportable fadeur.

La vie recommença. Marthe s'y mouvait tantôt comme un fugitif qui fuit sans connaître sa route et qui ne sait pas qui le poursuit, ni pourquoi, et s'il existe ou non un refuge. Elle était dans le hasard. Rien n'était explicable, rien n'était logique, tout se nouait selon de mystérieux caprices et de déconcertantes fantaisies. Durant quelques mois, elle vécut sans trop de peine. Si le travail manquait souvent, plus souvent encore elle trouvait à s'employer ; et elle avait appris à retenir, sur son salaire, la part des mauvais jours. Fatalement, les hommes continuaient à la poursuivre. Elle les évitait avec plus de ruse et d'autorité, le quartier étant moins crapuleux qu'Italie, Montrouge, Grenelle ou Plaisance ; deux ou trois seulement se montrèrent brutaux, mais ils n'insistèrent point.

Elle avait beaucoup réfléchi, avec plus de calme que jadis et avec la logique de son expérience ; elle voyait clairement que si le péril venait de l'homme, le salut pouvait en venir aussi. Mais elle demeurait recoquillée dans sa méfiance, avec un sens aigu du mensonge et de la lâcheté des mâles ; chacune de ses déconvenues ou de ses tortures se représentait avec les images précises d'Emile, de Rouge, d'Alfred, de Jacques Bailleul. L'un figurait la fourberie et l'autre la violence, le troisième la trahison, le quatrième l'inconstance. Elle se souvenait aussi de l'homme singulier et entraînant de la rue de Médicis, qui semblait ivre de passion et qui n'était jamais revenu. Souvent aussi, elle se demandait si, malgré son air faux, le fils de Mme Brouz n'aurait pas tenu ses promesses.

Lorsqu'elle s'abandonnait aux rêves, elle sentait revenir son âme fidèle, faite pour des amours durables et de paisibles dévouements. Deux ou trois fois, elle écouta les propos de jeunes hommes au visage et aux gestes rassurants ; elle n'eut pas de chance : ils se décelèrent équivoques dès la première promenade. Elle eut des camarades d'atelier, mais inconsistantes, brumeuses, et qui, lorsque le chômage les séparait de Lilas, ne faisaient aucun effort pour la revoir.

Il vint une période noire. De toutes parts, l'ouvrage manqua. Les déceptions se succédèrent avec cette âpreté où les anciens reconnaissaient l'intervention d'un dieu, où la petite Parisienne discerne une volonté obscure et mauvaise : « Ma chance ! » Il fallut vendre des nippes, tantôt vivre de pain aigre jusqu'à s'en brûler l'estomac, et tantôt souffrir de la faim.

Cette misère, tant de rongements, la fatalité inexorable, une bronchite qui la creusa pendant six semaines... pour la première fois, son corps fléchit. Elle connut la faiblesse, la fièvre, l'insomnie, les soirs d'anéantissement, les matins où l'on se lève recrue de fatigue. Sans doute avait-elle plus d'une fois songé à la mort, mais son sang frais et l'atavisme solide du père Baraquin chassaient vite l'obsession. Elle y songea souvent cette fois ; elle remua son désespoir pendant ces nuits où elle toussait, le dos froid de sueur et les articulations frémissantes. Ah ! quel pauvre petit paquet d'os et de chair dans les ténèbres ! Comme elle sentait cette menace de toutes choses qui enveloppe le vivant dès qu'il souffre ; comme elle avait le sens de l'effroyable aventure que c'est d'être là, d'exister dans un infini de mauvaises aventures et d'inexorable férocité. Elle possédait peu de mots pour se le dire, et tous insuffisants : sa souffrance les emplissait, leur communiquait une éloquence sinistre et formidable...

La bronchite guérit, malgré la misère ; mais Lilas gardait une faiblesse dans la poitrine ; elle avait maigri, elle était pâle, et pourtant la santé était au fond d'elle, dans chacune de ses bonnes fibres, prête à rejaillir dès que la chair affamée ne se nourrirait plus de sa propre substance. Mais les déceptions continuaient à fondre sur elle. Puis, il y eut un homme au visage de dogue, aux yeux sanglants, qui la pourchassa. Ce n'était pas un souteneur, c'était un ouvrier du fer, rude et dur, capable de faire un mauvais coup par jalousie ou par déconvenue. Il l'épouvanta ; elle exécrait sa mâchoire pesante, ses traits condensés, écrasés, pleins de force stupide. Sa poursuite était le plus souvent taciturne ; il l'interrompait de propositions brusques, de promesses, de déclarations brutales et probablement sincères. Du métal incrustait ses joues et poudrait sa barbe ; ses mains étaient charbonneuses, même quand il les lavait, avec des ongles énormes et beaucoup de cicatrices. Elle tremblait à sa vue ; elle tremblait longtemps encore après s'être dérobée. L'homme reparaissait la nuit dans sa mémoire, il l'accompagnait pendant ses insomnies, il ajoutait à son désespoir une horreur opaque, il la chassait vers la mort.

Un soir, il l'avait longtemps traquée, tandis qu'elle s'en revenait d'une démarche vaine. Parfois, il l'abandonnait dans la foule, puis il la rattrapait aux lieux déserts ; il répétait :

— Viens, tu ne seras pas malheureuse. Tu n'feras rien. Je suis un bon ouvrier, j'ai de l'ordre et des économies, je fais des journées de huit francs, je vadrouille pas, je ne bois que du vin. Tu crèves la faim, voyons... avec moi, t'auras la pâtée et puis de la bonne ! Tant qu'à t'abanner, jamais, t'entends, si t'es fidèle.

Elle fuyait, tournait rapidement le coin des rues, essayait de brouiller la piste, mais il avait l'œil prompt et ne se laissait pas déconcerter. A la fin, elle se résigna, elle suivit simplement sa route. La voix revenait par intervalles, rauque et monotone. Comme Marthe approchait de sa maison, il eut un accès de rage :

— J'en peux plus ! gronda-t-il. Tu seras à moi ou y aura un malheur ! Puisque c'est comme ça, je m'en fous de ma peau, mais si je me crève, ben, on partira ensemble !

Elle écoutait avec dégoût, mais sans crainte, et elle allait entrer dans son corridor lorsqu'il la saisit par le bras. Ses joues vacillaient, livides sous la limaille, ses yeux faisaient deux trous de feu noir ; il était sinistre et hideux :

— Je te donne encore quelques jours ! fit-il en tremblant de tous ses membres... Encore quelques jours, t'entends... Puis, si c'est non, on verra !

Il eut un geste meurtrier et lâcha Marthe. Elle gravit fiévreusement l'escalier, sentant qu'elle ne le haïssait plus, mais qu'il lui était insupportable : sa vie, avec un tel homme, serait une épouvante continue.

Elle demeura longtemps sans bouger, dans l'ombre froide, lourde et sinistre ; les pensées tourbillonnaient en elle comme des corbeaux entre les tourelles d'une église. Quelquefois, dirigeant son visage vers la fenêtre, elle considérait les lueurs qui zigzaguaient au long des façades et les étoiles semées en désordre, dans le jardin du ciel, parmi les blocs effrités des nuages. Elle répétait :

— Je ne peux plus ! Je ne peux plus ! avec une voix cassée et plaintive, dont elle avait pitié ainsi que de là voix d'une autre créature.

Et c'est vrai qu'elle ne pouvait plus vivre ainsi et qu'elle ne le voulait plus. La faim aussi la tourmentait. Vers onze heures, une résolution entra en elle et s'y installa. Elle la vit sans étonnement. La frayeur qu'elle lui causait venait de disparaître brusquement, de s'écrouler ainsi que s'écroule un vieux mur plein de trous ou de fentes. Elle allait finir. Ce serait très simple. Elle descendrait jusqu'aux ponts, elle se laisserait couler. Car, en méditant, elle s'était fait, comme tant d'autres, une image du meilleur suicide ; elle aurait eu horreur de se frapper avec un couteau, d'avaler du poison et même de s'asphyxier avec du charbon ; elle trouvait la mort dans l'eau plus naturelle et moins laide.

Sa résolution prise, elle ne s'attarda point. Elle eut une fugitive envie de revoir Microbe et même la mère Baraquin, mais elle songea que ce serait de la souffrance inutile. Des réminiscences l'incitaient à écrire un mot au commissaire de police. L'absence d'encre, de plume et de crayon lui fit abandonner cette idée, et elle se mit en route.

Elle ne se hâtait point, elle regardait parfois les gens, les voitures, les boutiques avec une curiosité morne, elle se redemandait pourquoi il lui avait été impossible de vivre. Des hommes la dévisageaient ; d'autres la suivirent ; quelques-uns lui parlèrent. C'étaient les hommes, pourtant, qui l'avaient tuée ! Elle leur jetait des regards de rancune résignée et d'affreuse amertume ; malgré tout, elle les redoutait encore.

Enfin, le fleuve apparut, tout brodé de lueurs d'argent, de topaze et de rubis. Une abondance de feux jaillissait sur les ponts, coulait des rampes, s'évaporait des maisons ou dès édifices, et Marthe suivit assez longtemps la rive. Au pont des Saints-Pères, elle se décida, elle crut qu'elle allait se précipiter tout de suite. Mais au dernier moment, sa jeunesse bondit; dans tous les recoins de son corps s'élevèrent la révolte et l'épouvante. Elle chuchota : « J'ai pas encore dix-huit ans ! » Son cœur creva, elle éleva une dernière plainte vers ce mystère formidable des choses. Puis elle se pencha sur le parapet, hésitante entre la vie et la mort, ne sachant plus si elle allait ou non couler dans l'eau profonde...

Comme elle était ainsi, une main la saisit au bras, une voix rauque et pourtant douce murmura :

— Allons, pauvre petite !...

C'était encore une voix de mâle, et elle donna un brusque courage à Marthe, si bien qu'elle prit son élan. Mais elle fut étreinte par deux bras solides :

— Mais non ! Mais non ! reprenait l'homme. Il ne faut pas mourir. Je ne veux pas.

Elle se débattit un instant, puis elle dit, comme naguère dans sa mansarde :

— Je ne peux plus !... Je ne peux plus !...

— Eh bien, nous allons examiner cela ensemble. Puisque je me suis trouvé là, je veux vous aider.

Elle tourna brusquement vers lui ce visage et ces yeux qui l'avaient rendue misérable, et cria :

— M'aider ! Ah ! je sais comment les hommes nous aident, je sais ce que vous allez encore me demander.

Il la considérait avec une gravité ardente, ému de sa jeunesse mais aussi de compassion :

— Je ne vais rien vous demander du tout, riposta-t-il lentement. Je vous aiderai, et ce sera tout. Vous pouvez vous fier à ma parole.

Elle le regarda fixement, étonnée. C'était un homme maigre, au visage chagrin, aux yeux sombre, creux et amers. Sa bouche était jeune et fraîche ; lorsqu'il parlait, on y voyait passer, entre les lèvres d'écarlate, l'éclair argenté de dents presque aussi menues que des dents de fillette. Les joues étaient tannées, les paupières amollies, les tempes montraient des touffes blanches, quoique la chevelure fût encore sombre comme le noir de fumée. Toute cette physionomie était méfiante, ironique, pleine de lassitude, de mépris et d'âpre expérience. Elle subjugua Marthe, qui n'y découvrit aucune des expressions qu'elle détestait chez les mâles. Elle demanda :

— Alors, pourquoi m'aideriez-vous ?

— Pour me faire plaisir, dit-il en haussant les épaules.

Elle ne comprit pas :

— Comment ça pourrait-il vous faire plaisir, si vous ne me demandez rien ?

Il sourit, triste et mystérieux :

— Ne vous occupez pas de cela. Ayez seulement confiance.

Elle n'avait pas absolument confiance ; elle songea qu'il devait cacher quelque chose, mais elle pressentit qu'il serait doux ; son pauvre cœur battit du désir d'être plainte et consolée. Elle consentit :

— J'irai avec vous.

Il lui offrit le bras. Elle hésitait à le prendre ; ce fut lui qui s'empara de la main de Lilas et la conduisit.

— Pourquoi vouliez-vous vous tuer ? demanda-t-il.

— A cause de la misère et des hommes. C'est les hommes qui m'ont tout détruit ! Ils ne veulent pas me laisser tranquille.

— C'est vrai que vous êtes jolie, fit-il avec gravité. C'est dangereux quand on est seule, mais je ne croyais pas que c'était à ce point ! Vous êtes toute jeune ?

— Je vais avoir dix-huit ans.

— C'est effrayant !

Ils avaient suivi le quai jusqu'à la rue Bonaparte ; ils se dirigeaient vers Saint-Germain-des-Prés.

— Alors, aucun homme n'a été bon pour vous ? reprit-il.

— Aucun, monsieur, ou alors pas longtemps.

— Vous en avez connu beaucoup ?

— Pas beaucoup, non, monsieur.

— Est-ce que vous en avez aimé ?

— Non, monsieur. Il y en a eu un que j'ai cru aimer.

L'homme eut un léger sursaut ; ils marchèrent, presque silencieux, jusqu'à la rue de l'Abbaye.

— Nous voici arrivés, dit-il.

Elle leva les yeux, elle vit une maison vieille et d'aspect confortable ; la porte montrait un marteau de fer forgé qui, depuis longtemps, ne servait plus. L'homme sonna ; au deuxième, il entra dans un appartement qui fleurait l'œillet, le tabac et l'ambre. Quand une lampe fut allumée, Lilas vit un petit salon Empire, aux meubles roides et reluisants.

— Nous sommes seuls, fit l'homme ; mon domestique se couche de bonne heure : c'est un garçon de la campagne. Venez dans la salle à manger ; il doit y avoir du feu — et peut-être avez-vous faim.

C'est vrai qu'elle avait faim, mais elle n'osa pas le dire ; elle suivit son compagnon, abasourdie et soumise.

Il la fit asseoir sur une chaise recouverte de cuir de bœuf repoussé, disposa le couvert avec une cuisse de poulet, du pain, du vin et des mandarines :

— Je vais vous laisser seule pendant une demi-heure, dit-il. Si vous avez faim, vous mangerez. Ensuite, nous causerons.

Il disparut. Elle demeurait béante, incapable de comprendre cette aventure. Les meubles, autour d'elle, jetaient des lueurs intimidantes, amies pourtant, une clarté égale se répandait sur la nappe, mordait à la muraille un portrait de femme aux joues très pâles et aux yeux très

noirs, détachait la vie mystérieuse d'une forêt
d'automne, endormie dans le crépuscule, sous des
nuages hyacinthe, cuivre et outre-mer. Les por-
celaines luisaient comme des coquilles marines,
des étincelles sourdaient aux arêtes des cristaux;
il faisait bon, il faisait tiède — et le peuple ignoble des rues semblait reculer à des distances in-
commensurables, dans un autre monde, au fond
d'un abîme.

Lilas n'osa pas manger d'abord. Puis elle
pensa qu'il serait mécontent de son abstinence,
et dès qu'elle eut goûté au pain, sa faim reparut,
elle fit un repas craintif et délicieux. Et le vin
lui donnant du courage, elle se mit à songer plus
vite : plus elle songeait, plus l'événement lui
semblait énigmatique.

Elle demeura seule jusqu'au moment où une
pendule sonna contre la muraille. Alors, la porte
se rouvrit, l'homme montra ses joues maigres
et sa tête chevelue :

— Avez-vous fini?

Elle dit oui, avec un léger frémissement.

— Nous pourrons donc causer, reprit-il, à
moins, cependant, que vous ne préfériez attendre
jusqu'à demain matin.

Elle redoutait et désirait la causerie; le désir
l'emporta :

— J'aime autant causer, balbutia-t-elle.

— Bien. Nous aurons ainsi, dès ce soir, une
idée de ce que nous pourrons faire.

Il l'emmena dans un cabinet de travail, encom-
bré de brochures, où il l'installa dans un grand
fauteuil. Ensuite, la considérant du regard dont
il l'avait considérée sur le pont, il demanda :

— Vous disiez, je crois, que ce sont les hommes
qui vous avaient rendue malheureuse. Voulez-
vous me raconter votre histoire?

Elle le voulait bien, mais ne savait comment
la commencer. Alors, il se mit à l'interroger sur
sa famille, sur son enfance, sur ses goûts et sur
ses désirs. Il questionnait bien; il était facile de
lui répondre, parce qu'il semblait tirer un grand
parti des réponses. Marthe s'anima et son âme
s'échappa d'elle, à son insu, chagrine, amère et
presque éloquente. D'un mot, d'un geste, il l'encourageait, il tirait d'elle des choses que Lilas
n'avait jamais confiées à personne. Il s'en émouvait, ayant le cœur tendre et l'imagination un
peu théâtrale; il vit passer l'ombre du père Baraquin, la misère, le grouillement et la promiscuité
du faubourg, Camouche, Emile, Huraud dit
Rouge, Microbe, Alfred, Bailleul, la vieille Anne,
Mᵐᵉ Brouz et son fils, les entrepreneuses de couture. C'étaient des êtres et des choses qu'il connaissait obscurément par des propos, des articles
de revues ou de journaux, des romans de mœurs.
Par le récit de Marthe Baraquin, il pénétra dans
la palpitation de la géhenne, il entendit hurler
les victimes et vit agir les bourreaux...

Quand il fut à la fin du périple, la nuit silencieuse enveloppait Saint-Germain-des-Prés et l[a]
rue de l'Abbaye. Des heures graves chantèren[t]
la tristesse du temps qui meurt et l'inquiétud[e]
du temps qui naît. Il était ému; il avait la po[i-]
trine appesantie de fatalité. Et, se levant, [il]
marcha à travers la chambre, puis il déclara :

— Ma pauvre enfant, ce sera comme j'ai di[t,]
vous demeurerez ici pendant quelque temps e[t]
vous vous reposerez. Si c'était possible, je vou[-]
drais que vous soyez un peu heureuse ! J'y tien[s]
beaucoup, oui, parce que vous êtes tomb[ée]
entre mes mains et que ça m'humilierait, s[i]
moi aussi, je vous faisais du chagrin.

Elle l'écoutait avec tremblement. Pour la pre[-]
mière fois elle entendait parler comme dans le[s]
livres; il était le Sauveur, le Héros, celui qui re[-]
cueille l'Abandonnée et répare la férocité d[u]
sort.

Et sa jeunesse revint en elle, comme du fon[d]
d'un rêve; elle recommença de croire à cett[e]
chose insaisissable dont Jean-Jacques écri[t :]
« Je soupirais, je désirais un bonheur dont [je]
n'avais pas d'idée, et dont je sentais pourtant l[a]
privation... » Elle aurait voulu dire à son hôte l[a]
gratitude dont elle était emplie; les phrases tou[r-]
billonnaient en elle sans prendre consistance, [si]
bien qu'elle ne pouvait que balbutier :

— Vous êtes bien bon, monsieur, je vou[s]
remercie.

Il secoua la tête et, après un silence, il la con[-]
duisit dans une chambre à coucher qui senta[it]
l'amande et l'encaustique :

— Je vous souhaite de bons rêves, dit-il. [À]
demain !

Il disparut, et elle attendit quelque temp[s,]
anxieuse, pensant que c'était peut-être un[e]
manière de parler, qu'il allait revenir, qu'il fera[it]
comme les autres. Elle ne lui aurait rien refus[é,]
mais l'aventure aurait été bien moins douc[e.]
Quand elle vit qu'il la laissait seule, elle de[-]
meura confondue.

VIII

Marcel Plessys construisait pour ses contem[-]
porains des maisons, des gares, des usines, e[t]
parfois des églises. Il aimait mélancoliquemen[t]
son art, il s'attristait de ne pouvoir l'appliqu[er]
selon son rêve. Durant ses loisirs, il accumula[it]
des plans et des croquis, pour l'époque où u[n]
mécène, une ville, quelque usinier de grande en[-]
vergure, quelque compagnie, lui confieraien[t]
une œuvre conforme à son idéal. Il ne l'espéra[it]
qu'à moitié. Il était revenu de ces vastes espé[-]
rances où lui apparaissait l'ère d'une archi[-]
tecture exprimant, à l'aide de matériaux mo[-]
dernes et de lignes imprévues, la force, l'énergi[e,]
l'originalité du siècle. Avec les plus vaillants, [il]
croyait maintenant que l'ère nouvelle était loi[n]

taine encore; plusieurs générations d'architectes mourraient sans l'avoir vue; à peine s'ils pouvaient la prédire et la préparer. Quand il dépassa sa quarantième année, la fièvre et l'exaltation le quittèrent; il se résigna à être d'une époque transitoire, et même cela ne lui parut pas trop cruel. Car il avait été de bonne volonté, et rien ne prouvait qu'il fût sans talent : il est une douceur à substituer le Rêve au Réel quand la nécessité l'exige et qu'on a, après tout, joué son rôle.

Marcel construisit donc en conscience les bâtisses qu'on lui demandait; il le fit sans goût ni dégoût, sans fatigue aussi, ne courant pas après la fortune et gagnant sa vie largement. Il aurait consenti à fonder une famille, il l'avait même souhaité. Mais, par trois fois, il eut de la malchance : une première fiancée lui préféra un chef d'escadron; une autre mourut d'une phtisie galopante; la troisième, circonvenue par sa famille et tenant Plessys pour un homme de mauvaises mœurs, reprit ses promesses.

C'est vrai qu'il avait mené une vie hasardeuse. Avec une imagination rapide, des sens prompts, une grande résistance nerveuse, il ne pouvait échapper ni à l'amour ni à la débauche. Peut-être, s'il avait pu pratiquer réellement son art, eût-il moins gaspillé sa force : chaque illusion détruite le rejetait vers la source de toute illusion. Il connut des chairs étincelantes et stupides, des gourgandines aux beaux rythmes, des hétaïres savantes et aussi ces vagabondes de l'amour, ces passagères qui cherchent la passion comme le poète cherche ses rimes et qui abondent à Paris plus qu'en aucun coin de la planète.

Malgré d'innombrables aventures, il ne fut guère heureux en amour; les deux ou trois femmes qu'il aima ne lui donnèrent qu'une furtive gorgée de tendresse, et d'autres, pour qui il n'eut guère de goût, s'éprirent violemment et le contraignirent à des liaisons moroses. Dans sa quarante-deuxième année, à le bien prendre, il n'avait pas connu une idylle où le don fût égal de part et d'autre. En sorte qu'il jugeait sa vie passionnelle comparable à sa vie artistique, puisque aussi bien, il n'avait pu réaliser ses rêves dans l'une ni l'autre. Son âme en gardait quelque amertume, une certaine impatience, un désir qu'il commençait à croire inassouvissable, et aussi une fraîcheur enfouie sous l'expérience comme la fleur soldanelle sous le surplomb des rocs.

Comme l'aventure de Lilas se présentait dans une heure particulièrement vide et déçue, il y prit beaucoup d'intérêt. L'éclat de cette enfant et sa vive jeunesse le touchèrent. Il y avait dans son âme, faite au fond pour la famille, de grosses réserves sociales inemployées. Puis, des superstitions vagues le hantaient, seuls restes d'un atavisme mystique. Parce qu'il s'était trouvé là, au moment même où Marthe voulait mourir, il se

sentait responsable de sa destinée. Aussi, le matin, tandis qu'il allumait sa première cigarette, il songea :

« Je puis bien, une fois dans ma vie, faire quelque chose qui ressemble à de la paternité. »

Sa résolution s'affermit quand il revit Lilas. Sous le bloc d'or de sa chevelure, elle montrait un visage plus jeune encore que la veille, étincelant de belle chair, d'yeux frais et de lèvres cramoisies.

« Il faudrait peu de chose, se dit-il, pour en faire une proie magnifique. Quelques soins, un rien de toilette. Ne serait-ce pas téméraire? »

Il s'installa devant elle à table. La cuisinière et le domestique, accoutumés aux brusques fantaisies du célibataire, ne montrèrent aucune surprise.

Tout en croquant quelques biscottes, il parlait à petits coups :

— Est-ce que le mariage ne vous aurait pas fait plaisir? demanda-t-il.

— Dans le temps, répondit-elle, mais à présent, je ne voudrais pas me marier.

— Pourquoi... si un homme vous prenait telle que vous êtes? Supposez, par exemple, qu'on vous monte un magasin, et que ça réussisse? Vous pourriez être aimée par un honnête garçon, à qui vous ne vous donneriez pas comme une jeune fille.

Elle secoua la tête :

— Je dirais tout et alors *ça reviendrait*, on serait malheureux. Non, monsieur, je n'aime plus le mariage. Je voudrais seulement gagner ma vie.

— Et puis?

— Et puis, c'est tout. Pourvu qu'il n'y ait pas d'hommes pour m'ennuyer.

— Alors, vous seriez heureuse dans un couvent?

— Si je pouvais y entrer honnêtement, mais il faut croire en Dieu, n'est-ce pas?

— Ou faire semblant, oui. En somme, il y a d'autres moyens : vous pourriez servir chez une vieille dame, dans une petite ville bien tranquille, ou bien avoir un emploi dans un asile de femmes. Tout ça ne me paraît pas le bonheur! En attendant, je vais vous garder. Si cela vous amuse, je ferai venir une machine à coudre, et vous travaillerez comme vous faisiez chez votre amie Céline. Avec des annonces dans les journaux nous trouverions de l'ouvrage. Seulement, pendant un mois, je tiens à ce que vous vous reposiez.

Comme tous les hommes qui ont beaucoup fréquenté les femmes, il savait manier les timides. Marthe s'habitua à sa présence. Au bout de quelques jours, elle ne rougissait plus. Il s'occupait d'elle avec calme, douceur et perspicacité. Elle eut les feuilletons et les livres faits à sa mesure. La couturière l'habilla de costumes simples et qu'elle aida à faire. L'après-midi, il la conduisait le long de la Seine, parfois à Saint-Cloud et à Sèvres. Autant que possible, il dressait un emploi du temps, afin que Marthe eût la sensation d'une discipline. Elle lisait éperdument, mais, par ailleurs, elle raccommodait le linge, elle apprenait à mettre le couvert selon les règles. Une vieille institutrice venait chaque jour lui donner quelques leçons d'orthographe, de prononciation et de maintien. Marthe écoutait avec déférence et le cerveau encore malléable, douée de l'instinct assimilateur de la femme, préparée aussi par des lectures dont la médiocrité même avait accru les effets, elle montra qu'elle pouvait être repétrie. Plessys s'en aperçut avec joie : il n'aimait pas l'accent ni l'attitude peuple chez les belles filles — et plus d'une fois, une idylle lui avait été gâtée par des solécismes ou des gestes animaux.

Pendant les premières semaines, une défiance et un tourment demeuraient au cœur de Marthe. Elle croyait que, un jour ou l'autre, Plessys allait réclamer le salaire de son hospitalité. Quoiqu'elle y fût prête, et qu'elle ne crût pas que cet événement dût être désagréable, elle le redoutait. Chaque matin, lorsqu'elle se retrouvait sauve, elle éprouvait une douceur nouvelle. La réserve de Marcel lui paraissait extraordinaire et merveilleuse. Peu à peu, ses doutes se dissipèrent : elle reconnut enfin l'existence de ce monde magique superposé au monde infâme, qu'annonçaient Eugène Süe, Montépin, Richebourg, d'Ennery. Son imprévoyance naturelle reparut; elle goûta le présent comme une petite fille et elle élevait vers l'homme en qui elle voyait son Maître une tendresse adorante.

Déjà le deuxième mois du séjour atteignait à sa moitié, lorsque Marthe songea qu'elle n'avait toujours pas d'ouvrage. Elle en parla, un après-midi que Plessys la conduisait au long des quais. Il se mit à rire et déclara :

— Vous n'aurez pas de travail. Je me suis aperçu que vous commenciez à vous habituer à la direction du ménage. Je désire que vous continuiez; il est utile qu'une femme veille dans ma demeure, avec soin et avec honnêteté. Je suis un vieux garçon qui commence à souffrir de ne vivre qu'avec des domestiques. Si cela ne vous ennuyait pas, vous me rendriez très heureux en tenant ma maison. Je serais chez moi... ma vie serait plus gaie.

Elle l'écoutait avec étonnement. Et elle dit, d'une voix peureuse :

— Ce n'est pas possible ! Jamais je ne pourrai croire que je gagne ma vie en faisant si peu de chose !

— Peu de chose ! riposta-t-il. Mais, pauvre petite, de ce peu de chose dépend le malheur et le bonheur d'un homme de mon âge ! C'est une grande misère de vivre avec des gens pour qui, au fond, on n'est qu'une machine à profits. Si

vous m'aimez un peu, ah ! mon Dieu, votre présence peut être une bénédiction.

Elle le regardait, attendrie, stupéfaite, exaltée, presque mystique, et son cœur battait si fort qu'elle ne put d'abord répondre.

— Est-ce que c'est vrai ? murmura-t-elle enfin, vous ne dites pas ça pour me faire plaisir ?

— Je ne le dis que pour moi.

Il lui serra doucement la main et reprit :

— C'est vous qu'il faut consulter. Pourrez-vous être contente d'un tel sort ?

Les yeux de Marthe s'emplirent de larmes :

— Contente ! s'exclama-t-elle. Contente ! Ah ! monsieur.

— Alors, c'est entendu. D'ailleurs, si vous le regrettez un jour, croyez bien que je ne vous retiendrai pas en servitude.

La vie continua. Aidée par la vieille institutrice, qui venait maintenant la moitié du jour, Marthe sortait peu à peu de sa gangue faubourienne et apprenait à diriger les serviteurs. Pour lui rendre cette dernière tâche plus facile, Marcel changea de cuisinière et remplaça le domestique par une femme de chambre.

Plessys était moins heureux que Marthe. Dès l'abord, il avait aimé la structure de la faubourienne; hors l'argot et certains gestes qui rappelaient la tourbe, tout lui plaisait en elle : la pulpe des joues, la lueur singulière des prunelles, le hallier violent de la chevelure, même la bouche un peu forte et le profil brusqué.

Il avait pratiqué tant de femmes qu'il pouvait maîtriser l'appel traître des sens. Ce ne fut pas la passion, ce fut la tendresse qui tendit les pièges. Le bonheur même de Lilas, puis son humeur malléable, enfin et surtout sa loyauté le séduisirent. Il avait la manie de la loyauté, et cette manie l'avait privé d'amis, elle lui avait rendu amère la présence de serviteurs toujours faux, truqueurs ou larrons. De plus, il avait sa petite tare nerveuse et, souvent, il redouta de finir empoisonné ou d'avoir auprès de son agonie une créature rude ou avide ou impatiente. Aussi son rêve était de finir auprès de quelqu'un, fût-ce une vieille servante, avec qui il se sentît dans une sécurité parfaite... Ce lui fut un grand charme de rencontrer la franchise chez sa petite hôtesse; elle l'avait reçue si vive du père Baraquin que tout le sale périple de sa jeunesse n'avait pu la détruire.

D'abord méfiant, il déploya des ruses, il tenta par les petits moyens, qui sont les plus sûrs, de faire mentir la jeune fille. Ces expériences furent décisives; Marcel s'émut d'une affection très différente de celles qu'il avait éprouvées. La tonalité neuve de ses impressions l'égaya d'abord, mais fut vite une cause de chagrin. Il craignit de rater une fois de plus son existence. Car il sentit croître la passion, et l'insomnie lui séchait la moelle. Alors, il se demanda s'il ne valait pas mieux quitter Marthe : il lui trouverait un gagne-pain honorable, l'aiderait autant qu'il serait utile et lui assurerait même une faible rente viagère, afin qu'elle ne fût jamais réduite à la faim ni au vagabondage.

Longtemps, la décision demeura flottante; il lui était amer de quitter cette petite forme qui rafraîchissait son home et l'enveloppait d'une si émouvante atmosphère; il trouvait dur de rompre la joie de Lilas. Après tant d'incertitudes et de peines, elle goûtait la paix de l'oasis : c'était la saison verte, l'eau palpitante où toute vie prend sa source, la tiédeur, le rêve et la foi. Ah ! le réveil serait âpre... Et il rôdait autour d'elle, le cœur défaillant, tristement ivre. Qui sait, pourtant? Elle ne demandait, après tout, que la sécurité. Pourquoi ne préférerait-elle pas vivre seule?

Un soir qu'il avait ressassé ses doutes, la résolution parut s'être faite à son insu. Il s'approcha de la jeune fille, il lui dit d'une voix que chaque parole séchait davantage :

— Ma chère enfant, j'ai réfléchi à votre sort, et j'ai découvert que j'avais été très égoïste.

Elle leva un regard peureux, un court frisson secoua sa chevelure et lui, rejetant son détour :

— Mais non ! Ce n'est pas la peine de mentir. Je vais vous parler comme je me parlerais à moi-même — et nous essayerons d'accorder nos volontés. Surtout soyez aussi sincère que moi. Même ne faites et ne dites rien par reconnaissance. Car c'est votre vie qui va se décider, et tout ce qui ne serait pas la vérité même, nous le payerions plus tard. Voici ce qui se passe, ma petite Marthe : je suis comme ces autres que vous avez justement détestés... Moi aussi, j'ai maintenant envie de vous. C'est naturel, hélas ! Cela n'a pas changé depuis qu'il y a des créatures vivantes.

Elle était devenue pâle; elle le regardait avec résignation, prête à payer. Il le comprit, il eut horreur de lui-même et dit avec désespoir :

— Attendez, ma chère petite enfant, je suis comme les autres, oui, mais je vous aime, et mon amour n'est pas fait seulement de mon désir. Je vous aime, et je vivrais avec vous... je vous aime et votre avenir serait assuré... je vous aime et je serais heureux d'être le père de vos enfants, et je ne vous abandonnerais jamais. Ce ne sont pas des mots pour vous tromper... Je suis las d'être seul; je puis promettre de vivre et de mourir avec une compagne. Seulement, vous n'avez pas vingt ans, j'ai plus du double de votre âge et je comprends bien qu'il vous serait difficile d'être heureuse.

Elle écoutait, avec une telle agitation qu'il semblait qu'on lui écrasât la gorge, et ses bras tremblaient comme des passe-roses dans le vent. Elle fit un grand effort pour répondre :

— Oh ! votre âge ! Si vous croyez que je tiens à ce que vous soyez plus jeune; je vous préfère ainsi. Mais...

— Mais vous ne m'aimez pas ! interrompit-il, du moins d'amour. Je le sais bien; c'est là la misère, car, un jour, l'amour vous viendra, et alors... alors !

Il se tordait les mains, une jalousie impétueuse lui rongeait les vertèbres, et comme elle voulait répondre :

— Non ! non ! s'exclama-t-il. Il ne faut pas répondre maintenant. Vous vous sacrifieriez : je ne le veux pas. Réfléchissez, ma petite fille, regardez en vous-même... regardez bien...

Elle était retombée en arrière, écrasée par l'émotion, pleine d'une immense tendresse pour cet homme, et toutefois ne se connaissant pas elle-même. Les mots s'éparpillaient en troupeau dans son crâne, elle ne pouvait les réunir. C'est lui qui se remit à parler :

— C'est entendu. Ne répondez rien. Vous prendrez tout le temps pour réfléchir, et dites-vous que, de toute manière, je prendrai soin de vous : je le jure ! Là, je n'en puis plus. Je vous laisse seule ce soir. Bonne nuit, ma fille, mon enfant, ma chère petite Marthe !

Il était fou de ce dernier amour, le plus poignant, le plus profond, auquel sa suprême chance de bonheur semblait attachée... — et il se sauva vers la nuit.

Lilas demeurait anéantie : idées, sensations, images tournoyaient comme des feuilles mortes dans l'ouragan. A la longue, des courants s'établirent, l'événement se classa, les pensées s'ordonnèrent, les sentiments sortirent du chaos. Alors, un étonnement immense l'emplit tout entière. Comment cela s'était-il fait? Pourquoi Marthe Baraquin pouvait-elle choisir entre deux existences, chacune libre et douce? Elle n'avait pas d'hésitation : elle savait qu'il fallait vivre avec Marcel, le chérir, le soigner, lui obéir, croire aveuglément en lui. Elle ignorait si elle l'aimait; elle sentait que c'était son devoir de l'aimer. Mais à cause de cela même, elle ne voyait pas clair en elle. Elle marchait douloureusement à travers les chambres; elle considérait avec une tendre terreur ces meubles amis, ces tableaux où elle avait posé tant de rêves, ces revues, ces livres, ces journaux... ces cahiers surtout, où elle écrivait les devoirs que lui dictait M¹¹e Pervenchère, et par lesquels il lui semblait monter, marche à marche, vers une humanité supérieure. Et l'attente devint intolérable; si elle avait su où rôdait Marcel, elle serait sortie, elle se serait mise à sa poursuite. Mais elle n'avait que la ressource de mettre le visage contre la vitre, de considérer la rue torpide et la masse ténébreuse de Saint-Germain-des-Prés. Lorsque les quarts d'heure sonnaient, elle était saisie d'un tremblement, quelque chose la mordait au cœur ou lui tenaillait

les tempes. Malgré que chaque minute parût
excessivement lente, les heures s'écoulaient vite.
Minuit roula lourdement sur les toitures, puis la
demie, puis l'heure encore... Enfin, une clef grinça,
les gonds gémirent ; sur l'ombre du palier, Lilas
vit se détacher la silhouette de Marcel. Il s'avançait, blême, crispé, comme maigri ; il ne parut pas
surpris de voir la jeune fille.

— Pourquoi avez-vous veillé si tard ? demanda-t-il.

— Je n'aurais pas pu dormir avant de vous
avoir vu.

Ils se regardèrent, longuement. Puis elle murmura :

— J'ai réfléchi, et quand je réfléchirais cent
ans, ce serait la même chose.

Il était devenu plus pâle encore, une souffrance
terrible creusait ses paupières ; il attendait le destin, immobile, héroïque. Alors, elle dit, très vite :

— Tant que vous ne me chasserez pas, je veux
demeurer avec vous !

Il poussa un cri bas, un cri de délivrance où
un doute vivait encore :

— Prenez garde, mon petit enfant ! dit-il. C'est
près d'un amant que vous vivrez. Etes-vous
sûre de pouvoir le supporter ?

— Ah ! soupira-t-elle, je suis sûre d'être heureuse avec vous, et avec vous seulement !

La proie brillante était proche ; il étendit les
bras, et sa bouche chercha la bouche écarlate.
Et quoique aucune volupté ne la secouât, Marthe aima cette caresse au-dessus de tout ce
qu'elle avait aimé en ce monde.

Sa vie devint extraordinairement belle. Chaque jour, sa tendresse croissait ; elle goûta d'a-
bord la simple joie d'être soumise ; puis, l'amour
fleurit ainsi qu'une fleur dans la profondeur des
bois ; elle adora ce désir de l'homme, dont la
férocité et la ruse l'avaient naguère remplie de
tant de crainte et d'une si pesante horreur. Mais
ce qui faisait ses jours admirables, c'est que toute
l'énergie, toute la douceur et toute la foi de son
être se confondaient avec la présence de Plessys.
Elle n'arrivait plus à imaginer sa personnalité à
part de celle du maître ; elle était sa femme, son
esclave, son chien : chaque fois qu'il rentrait, après
le travail, une ivresse de bonheur la secouait jusqu'au halètement. Ne songeant qu'à lui, elle connaissait tout ce qui était son plaisir, son repos,
sa gaieté, et, sans s'élever jusqu'à ses rêves, elle
en avait une intuition admirable.

A force d'étudier ses goûts et ses habitudes,
elle savait exactement comment il fallait varier
ses repas et son confort, classer ses paperasses,
ranger sa table, favoriser son repos ; elle discernait à quelles minutes convenait le silence, quand
il fallait devenir une présence immobile, une vie
confondue avec les tableaux pendus à la muraille
ou les livres rangés dans la bibliothèque. En

même temps, elle faisait un effort désespéré pour
se débarrasser des derniers gestes canailles, des
dernières locutions populacières : son amour lui
enseignait à rendre cette métamorphose aussi
insensible que la poussée d'un être.

Il n'en demandait pas tant ; la sincérité et
l'amour de la belle fille lui eussent suffi, et quand
il vit l'ardeur de Marthe répondre à la sienne,
ce fut une gloire inoubliable ; la jeunesse rentra
en tumulte, telle cette seconde floraison des
arbres exaltés par un tiède automne. Autour de
sa jeune maîtresse, se tissa une légende du cœur,
si vivace, si profonde, que toute autre fut effa-
cée. Puis, son contact avait une saveur saine, on
ne sait quelle vibration magnétique ; elle possédait la chair qui entête les mâles et que son éclat
rendait plus grisante. Enfin, à la passion, se
joignait le ciment d'une habitude venue plus
vite de ce que la confiance était plus solide...

Ainsi vivaient-ils, dans une sécurité profonde
où Marthe oubliait son répugnant passé, lorsqu'une menace fulgura.

Ce fut un soir d'hiver, frais et cassant sous un
ciel bourré d'astres. Marcel avait conduit sa maîtresse à la Comédie-Française, et, tentés par l'air
sec, ils revenaient à pied. Rue Jacob, au tournant,
comme on verrait des jaguars dans la forêt, elle
aperçut Victor Huraud et son poteau Brivat, dit
Double-Pince. Ils rôdaient, blafards, éculés et
sinistres. Leurs vestes suaient la misère, leurs
pantalons bâillaient aux chevilles, ils traînaient
des godillots plus tordus que des accordéons.

A la vue de Marthe, tous deux eurent la même
avancée crapuleuse du cou, mais l'œil de Double-
Pince restait pesant, tandis que celui de Rouge
jetait un feu brusque. Ils frôlèrent les amants,
la voix râpeuse de Victor susurra :

— Acré, la môme ! On s'reverra.

Elle vibra sur ses jarrets et pesa sur le bras de
Marcel qui, surpris, tourna le visage vers elle.
Il la vit pâle, les lèvres entr'ouvertes, avec une
agitation des épaules.

— Qu'y a-t-il, mon enfant ? fit-il avec tendresse.

Elle ne songea pas à dissimuler, et y eût-elle
songé, qu'elle ne l'aurait pas pu :

— C'est Victor Huraud, c'est Rouge ! murmura-t-elle.

— Ah !

Une colère brusque le parcourut et, serrant
le poing sur sa canne, il se retourna. Huraud et
Double-Pince étaient maintenant sur l'autre trottoir, près de la Charité. Marcel n'était pas lâche,
mais la vue de ces créatures larveuses et du péril
obscur firent frémir son échine.

Ils rentrèrent en silence, chacun agité par des
émotions qui ne tendaient pas à s'épandre en
paroles, et chez tous deux le dégoût, l'horreur,
la volonté de faire face à l'ennemi, la crainte d'un
piège. Il marcha quelque temps de long en
large, puis :

— Ils étaient en prison, n'est-ce pas ?

Elle fit signe que oui et joignit les mains. L'idée que son maître était mêlé à cette immonde aventure l'étouffait ; elle eut le geste des temps où les vaincus imploraient les vainqueurs : elle se prosterna. Il la releva, il la prit sur son cœur :

— Ce n'est rien, petite Marthe. Il faut seulement être prêt, compter sur soi-même.

Il se félicitait intérieurement d'avoir fréquenté jadis la salle d'armes et le stand. Par bouffées, une ardeur combative lui montait aux tempes, puis l'inquiétude, le rongement, car il aimait la vie, et plus encore depuis que Lilas était venue.

IX

Ils s'aperçurent que Rouge rôdait autour de la maison et les suivait dans les rues. Marcel ne sortait plus qu'armé d'une canne à épée et d'un revolver ; il avait fait mettre une serrure de sûreté et un verrou à la porte de l'appartement. Après réflexion, il renonça à réclamer le concours de la police, persuadé que ce concours serait trop mou et trop éphémère pour déjouer la vigilance des bandits.

Après tant de sécurité et de confiance, Marthe avait perdu l'habitude de la fatalité, son étonnement était profond, presque un étonnement de fille bourgeoise qui a passé à travers les choses terribles ainsi qu'à travers une scène de théâtre et qui demeure béante le jour où la réalité grossière des pauvres s'abat sur elle.

Cela ne dura guère. Les jours passés et son atavisme lui firent reconnaître les vieilles lois de la chance et de la malchance à qui nul n'échappe. Elle accepta l'événement avec un sang-froid précis et une sombre énergie, elle se sentit très dissemblable de l'adolescente épouvantée qui fuyait le long du canal Saint-Martin et de la Maison-Blanche. A peine si elle songeait à elle-même ; son âme de femme se reportait entière sur son compagnon. Elle voulait bien fuir seule à travers le vaste monde, elle voulait souffrir de la faim ; surtout elle voulait bien mourir, mais il fallait qu'il fût heureux. Elle croyait qu'il ne pouvait pas l'être sans elle. Que faire ? Elle y songeait pendant les tête-à-tête, elle y songeait pendant ses heures de solitude, et une seule solution se présentait, plus difficile encore que terrible Lilas obtint un revolver, elle accompagna Marcel au stand, elle s'exerça avec soin et avec passion. Lorsqu'il s'en étonnait, elle se bornait à répondre d'une voix de songe :

— Cela vaut mieux !

Rouge et son poteau continuaient leur rôderie. Ils étaient insaisissables. Jamais encore Plessys n'avait pu approcher d'eux ; il voyait surgir brusquement l'une ou l'autre silhouette et, plus brusquement encore, la silhouette s'évanouir. Sûrement les bandits ne préméditaient aucune attaque à domicile ; non plus ne faisaient-ils mine d'attaquer Marcel ; ils attendaient que Marthe sortît seule. Comme cet événement tardait, ils se firent de plus en plus invisibles ; il y eut même une semaine pendant laquelle ni l'architecte ni Marthe ne les aperçurent.

— Peut-être ont-ils disparu ? disait Plessys.

— Peut-être, répondait Marthe avec effort, car il lui répugnait de ne pas dire toute sa pensée et elle savait que ni Rouge ni Double-Pince ne se décourageraient.

Le seul moyen aurait été de leur offrir une rançon. Toutefois, ce moyen n'était pas sûr, car Huraud voulait que Marthe fût prête à « travailler » pour lui, il voulait aussi violemment possession. Elle était sa femme, celle qu'il avait choisie sur sa terre de chasse et dont nul ne pouvait avoir la jouissance sans son consentement et sans payer tribut. Or, s'il y consentait volontiers pour une nuit, une semaine, un mois peut-être, y consentirait-il pour toujours ? Elle en doutait.

Un après-midi, par un temps flasque et spongieux, elle méditait sinistrement auprès de la fenêtre. Les nues tournaient en sarabande, striées d'argentures et trouées de vortex, elles s'ouvraient à des pluies grasses, que le vent coupait par saccades, et la rue luisait de mares, de boue, de brusques éclaboussures.

Marthe pesait sa destinée. Elle était prête au pire. A force de ressasser les mêmes arguments, de rouler le même fardeau de pensées, elle s'était décidée pour l'issue la plus violente. Il ne fallait plus attendre, il fallait sortir de la fièvre, de la saleté et de la douleur. Sans doute, elle aurait voulu ne pas risquer le bonheur de Plessys, mais puisque c'était inévitable !

Penchée, un lourd remous au cœur, elle considérait la chaussée glauque, la tour trapue où s'abattaient les corneilles, et elle se demandait pourquoi elle hésitait encore...

Brusquement, une silhouette efflanquée passa, un visage de pâle crapule : le sang tomba en bloc dans la poitrine de Marthe, ses muscles se tordirent comme des lianes, la résolution monta âpre, froide et dure.

Elle saisit une plume et, sans hâte, écrivit quelques mots. Un instant, elle pâlit, ses oreilles blanchirent, mais le calme lui revint presque tout de suite. Ayant cacheté son billet, elle glissa un revolver dans son manchon, puis posa longuement ses lèvres sur la table où Marcel travaillait d'habitude.

Elle sortit d'un pas léger et se dirigea vers la petite rue Furstenberg ; déjà, elle entendait une marche, ensemble furtive et clapotante, puis la voix rouillée de Rouge chuchota :

— C'est pas trop tôt, la môme. On va régler ses comptes.

Elle s'arrêta, jeta un rapide regard sur le visage blafard et dit avec douceur :

— Je vous prie de passer votre chemin.

Elle parlait bas; il crut qu'elle avait peur; il darda sur elle ses yeux inégaux et circulaires.

— J't'ai dit qu'on allait régler ses comptes ! Tu sais bien que je parle pas pour les bœufs. V'là ce que tu vas faire, tu vas venir avec mézigue; on s'enfilera dans un taxi, et fouette pour la turne. Là, on s'espliquera. Si tu ne rouspètes pas, 'eut-êt' bien que je me contenterai de quèques 'ains su' la gueule, mais si tu rouspètes, ah ! 'm de Dieu ! quelle purge ! Allons, ouste, déca-.llons !

Elle avait reculé jusqu'au mur; elle baissait la tête.

— Je vous en prie, murmura-t-elle, ne me suivez plus ! Je vous pardonne d'avoir été mon bourreau, mais je suis résolue à me défendre.

Il ricana; un rire sourd et sinistre secouait sa pomme d'Adam.

— Ah ! bien, t'avais pas la bavarde si bien pendue dans le temps ! Mais c'est pas tout ça, j'suis pressé : c'est-y que tu veux venir, gy ou non? Si c'est non, j'vas peut-êt' me gêner pour semer tes tripes. Plus un mot, marche devant et ne traîne pas.

Il avait sa face d'assassin; les doigts. crispés dans la poche intérieure de son veston, tenaient déjà le couteau. D'autre part, au coin de la rue, Double-Pince venait d'apparaître. Marthe eut un court frisson, son visage devint de pierre; d'un mouvement précis, elle tira le revolver du manchon, au moment où le couteau jaillissait au poing de Rouge, et tira une balle. Huraud tressaillit, frappé au flanc :

— Ah ! vache... tu m'as...

Il chancelait, et toutefois, ouvrant le couteau, il frappait avec énergie. La lame disparut entre les côtes de Marthe, tandis qu'une seconde balle trouait la tête du souteneur. Alors, proférant des menaces caverneuses, il croula, il enfonça ses ongles dans la boue et trépassa. Une tache rouge s'élargissait sur le corsage de la jeune femme; pâle, les jarrets fauchés, elle s'appuyait à la muraille avec un étrange sourire. Des têtes émergeaient des fenêtres, une bonne fuyait éperdue, un concierge et un typographe approchaient en se courbant, et Double-Pince, dardant son couteau, accourait à grands bonds. Elle l'avait vu venir, sa main affaiblie s'éleva... Une dernière détonation et Brivat, laissant son couteau dans le ventre de Marthe, poussa un cri d'agonie.

Marthe s'éveilla dans une lueur de cendre et de lait. Elle avait dans la bouche un goût métallique, elle se sentait excessivement lasse et comme planante sur un air très épais ou sur une eau très subtile. D'abord, sa vue et sa pensée errèrent; un nuage était dans son crâne, une fumée où se tordaient des herbes, des roseaux et des pétales, puis une ouverture se fit et elle aperçut les joues creuses, les yeux de poix, la barbe grisonnante de Plessys. Elle ne s'étonna point, une existence imprécise continuait, dont elle ne voyait pas le commencement et qui la remplissait d'une merveilleuse quiétude. Peu à peu, comme des gouttes d'eau qui s'assemblent dans une vasque, ses souvenirs se reformèrent. Il y eut un flottement de pigeons et de corneilles, des campaniles, une route flasque et fangeuse, le profil sinistre de Victor Huraud. Elle vit une lame de feu blanc, elle entendit la détonation grêle du revolver, et surprise d'être encore vivante, elle dit à voix basse :

— Est-ce que je les ai tués?

Une épouvante virait au fond de sa prunelle; Marcel se hâta de répondre :

— Oui, ils sont morts !

— Ah ! soupira-t-elle.

Et il vint un léger vertige. Elle entendit chanter la voix des cloches au-dessus d'un jardin excessivement long, où des bouvreuils se poursuivaient à travers des ramilles d'écarlate, où des œillets pleuvaient parmi des essaims de guêpes, de moustiques et de vanesses. Ce fut court. Marthe se retrouva dans la réalité, très débile, très légère, extraordinairement heureuse. Elle demanda :

— C'est bien vrai? Ils ne reviendront plus?

— Ils ne reviendront plus ! répondit-il avec passion.

Elle sut, de tout l'instinct de sa chair, que Marcel était sauvé, et dans son âme où la tendresse coulait à pleins bords, le monde renaquit plus frais, plus brillant, plus vaste qu'il n'avait jamais été. Comme elle était une créature simple, l'amertume passée s'effaça sans retour, le présent seul exista, semblable à l'éternité. Alors, tournant son faible visage, où l'éclat allait refleurir, et ses yeux créés pour l'amour, vers l'homme aux tempes argentées, elle chuchota :

— Maintenant, c'est bon de vivre !

Et lui aussi, devant la jeune maîtresse ressuscitée, il eut sa minute magnifique, où la prévoyance était assoupie, où il voyait la vie avec les yeux d'un petit enfant.

FIN

SELECT-COLLECTION

LE VOLUME (contenant un roman complet) : **1 FRANC 20**

VOLUMES PARUS :

1.	GYP	LA GUINGUETTE.
2.	Alphonse DAUDET	ROSE ET NINETTE.
3.	Jules CLARETIE, de l'Académie Française	LE MILLION.
4.	Émile ZOLA	THÉRÈSE RAQUIN.
5.	Jean RICHEPIN, de l'Académie Française	MADAME ANDRÉ.
6.	Georges COURTELINE	LES GAITÉS DE L'ESCADRON.
7.	Henri de REGNIER, de l'Académie Française	LES VACANCES D'UN JEUNE HOMME SAGE.
8.	E. et J. de GONCOURT	MADAME GERVAISAIS.
9.	André THEURIET, de l'Académie Française	LA PETITE DERNIÈRE.
10.	Henri LAVEDAN, de l'Académie Française	A TABLE !
11.	Édouard ROD	DERNIER REFUGE.
12.	Alphonse DAUDET	TARTARIN DE TARASCON.
13.	Émile ZOLA	MADELEINE FÉRAT.
14.	Max et Alex FISCHER	POUR S'AMUSER EN MÉNAGE.
15.	GYP	GENEVIÈVE.
16.	Alfred CAPUS, de l'Académie Française	FAUX DÉPART.
17.	Jean RICHEPIN, de l'Académie Française	CÉSARINE.
18.	Paul MARGUERITTE, de l'Académie Goncourt	MAISON OUVERTE.
19.	Abel HERMANT	EDDY ET PADDY.
20.	Jean AICARD, de l'Académie Française	BENJAMINE.
21.	Michel CORDAY	LA MÉMOIRE DU CŒUR.
22.	André THEURIET, de l'Académie Française	LES AMOURS D'ESTEVE.
23.	Louis de ROBERT	UN TENDRE.
24.	Catulle MENDÈS	ZO'HAR.
25.	Jules RENARD, de l'Académie Goncourt	POIL DE CAROTTE.
26.	Alphonse DAUDET	ROBERT HELMONT.
27.	Jules SANDEAU, de l'Académie Française	MADELEINE.
28.	Léon FRAPIÉ	LA MATERNELLE.
29.	Georges COURTELINE	LE TRAIN DE 8 H. 47.
30.	J.-H. ROSNY, de l'Académie Goncourt	LE CRIME DU DOCTEUR.
31.	GYP	MICHE.
32.	Émile ZOLA	CONTES A NINON.
33.	Victor MARGUERITTE	LES FRONTIÈRES DU CŒUR.
34.	Claude FARRÈRE	MADEMOISELLE DAX JEUNE FILLE.
35.	Max et Alex FISCHER	L'AMANT DE LA PETITE DUBOIS.
36.	André THEURIET, de l'Académie Française	HÉLÈNE.
37.	Alphonse DAUDET	SAPHO.
38.	Georges d'ESPARBES	LES DEMI-SOLDE.
39.	Jules CLARETIE, de l'Académie Française	L'ACCUSATEUR.
40.	Maurice DONNAY, de l'Académie Française	ÉDUCATION DE PRINCE.
41.	André THEURIET, de l'Académie Française	AU PARADIS DES ENFANTS.
42.	Edmond de GONCOURT	LES FRÈRES ZEMGANNO.
43.	Charles-Henry HIRSCH	LES CHATEAUX DE SABLE.
44.	Émile ZOLA	LE RÊVE.
45.	Henri LAVEDAN, de l'Académie Française	NOCTURNES.
46.	André THEURIET, de l'Académie Française	MADEMOISELLE GUIGNON.
47.	COLETTE (Colette Willy)	LA RETRAITE SENTIMENTALE.
48.	Henri GRÉVILLE	SONIA.
49.	Alphonse DAUDET	TARTARIN SUR LES ALPES.
50.	Paul et Victor MARGUERITTE	FEMMES NOUVELLES.
51.	Théophile GAUTIER	LE ROMAN DE LA MOMIE.
52.	Henri de RÉGNIER, de l'Académie Française	ROMAINE MIRMAULT.
53.	Louis de ROBERT	LE PARTAGE DU CŒUR.
54.	Georges COURTELINE	MESSIEURS LES RONDS-DE-CUIR.
55.	Léon DAUDET, de l'Académie Goncourt	SUZANNE.
56.	Paul BOURGET, de l'Académie Française	L'ENVERS DU DÉCOR.
57.	André THEURIET, de l'Académie Française	REINE DES BOIS.
58.	Max et Alex FISCHER	L'INCONDUITE DE LUCIE.
59.	Abel HERMANT	LES RENARDS.
60.	GYP	L'AMOUREUX DE LINE.
61.	Claude FARRÈRE	DIX-SEPT HISTOIRES DE MARINS.
62.	Paul BOURGET, de l'Académie Française	LES DEUX SŒURS.
63.	André THEURIET, de l'Académie Française	LA FORTUNE D'ANGÈLE.
64.	Lucie DELARUE-MARDRUS	LE ROMAN DE SIX PETITES FILLES.
65.	Alphonse DAUDET	LE PETIT CHOSE.
66.	Claude FARRÈRE	L'HOMME QUI ASSASSINA.
67.	Alfred CAPUS, de l'Académie Française	ROBINSON.
68.	Paul et Victor MARGUERITTE	POUM.
69.	André THEURIET, de l'Académie Française	MADAME HEURTELOUP.
70.	Max et Alex FISCHER	LA DAME TRÈS BLONDE.
71.	Paul BOURGET, de l'Académie Française	LE FANTOME.
72.	Michel CORDAY	LES FRÈRES JOLIDAN
73.	Jean RICHEPIN, de l'Académie Française	MIARKA, LA FILLE A L'OURSE.
74.	Louis de ROBERT	LA FEMME REPRISE.
75.	Alphonse DAUDET	PORT-TARASCON.
76.	J.-H. ROSNY, de l'Académie Goncourt	MARTHE BARAQUIN.